克里斯托曼奇历代记 2

克里斯托弗的童年时代
The Lives of Christopher Chant

[英] 戴安娜·韦恩·琼斯 / 著
Diana Wynne Jones

丁剑 / 译

上海文艺出版社

图书在版编目(CIP)数据

克里斯托弗的童年时代/(英)琼斯著；丁剑译.
—上海：上海文艺出版社.2015
(克里斯托曼奇历代记；2)
ISBN 978-7-5321-5844-7

Ⅰ.①克… Ⅱ.①琼… ②丁… Ⅲ.①长篇小说-英国-现代 Ⅳ.①I561.45

中国版本图书馆CIP数据核字(2015)第189702号

THE CHRONICLES OF CHRESTOMANCI: THE LIVES OF CHRISTOPHER CHANT
by Diana Wynne Jones
Copyright © 1988 by Diana Wynne Jones
Copyright © 2001 by Diana Wynne Jones
Published by arrangement with The Laura Cecil Literary Agency
through Bardon-Chinese Media Agency

著作权合同登记号　图字：09-2015-621号

责任编辑：李　霞
特约策划：何家炜　张静乔
装帧设计：高静芳
封面绘画：高　婧

克里斯托弗的童年时代
〔英〕戴安娜·韦恩·琼斯　著
丁　剑　译
上海文艺出版社出版、发行
地址：上海绍兴路74号
电子信箱：cslcm@public1.sta.net.cn
网址：www.slcm.com
新华书店经销　山东临沂新华印刷物流集团印刷
开本889×1194　1/32　印张11　字数168,000
2015年11月第1版　2015年11月第1次印刷
ISBN 978-7-5321-5844-7/I·4668　定价：42.00元

这里有许许多多个世界,每个世界都和我们的不一样。克里斯托曼奇的世界在我们隔壁,那里和我们这儿的不同是,魔法在那里就像音乐对于我们一样平常。那个世界里全是和魔法有关的人——魔法师,女巫,术士,巫师,苦行僧,召唤师,咒言师,萨满,占卜师等等——从卑微的认证女巫一直到最有能力的巫师。巫师神秘而强大。他们的魔法不同凡俗,威力超群,而且他们中很多人有不止一条生命。

　　那么,如果没人约束这些形形色色的魔法使用者,普通人的生活就将是一场噩梦,而且人们可能会成为奴隶。所以政府委任了一个最厉害的巫师,他的职责是确保人们不滥用魔法。这个巫师有九条命,人称"克里斯托曼奇"。他必须像拥有强大的魔法一样拥有强大的人格。

注　意

　　这本书里的一切都至少发生在《魔法生活》所讲述的故事的二十五年之前。

致脑袋被板球棒敲了一记的里奥

1

多年后,克里斯托弗才向别人谈起他的那些梦。这是因为他主要生活在伦敦那座大房子顶楼的保育室里,而且看护他的女仆每隔几个月就会换一次。

他很少见到父母。在克里斯托弗小的时候,他很担心有一天走在庭院里碰到爸爸,但又认不出他。过去有很少的几次,爸爸在睡觉前的时间从城里赶回来,他跪在地板上,透过楼梯扶栏的缝隙往下看,想把爸爸的脸印在脑海里。但他能看到的只是一个穿着双排扣长礼服,留着梳理得整整齐齐的黑色胡须的人在俯视下的身影,把手里黑色的高礼帽交给仆人,然后是爸爸快步从楼梯口走出视线时整洁的黑发间的一道白色的分际。除了看得出爸爸的身材比大部分仆人高,此外克里斯托弗知道的很少。

有些晚上,妈妈站在楼梯上见爸爸,她宽大的丝质长裙上繁杂的褶边和下摆遮住了克里斯托弗的目光。"提醒你的主人,"她会用冷冷的声音对仆人说,"今晚这座房子里有一个招待会,他这辈子要当一次东道主。"

被挡在妈妈裙摆后的爸爸会以低沉阴郁的声音回答:"告诉夫人今天晚上我有大量的工作要从办公室带回家做。告诉她应该提前通知我这件事。"

"通知你的主人,"妈妈则回答仆人,"如果我提前告诉他,他会找借口不参加。向他指出资助他事业的是我的钱,如果他不为我做这件小事的话,我要收回那些钱。"

然后爸爸会叹口气。"告诉夫人我要上楼更衣,"他会说,"虽然很不情愿,请她站到楼梯边上。"

让克里斯托弗失望的是,妈妈从来没有往边上站过,她总是拢着裙子,赶在爸爸前面仪态万方地上楼,来确保爸爸照她的要求做。妈妈有一对又大又亮的眼睛,一副完美的身材和一头光泽的黑色鬈发。那些保育室女仆告诉克里斯托弗,妈妈是一个大美女。在他人生的这个阶段,克里斯托弗认为每个人的父母都像这样;但他确实希望妈妈能让他看看爸爸的样子,哪怕一次也好。

他也认为每个人都会做他做的那种梦,所以不值一提。那些梦总是以同样的方式开始。克里斯托弗从床上爬起来,绕过夜间保育室的墙角——有壁炉的部分,从那里继续往前走——走上一条山谷边缘的石路。那座苍绿的山谷非常陡峭,山谷中是一条飞流成瀑的溪水。但是克里斯托弗觉得没有理由顺着溪水往山谷下面走。他会沿着那条路往上爬,绕过一块大石头走进一个他认为是分界点的地方。克里斯托弗认为那里也许是这个世界的一块残留物,是从前某个人为这个世界创建秩序时遗留下来的痕迹。千奇百怪的石头高高耸立,向四面八方倾斜着。有些石头坚硬而陡峭,有些则风化剥蚀,层层堆叠,但所有的石头都谈不上色彩——大部分石头都是丑陋的褐色,就像在调色盘里混合各种颜料得到的那种颜色。这个地方还常常笼罩着一团湿漉漉的雾气,把一切都变得晦暗不明。在这里你绝对看不到天空。事实上,克里斯托弗有时候认为那里就是天空:他有个想法,那些奇形怪状的石头直刺天空,形成了一个悬在头顶上的拱门——但他一想到这里,就觉得那是不可能的。

  克里斯托弗在梦里一直都知道,在分界点,你可以去几乎整个他世界。他说"几乎整个他世界"是因为有个地方不愿意让你去。那里很近,但他总是感到自己在回避那个地方。他在那些嶙峋湿滑的石头上活动,攀爬,小心地移动,上下探索,直至找到另一座山谷和另一条路。那里有许许多多这样的地方。他把它们叫做"他世界"。

"他世界"大多和伦敦很不一样。它们更热或更冷一些，有着更奇怪的树和更奇特的房子。有时候房子里的人看起来很普通，有时候他们的皮肤是蓝色或红色的，而且他们的眼睛也很特别，但他们对他总是很友善。每次他入梦的时候都会经历一场新的冒险。在一些刺激的冒险里，人们协助他从一些古怪建筑的地下室里逃脱，或者他在战争里帮助他们，或者围捕一些危险的动物。在平静的冒险里，他会吃到新奇的食物，还能得到人们送他的玩具。他回家途中在岩石间攀爬的时候把大部分玩具弄丢了，但他确实带回了那些傻姑娘们送他的贝壳项链，因为他可以把项链挂在脖子上。

他在那个地方见过那些姑娘们几次。那里有蓝色的大海和白色的沙滩，特别适合挖掘和堆砌。那里也有普通人，但克里斯托弗只在远处看到过他们。那些傻姑娘从海里出来，坐在海面上的石头上，在他砌沙堡时咯咯地笑他。

"哦，克里斯图夫！"她们会用含糊的声音对他轻声说话，"告诉我们是什么把你变成克里斯图夫的。"然后她们都用尖细的声音大笑起来。

她们是克里斯托弗见过的唯一一些身上没穿衣服的女人。她们的皮肤是绿色的,头发也是。他对她们下半身的样子很着迷,她们有着粗大的鱼一样的银色尾巴,可以蜷起来,也可以像鱼那样摆动,她们用鳍一样的脚拍打海水,能把水沫有力地拍到他身上。他始终不能使她们相信他不是一个名叫"克里斯图夫"的奇怪动物。

每次他去那个地方的时候,最新的女仆就会抱怨他的床上都是沙子。他很早就认识到当她们发现他的睡衣裤又湿又脏,而且在分界点的岩石间攀爬被扯破的时候,会抱怨得更厉害。所以他拿了一套更换的衣服放在那条石路上。每隔一年左右,当那套又脏又破的衣服不再合身时,他就得在那里放一套新衣服。幸好那些保育室女仆换得很频繁,这件事没有一个人发现。也没有人注意到他多年来带回来的玩具。那些玩具包括一个发条龙,一枝外观是马的长笛,还有那些可笑女士们送他的那条项链,仔细看的话,那是一串小小的珍珠骷髅。

克里斯托弗想着那些傻姑娘,不由看了看他最新的育婴室女仆的双脚,他认为她一定有一双大得足以藏得住尾巴上那些鳍的鞋子。但他永远也看不到任何女士的鞋子,因为她们都穿着宽大的裙子。他一直想知道如果妈妈和女仆用又大又笨重的尾巴和鳍,而不是用腿和脚走路是什么样的。

一天下午,他有了一个找到答案的机会。女仆帮他穿上一套很不舒服的水手服,领着他下楼到了休息室。妈妈和一些其他的女士和一个名叫巴吉特女士的人在那里,后者是爸爸的一个表亲。她想看看克里斯托弗。克里斯托弗看着她的高鼻子和皱巴巴的脸。"她是女巫吗?"他大声问。

除了巴吉特女士——她脸上的皱纹更明显了——每个人都惊叫起来,"哦,天哪!"然后,克里斯托弗开心地发现她们似乎把他忘记了。他悄悄躺下去,背靠地毯,仰面朝天,从一位女士脚下滚到另一位脚下。等她们发现他时,他正在沙发下面朝巴吉特夫人的衬裙里看。他被丢脸地拖出了房间,而且非常失望地发现所有的女士都是大粗腿,除了巴吉特女士:她的两条腿像鸡腿一样,又细又黄。

那天晚些时候,妈妈把他叫到了更衣室。"克里斯托弗,你怎么能那样?"她说,"我刚刚和巴吉特女士交往到她能拜访我的程度,现在她再也不会来了。你毁掉了我多年的努力。"

作为一个美女,那一定是件非常麻烦的事,克里斯托弗认识到。妈妈在摆满了各种各样的小玻璃瓶和玻璃罐的梳妆镜前非常忙碌,她身后为她整理光滑的发卷的女仆更忙,甚至比他的任何一个育婴室女仆还要忙碌。克里斯托弗因为浪费了那一切努力感到异常惭愧,他拿起了一个玻璃瓶来掩饰他的惶惑。

妈妈严厉地让他放回去。"钱不是一切,你明白,克里斯托弗,"她解释道,"一个好的社会地位要有价值得多。巴吉特女士能帮助我们俩。你知道我为什么嫁给你爸爸吗?"

克里斯托弗对爸爸和妈妈结合的原因一无所知,他又伸手拿起了那个瓶子。但他及时想起他是不能碰这个瓶子的,所以他拿了一个大大的假发套。妈妈说话的时候,他把假发套在手上翻了过来。

"你会靠爸爸的好家庭和我的钱长大成人,"她说,"我希望你现在向我保证,你要和那些最优秀的人一起在社会上出人头地。妈妈想让你成为一个伟大的人——克里斯托弗,你在听吗?"

克里斯托弗已经放弃理解妈妈的话的努力了。他举起那个假发套。"这是做什么用的?"

"可以让我的头发突出一些,"妈妈说,"请注意,克里斯托弗。从现在开始就为未来做准备很重要。把那个发套放回去。"

克里斯托弗把发套放了回去。"我以为它是一只死猫。"他说。接着妈妈肯定不知怎么犯了个错误,因为克里斯托弗吃惊地发现,那个东西真的是一只死猫。妈妈和她的女仆都尖叫起来。克里斯托弗在一个仆人拿着铲子跑进来时赶紧闪到了一旁。

从那以后,妈妈经常叫克里斯托弗去她的更衣室谈话。克里斯托弗站在那里,一边提醒自己不要动那些瓶瓶罐罐,一边盯着梳妆镜里的自己,一边思索为什么自己的鬈发是黑色的而妈妈的是鲜艳的褐色,还有为什么自己的眼睛比妈妈的更黑。每当妈妈的声音变得严厉起来的时候,就会有些东西停在那里,就像是另外一只死猫,有时候一只大胆的蜘蛛会把自己挂在镜子前面。他明白妈妈非常关心他的未来。他知道自己必须和最优秀的人一起在社团①里出人头地。但他知道的唯一的社团是异教徒援助协会,他每个礼拜日都得在教堂里捐助一个便士,他以为妈妈指的是那个。

克里斯托弗小心地询问了那个有一对大脚的育婴室女仆。她告诉他异教徒是吃人的野蛮人。传教士是最好的人,

---

① 这里原文为 Society,原意为社会,也有社会组织的意思,这里克里斯托弗理解成了社团。

而他们是被异教徒吃的对象。克里斯托弗明白了他要在长大的时候成为一名传教士。他感到妈妈的谈话变得更严厉了。他希望她为他挑选另外的职业。

他还问了育婴室女仆那种长着鱼一样的尾巴的女士的事情。"哈,你说的是美人鱼!"女仆哈哈大笑,"那不是真的。"

克里斯托弗知道美人鱼不是真的,因为他只能在梦里看到她们。现在他确信自己也会遇见异教徒了,如果他进入那个错误的"几乎整个他世界"的话。有一次,他在从分界点进入一个新的山谷时特别害怕,他趴在地上小心翼翼地四面察看,在继续探险之前看看这里的人是什么样子的。但过了一会儿,没有一个人想来吃他,他断定异教徒大概生活在阻止他进入的那个"他世界",于是他不再担心,直到他年纪更大一些。

等他稍大一些后,那些"他世界"的人有时候会给他钱。克里斯托弗学会了拒绝硬币。只要他一碰到硬币,一切都会停下来。他会突然落在床上,满头大汗地醒过来。一旦发生这种事,就有一位让他想起美人鱼的美丽女士笑嘻嘻地在他耳朵上戴上一个耳环。克里斯托弗本来应该问问那位大脚女仆这件事的,但她很早以前就走了。而其他的大部分女仆都会在他问问题的时候说:"现在别烦我——我很忙!"直到他学习阅读的时候,他想起所有的育婴室女仆都是这样:她们来一个月,总是忙得顾不上说话,然后就撅着嘴气呼呼地离开。他读到《老家臣纪事》的时候很吃惊,书里的老人和一个家族一起生活了一辈子,讲述了关于过去的那个家族的长长的(有时候很乏味)的故事。在他的家庭里,没有一个仆人能留下来超过六个月。

原因似乎是妈妈和爸爸已经放弃了哪怕通过仆人互相交谈。他们改成通过仆人递纸条。因为不管妈妈还是爸爸都不封存纸条,或迟或早,有人就会把纸条拿到育婴室读给女仆听。克里斯托弗就知道妈妈的字条总是简短扼要。

"要求钱特先生只在自己的房间里抽烟。"或者,"钱特先生请注意,新来的洗衣女仆抱怨了他衬衣上烧的洞。"或者,"钱特先生在我的早餐会中途离席,给我造成了很大难堪。"

爸爸的字条总是写得满满的,充满怒气地回了很多。"我亲爱的米兰达,我会在我喜欢的地方抽烟,处理那些后果是那个懒惰女仆的工作。不过你雇佣那些愚蠢的懒人和粗鲁的笨蛋的奢侈行为,只是为了你自私的舒适,从来不是为了我的。如果你希望我留在你的聚会上,就想办法雇一个能把熏肉和旧鞋子区分开的厨师,不要一直在宴会上发出那种愚蠢的清脆笑声。"

爸爸的回答通常会导致仆人们次日离开。

克里斯托弗非常享受那些字条展示给他的洞察力。不知怎么回事,爸爸似乎更有人情味一些,尽管他那么挑剔。所以当他与他们的联系被第一个女家庭教师的到来切断时,那对他来说是个相当大的打击。

妈妈派人叫他。她哭了。"你爸爸这次太过分了,"她说,"负责孩子的教育是妈妈的职责。我想让你上一个好学校,克里斯托弗。这很重要。但我不愿意强迫你开始学习。但你爸爸以他冷酷的观念不由分说为你指定了这个家庭教师,她认识你爸爸,一定很糟糕!哦,我可怜的孩子。"

克里斯托弗意识到女家庭教师是他朝着成为一个传教士的方向迈出的第一步。他感到既庄严又焦虑。那名女家庭教师来了,原来她是一位有一双粉红色眼睛的沉闷的女人,她过于谨慎,所以从来不跟仆人谈话。让妈妈高兴的是,她只待了一个月。

"现在你可以真正开始你的教育了,"妈妈说,"我要亲自为你挑一个女家庭教师。"

接下来的两年,这是妈妈经常说的一句话,因为女家庭教师们像走马灯一样来来去去,就像从前的育婴室女仆一样。她们都是乏味、拘谨的女人,而且克里斯托弗总是把她们的名字弄混。他认为女家庭教师和育婴室女仆之间最大的差异是女家庭教师在离开的时候总是哭哭啼啼的——只有一次一个女家庭教师向他说了一些有趣的、关于爸爸妈妈的事。

"我很抱歉这样做,"第三任——也许是第四任——女家庭教师哭着说,"你是个可爱的小男孩,尽管你有点冷淡,但我受不了这个家里的气氛!每天晚上他在家的时候——谢天谢地他很少在家——我就得和他们一起坐在餐桌旁,一句话也不敢说。然后她递给我一张纸条让我交给他。接着他们互相打开纸条,看完后彼此怒目而视,然后再用同样的目光看着我。我再也不能忍受了!"

第九任——或者是第十任——女家庭教师说得更大胆。"我知道他们恨对方,"她抽泣着说,"但她没有理由连我也恨上!她是个不能容忍其他女人的女人。她是一个女魔法师,我想——我不能肯定,因为她只做一些小事情——而且他至少和她一样强大。他甚至可能是一个巫师。他们之间相处成这样——难怪他们留不住任何仆人!噢,克里斯托弗,原谅我这样议论你的父母!"

所有的女家庭教师都要求克里斯托弗原谅她们,他也很乐意原谅她们,因为这是他唯一能得到爸爸和妈妈消息的时候。他有一种忧虑的想法,也许别人的父母不像这样。他也相信有某种危机在发酵。远在教室都能感觉到无声的惊雷,即使女家庭教师不再让他和仆人们闲聊。他记得危机爆发的那个晚上,因为那天晚上他进入了一个"他世界",一位撑着黄伞的人给了他一个挂着小铃铛的烛台。烛台那么精致,克里斯托弗决定把它带回家,所以他在爬过分界点的石头时把那个烛台咬在嘴里。让他开心的是,醒来时它在床上。但家里有一种非常不同的感觉。第十二任女家庭教师收拾好行李,早饭后就径直离开了。

2

克里斯托弗那天下午被叫进妈妈的更衣室。一位身穿丑陋的灰色便装,头戴一顶比便帽还丑的帽子的新的女家庭教师坐在唯一一张硬椅子上。她把土褐色的棉手套叠起来放在色彩暗淡的手袋上,低垂着头,一副羞怯或随遇而安的样子,也许兼而有之。克里斯托弗对她一点兴趣都没有。房间里让人感兴趣的是站在妈妈椅子背后,一只手放在妈妈肩膀上的男人。

"克里斯托弗,这是我弟弟,"妈妈高高兴兴地说,"你舅舅拉尔夫。"

妈妈发的音是拉夫。克里斯托弗发现这就是那个他读作拉尔夫的名字时,已经是一年以后了。他马上喜欢上了拉尔夫舅舅。开始的时候,他在抽雪茄。更衣室里混进了一股浓郁的、焚香一样的烟雾,而妈妈一点都没抗议,甚至连鼻子都没抽一下。仅这一点就足以显示拉尔夫舅舅在妈妈眼里的地位。他穿着既结实又别致的花呢外套,颜色像狐皮,虽然有些宽松,但和他深褐色的头发和赤褐色的髭须很相配。克里斯托弗很少看到一个人穿花呢外套且不留胡须。这更说明拉尔夫舅舅是个特别的人。拉尔夫舅舅对他微笑着,那笑容是如此优雅,就像阳光普照着秋天的树林。克里斯托弗几乎即刻向他报以同样的微笑。

"你好,小伙子,"拉尔夫舅舅在妈妈光滑的头发上喷出一股蓝烟,"我知道一个舅舅这样向外甥推荐自己不是最好的办法,但我一直在解决家庭事务,恐怕我不得不做一两件重大的决定,比如为你带来一个新的女家庭教师,并安排你秋季开始去学校上学。女家庭教师在那边。贝尔小姐。我希望你们彼此喜欢,至少足以原谅我。"

他温和而诙谐地对克里斯托弗微笑着,克里斯托弗对他迅速产生了好感。无所谓,克里斯托弗毫无把握地瞟了贝尔小姐一眼。她也看着他,有一刹那,一种暗藏的可爱几乎从她的眼神里跃然而出。然后她眨眨眼,讷讷地说:"很高兴见到你。"那是一种像她的衣服一样让人感到乏味的声音。

"希望她能成为你最后一位女家庭教师。"妈妈说。因为这句话,克里斯托弗此后一直把贝尔小姐当作最后一个女家庭教师。"她会帮你做好上学读书的准备。我还没想把你打发走，但你舅舅说——总之，良好的教育对你的事业是很重要的，坦率跟你说，克里斯托弗，你爸爸把钱用得一团糟——那是我的钱，不是他的，你知道——实际上几乎全部亏掉了。幸好我还能向你舅舅求助而且——"

"而且一旦有人求助，我从来不辜负别人。"拉尔夫舅舅说，同时迅速看了那位女家庭教师一眼。也许他认为不该让她听到这番话。"幸运的是，剩下的钱足够送你去学校，然后你妈妈准备靠到国外生活得到一部分补偿。她会喜欢的——嗯，米兰达？而贝尔小姐将凭热情的推荐信找到另一份工作。每个人都会好起来的。"

他的微笑依次落到他们脸上，充满温暖和自信。妈妈笑着在耳朵后面拍着香水。最后一位女家庭教师也几乎微笑起来，于是那隐藏起来的可爱又一次呼之欲出。克里斯托弗努力对拉尔夫舅舅做出一个非常勇敢的笑容，因为那似乎是唯一能够表达他内心强烈、几乎无法抗拒的崇拜的途径。拉尔夫舅舅开怀大笑，那是一种健康而洪亮的笑声，然后他从花呢外套的口袋里摸出一枚崭新的六便士银币给了克里斯托弗，彻底完成了对他的征服。

克里斯托弗死也不肯花掉那枚硬币。不管什么时候换衣服，他都会把那枚银币放到新的口袋里。这是另一种表达他对拉尔夫舅舅的崇拜的方式。很明显拉尔夫舅舅的造访是为了解救妈妈免于破产，而这使得他成了克里斯托弗遇见的第一个好人。另外，他是"他世界"之外唯一一个不嫌麻烦，和克里斯托弗以友好的男人对男人的方式谈话的人。

因为拉尔夫舅舅，克里斯托弗对贝尔小姐也尝试爱屋及乌，但那样做并不容易。她非常乏味。她有一种毫无生气的、平淡的说话方式，不抬高声音也不显示任何不耐烦的样子，即使在他对心算或漂浮一窍不通的时候也一样，这两点似乎所有其他的女家庭教师都做不到。

"如果一条半青鱼价值三个'半便士'①，克里斯托弗，"她乏味地解释道，"也就是说'一个半便士'②可以买一条半鱼。那么一整条鱼是多少钱？"

"我不知道。"他极力不打哈欠。

"很好，"最后一位女家庭教师平静地说，"我们明天继续想。现在看着这面小镜子，看看你是不是能让它升起一

---

① 此处原文为 three-ha'pence，意为三个二分之一便士。
② 此处原文为 one penny and a half，即一又二分之一便士。

英寸。"

但克里斯托弗像不明白一条青鱼价值几何一样不能把那面镜子移动半分。于是最后一位女家庭教师把镜子放到一边，继续平静地用法语来为难他。这样过了几天后，克里斯托弗试图激怒她，指望她在大喊大叫时会变得更有趣一些。但她只是平静地说："克里斯托弗，你在装傻。现在你可以玩玩具了。但记着一次只能拿一样出来，在拿另外一件玩具的时候要把那件放进去。这是我们的规矩。"

克里斯托弗迅速而郁闷地适应了那个规矩。这样做减少了大量的趣味。他也习惯了最后一个家庭教师在他玩的时候坐在他身边。其他女家庭教师会抓住这个机会休息，但她则见缝插针地坐在硬木椅子上缝补他的衣服。这样就更无趣了。不管那么多了，他从柜子里拿出了带铃铛的烛台，因为这个烛台很让他着迷。它的制作很巧妙，不同的铃铛能发出不同的声调。当他玩够之后，贝尔小姐停下手中的活计说："那个放在中间格子的上层。在你拿那只发条龙的时候把它放回去。"她等着听显示克里斯托弗遵命行事时发出的叮当声。然后，她重新把针扎进袜子，用最令人生厌的方式问："谁给了你那些铃铛，克里斯托弗？"

从前没有任何人问起过克里斯托弗那些他从"他世界"带回来的东西。他一下子不知所措起来。"一个撑着黄雨伞的人,"他回答说,"他说它们能给家里带来幸运。"

"哪里的什么人?"贝尔小姐想知道——只是从话音上听,似乎她对答案并不关心。

"在'他世界',"克里斯托弗说,"那里有臭味和耍蛇人,比较热。那个人没说他的名字。"

"那不是答案,克里斯托弗。"贝尔小姐平静地说,但是她没有多问。直到下一次提问,那是两天后,当克里斯托弗又拿出烛台玩的时候。"玩好了记得它们原来所在的地方。"她说,"你想起那个撑着黄伞的人在哪里了吗?"

"在一座涂了颜色的、居住着神灵的房子外面。"克里斯托弗一边说,一边摇动着那些小小的银质铃铛,"他很友好。他说这和钱没关系。"

"非常慷慨,"贝尔小姐评论道,"那个神灵居住的涂颜色的房子在哪里,克里斯托弗?"

"我告诉过你。就在'他世界'。"克里斯托弗说。

"我也告诉过你那不算答案。"贝尔小姐说。她把手里的活计叠好,"克里斯托弗,我要求你告诉我那些铃铛是从哪里来的。"

"为什么你想知道?"克里斯托弗问,希望她能让他清静一会儿。

"因为,"贝尔小姐以她不祥的、不含任何感情的声音说,"你不像一个好孩子那样诚实坦率。我怀疑你偷了那些铃铛。"

受到这样荒谬的指责,克里斯托弗脸孔涨得通红,泪珠在眼睛里滚来滚去。"我没有!"他大声叫道,"是他给我的!在那些'他世界'人们总是给我东西,只是我丢掉了大部分。你看。"他顾不上一次只能拿一样的规矩,冲到橱柜旁抓出了那枝马形的笛子,美人鱼的项链和发条龙,把它们扔到她的针线篮里。"看!这些来自其他'他世界'。"

贝尔小姐以可怕的冷漠目光凝视着他。"我该认为这些也是你偷来的吗?"她说。她把针线篮和玩具放在地板上,站起来。"跟我来。这件事必须马上向你妈妈汇报。"

她抓着克里斯托弗的胳膊,尽管他大叫着"我没有,我没有!"她依旧无情地拉着他下了楼。

克里斯托弗向后挣扎,拖着脚乞求她不要那样做。他知道他绝对不能向妈妈解释。但换来的却是贝尔小姐一句冷冷的话。"别那样丢人地叫。你是大孩子了。"

这是所有的女家庭教师都会赞同的。但克里斯托弗不再关心什么长大不长大。眼泪不争气地流下了脸颊,然后他尖声叫起那个他知道可以拯救别人的人的名字。"拉尔夫舅舅!我要向拉尔夫舅舅解释。"

贝尔小姐听到后低头看了看他。只一瞬间,她脸上又闪现出了那种隐藏起来的可爱。但让克里斯托弗绝望的是,她拖着他来到妈妈的更衣室门外,敲了敲门。

妈妈吃惊地从梳妆镜前扭过头来。她看看涨红着脸,喘着粗气,满脸泪水的克里斯托弗。又看看贝尔小姐。"到底怎么回事,他病了?"

"不,夫人,"贝尔小姐以毫无起伏的声音说,"发生了一些事,我认为要立刻通知你弟弟。"

"拉尔夫?"妈妈说,"你是说我要写信给拉尔夫?还是这件事更紧急一些?"

"我认为非常紧急,夫人,"贝尔小姐沉闷地说,"克里斯托弗说他愿意向他的舅舅忏悔。我建议,请恕我冒昧,你最好现在召唤他。"

妈妈打了个哈欠。这个女家庭教师也使她感到异常乏味。"我会尽力,"她说,"但我可保证不了我弟弟的脾气。他平时非常忙,你也知道。"她漫不经心地从她一直用的银背梳子上扯出一根黑亮的头发。然后,倍加小心地开始梳理水晶嵌银的发盘里的头发。大部分头发是妈妈自己的黑头发,但克里斯托弗一直盯着妈妈精致的、珍珠一样的指甲优美地在那些头发里挑拣着,在他呜咽的间隙,他看到有一根头发的颜色要红得多。这根头发被妈妈挑了出来,和从梳子上拉出来的头发交叉放在一起。然后,她又拿起一只带着一个闪亮的圆珠、似乎是帽针的东西,把它放在两根头发上,用一根尖尖的手指不耐烦地敲击着。"拉尔夫,"她说,"拉尔夫·韦瑟比·阿金特。米兰达找你。"

梳妆台上的镜子变成了一扇窗户,拉尔夫舅舅一边系领带,一边不耐烦地透过那扇窗户往外看。"怎么了?"他说,"我今天很忙。"

"你什么时候不忙?"妈妈问,"听着,是那个总是闷闷不乐的女家庭教师。她带克里斯托弗来,是关于忏悔的什么事。你能来解决一下吗?我弄不明白。"

"是她?"拉尔夫舅舅说。他把身子侧到一边从镜子里往外看——或者说透过窗户,管它呢——然后看见了克里斯托弗,他眨眨眼,脸上露出了最亲切的笑容。"哎呀。这的确看起来很难过。我马上来。"

克里斯托弗看见他离开了那扇窗户朝另一边走去。妈妈只来得及转身对贝尔小姐说了一句:"你瞧,我已经尽力了!"接着更衣室的门就开了,拉尔夫舅舅走了进来。

克里斯托弗被这件事弄得忘记了抽噎。他努力地思考着妈妈更衣室的墙壁外是什么。就他所知,是楼梯。他猜测拉尔夫舅舅大概在墙壁里有一个大约一英尺宽的密室,但他更倾向于认为他刚才看到了真正的魔法。正在他左思右想的时候,拉尔夫舅舅悄悄递给他一块白色的大手帕,然后高高兴兴地走到房间正中,让克里斯托弗有时间把脸擦干。

"怎么回事?"他说。

"我不知道,"妈妈说,"她会解释的,毫无疑问。"

拉尔夫舅舅朝贝尔小姐扬扬姜黄色的眉毛。"我发现克里斯托弗玩一些手工艺品,"贝尔小姐用沉闷的声音说,"是我以前没有见过的工艺品,用一种我完全不知道的金属制成。他后来透露他还有三个工艺品,每个都不一样,但他不能解释这些东西是怎么来的。"

拉尔夫舅舅看看克里斯托弗,见他正把手帕藏在背后紧张地往后看。"足够给任何人惹来麻烦了,小伙子,"拉尔夫舅舅说,"我想你会带我看看那些东西,并向我解释它们的来历吧?"

克里斯托弗快活地叹了口气。他知道自己能指望拉尔夫舅舅来拯救。"是的,请。"他说。

他们转头上楼,贝尔小姐走在前面,克里斯托弗感激地拉着拉尔夫舅舅宽大温暖的手。上楼后,贝尔小姐静静地坐下来继续缝补,好像已经演完了自己的角色一样。拉尔夫舅舅拿起那个带铃铛的烛台,叮叮当当地摇了一下。"天哪!"他说,"这些铃铛听起来不像这个世界的!"他拿着烛台走到窗户旁仔细检查了每一个铃铛。"牛眼石!"他说,"你这个聪明的女人!它们不像这个世界的东西。我想这是一些奇怪的合金,每个铃铛都不一样。从外观看是手工制成的。"他亲切地指指火炉旁的小垫子:"坐下来,小伙子,给我解释一下你是怎么得到这些铃铛的。"

克里斯托弗坐在垫子上,高高兴兴地解释道:"在爬过'分界点'的时候我不得不把它咬在嘴里。"

"不,不,"拉尔夫舅舅说,"那听起来好像接近尾声了。从你得到这些铃铛前做了些什么开始。"

"我走下山谷,到了那个有耍蛇人的小镇。"克里斯托弗说。

"不,更前面的,小伙子,"拉尔夫舅舅说,"当你从这里出发的时候。比如说,是什么时间?早饭后?午饭前?"

"不,是在晚上,"克里斯托弗解释道,"那是在我做过的一个梦里。"

就这样,每次在克里斯托弗遗漏某个步骤的时候,拉尔夫舅舅就细心地引导他向前追溯。克里斯托弗详细地描述了他做的那些梦,包括分界点和他沿着山谷去过的那些"几乎整个他世界"。拉尔夫舅舅没有生气,而是显得越来越有兴趣,克里斯托弗就把他能想到的一切都告诉了他。

"我是怎么告诉你的!"拉尔夫舅舅说,也许是冲着贝尔小姐,"我总是能够信任我的直觉。这一定来自于某种遗传。天哪,克里斯托弗,你一定是这个世界上唯一一个能从精神旅途中带回实物的人!我怀疑连亲爱的德·维特也做不到。"

克里斯托弗兴奋地发现拉尔夫舅舅为他感到高兴,但他无法抑制对贝尔小姐的愤恨之情。"她说是我偷的。"

"别理她。女人总是得出错误的结论。"拉尔夫舅舅点起一支雪茄。听了这句话,贝尔小姐耸耸肩膀,露出一个淡淡的微笑。这个不经意间流露出的笑容比克里斯托弗以往看到的更加明显,几乎表现出她也是个有血有肉的人,而且在分享一个玩笑。拉尔夫舅舅朝他俩头上吐了一口蓝烟,脸上的笑容像穿透阴云的阳光。"接下来,小伙子,"他说,"是用一些试验来检验你的天赋。你能控制你的那些梦吗?你能在你准备出发去你的那些'他世界'的时候说话吗——还是不能?"

克里斯托弗想了一下。"我在想去的时候就去了。"他说。

"那么你介意为我做一个测试吗,比如说明天晚上?"拉尔夫舅舅问。

"我今天晚上就能去。"克里斯托弗提议。

"不,明天,"拉尔夫舅舅说,"我要花一天时间把事情安排好。然后在你出发的时候,我希望你这样做。"他前倾着身子,用雪茄指着克里斯托弗,为了让他知道他是认真的。"在你准备好之后,像平时一样出发,想办法为我做两个试验。第一个,我打算安排一个人在你的分界点等着。我希望你看看能不能找到他。你也许要通过喊叫来找到他——我也不清楚,我本人不是精神旅行者——管他呢,你爬上去看看是否能和他联系上。如果你能,就做第二个试验。那个人会告诉你试验的内容。如果两者都能成功,我们就接着再做一些试验。

你认为你能做到吗？你愿意帮这个忙,不是吗,小伙子?"

"是的!"克里斯托弗说。

拉尔夫舅舅站起来拍拍他的肩膀。"好孩子。不要让任何人欺骗你。你有令人兴奋的重要天赋。它太重要了,我建议你不要向除了我和贝尔小姐之外的任何人提起。不要告诉任何人,连你妈妈也不要告诉。好吗?"

"好。"克里斯托弗说。真是太好了,拉尔夫舅舅如此重视他。他既兴奋又开心,他乐意为拉尔夫舅舅做更多的事,只是不告诉别人,那太容易了。这里根本没有人可以告诉。

"那么这就是我们的秘密了,"拉尔夫舅舅一边朝门口走,一边说,"只限于我们三个——当然,还有那个我准备派去的人。别忘了你也许得很辛苦才能找到他,你会吗?"

"我不会忘记的。"克里斯托弗热切地承诺。

"好孩子。"拉尔夫舅舅说,然后在一股雪茄烟雾中走了出去。

3

克里斯托弗急着向拉尔夫舅舅展示他的本领,等到明天晚上对他是一种莫大的折磨。如果不是贝尔小姐,他可能兴奋到生病,贝尔小姐让自己显得那么无趣,不知怎么让其他的一切也跟着变得乏味起来。等到第二天晚上克里斯托弗上床睡觉的时候,他几乎怀疑自己是不是有做梦的兴致了。

但他的确做了梦,因为拉尔夫舅舅要他做,他像以往一样起了床,绕过壁炉去了那座山谷,他的衣服像往常一样摆在石路上。其中的大部分衣服都破破烂烂,上面有来自上百个"他世界"的泥土和各种各样的脏东西,而且至少有两件的尺寸太小了。克里斯托弗飞快地穿好衣服,扣错的纽扣也没有心思整理。他从来不穿鞋子,因为在石头上爬的时候鞋子很碍事。他光着脚,脚步轻快地避开碎石,进入了"分界点"。

那里依然是一副混沌未开的样子,所有峭立或堆叠的石头都错落不齐,高悬在头顶。和石头同样混沌的迷雾在岩石间翻滚,涌动。这是一个下雨天,分不清方向的风吹着雨四处纷飞。克里斯托弗希望找到拉尔夫舅舅说的那个人不用花费太多时间。除了湿和冷之外,他在这里感到那么渺小。他尽职地打起精神爬上一个碎石堆,高声喊道。

"有人吗!"

风雨中的"分界点"使他的声音比小鸟的啁啾声大不了多少。风雨和迷雾似乎攫走他的声音,又把那些声音埋葬了起来。克里斯托弗凝神倾听着回应,但几分钟过去了,耳朵里能听到的只有风雨声。他正在考虑是不是再叫一声的时候,听到了一丝细微的声音。"有人——吗?"这是他自己的喊声,克里斯托弗十分肯定。自从他开始做梦,他就知道"分界点"会把任何不属于这里的东西送回它原来所在的地方。这就是为什么他爬回床上比爬到一个新的山谷更快。这个地方把他推了回去。

克里斯托弗想来想去,也许喊叫没什么用处。如果拉尔夫舅舅的人在迷雾里的话,他站在那里等不了多久就会被推回到他出发的那个山谷。所以那个人一定等在那个山谷的出口,盼着克里斯托弗找到他。克里斯托弗叹了口气。这里有成千上万个山谷,有的在高处,有的在低处,岔向你能想到的每一个角度,甚至还有山谷套山谷——还只是在你爬到某个地方最近的边缘的时候。如果你走另一个方向,朝着那个不希望人们进入的"他世界"走,那里大概还有几千个山谷。但另一方面,拉尔夫舅舅应该不希望让这件事变得很困难,所以那个人一定就在附近。

下定尽力把拉尔夫舅舅的实验做成功的决心,克里斯托弗动身了,他在岩石上滑动,攀爬,脸贴着又冷又硬的石头挪动。他到达的第一个山谷是空的。"有人吗?"他朝下面喊。但河流奔涌,谷地里苍绿空旷,看不到一个人影。他退回去,向上爬行,转向另一个山谷。在那里,就在将要到达入口的时候,他透过迷雾看到了一个人。那人黑乎乎的,身上的雨水闪着光,他正蜷着身子站在一块石头上,摸索着高处可以搭手的地方。

"嘿?"克里斯托弗说。

"天哪——是克里斯托弗吗?"那个人问。这是一个强壮的年轻男人的声音。"来,我们找个能互相看见的地方。"

经过一番攀爬,两个人绕过一块突起的石头,跳下去进入了另一个山谷,山谷里的空气平静而温暖。绿草被远方的落日映成了粉红色。

"好了,好了,"拉尔夫舅舅的人说,"你比我想象中还要矮一半。很高兴见到你,克里斯托弗。我叫塔克洛伊。"他向克里斯托弗咧嘴一笑。塔克洛伊像他的声音一样年轻而强壮,他称得上虎背熊腰,生着一张褐色的圆脸和一双快乐的淡褐色眼睛。克里斯托弗立刻喜欢上了他——部分原因是塔克洛伊是他遇见的第一个长着像他一样的鬈发的成年人。虽然不是完全相同,克里斯托弗的头发是蓬松的黑色小卷儿,塔克洛伊的发卷儿要紧密一些,像一团缠在一起的淡褐色的弹簧。克里斯托弗觉得塔克洛伊的头发肯定是被女家庭教师或别的人梳头时弄坏了。这时克里斯托弗注意到塔克洛伊的头发很干燥,片刻之前他衣服上发亮的水痕也变得无影无踪。塔克洛伊身上穿的是一件绿色的精纺毛料套装,相当破旧,但一点没有淋湿的样子。

"你怎么干得那么快?"克里斯托弗问他。

塔克洛伊笑了。"我不像你看到的那样是实体。你浑身上下都湿透了,怎么会这样?"

"分界点在下雨,"克里斯托弗说,"你在那里也淋湿了。"

"是吗?"塔克洛伊说,"我在通道里完全看不见——更像在夜里有几颗星星指引着你走路。即使在这个世界边缘我也觉得很难看清东西——不过我当然能看见你,因为我们都想看到对方。"他发现克里斯托弗正盯着他,一点都没明白他说的话,于是挤了挤眼,这让他眼角的笑纹变得更深。克里斯托弗更加喜欢他了。"告诉我,"塔克洛伊说,他挥手指指山谷远方,"你看见了什么?"

"一座山谷,"克里斯托弗一边猜想着塔克洛伊眼前的情景,一边说,"有绿草。太阳正在落山,把山谷里的溪水照成了粉红色。"

"是说现在吗?"塔克洛伊说,"我想你会大吃一惊的,我看见的是一团略带点粉红色的浓雾。"

"为什么?"克里斯托弗说。

"因为我是以精神的形式来到这里的,而你似乎是以真正的肉体形式来这里的,"塔克洛伊说,"在伦敦,我珍贵的身体正裹着毛毯,被石制的热水瓶温暖着躺在沙发上,处于深沉的恍惚状态,一位美丽且善解人意的女士用她的竖琴为我弹着曲子。我坚持把那位年轻女士作为我的酬劳的一部分。你认为你也裹起来躺在某个地方的床上吗?"

当塔克洛伊发现这个问题使克里斯托弗既困惑又不耐烦,他又挤挤眼。"我们出发吧,"他说,"试验的下一部分是看看你是否能带一个准备好的包裹回去。我已经做了记号。你也做个记号,我们接下来进入这个世界。"

"记号?"克里斯托弗说。

"记号,"塔克洛伊说,"如果不做标记,你怎么找到进出这个世界的路,怎么在来到一个世界的时候知道它是哪一个?"

"山谷非常容易找到,"克里斯托弗反驳说,"而且我能分辨出我从前来过这个'他世界'。它的溪流在它们中间是最小的。"

塔克洛伊眯起眼耸了耸肩。"我的朋友,你让我脊背发凉。友好点,拜托在一块石头或别的什么东西上刻个9。我可不想把你弄丢。"

克里斯托弗顺从地捡起一块尖石,在泥土地上划了一个巨大的歪歪斜斜的"9"。他抬起头,发现塔克洛伊像看见鬼一样瞪着他。"有什么问题吗?"

塔克洛伊发出一声短促的狂笑。"哦,没什么问题。我能看到,这就够了。只是我少见多怪。你能看见我的记号吗?"

克里斯托弗看过了他想得到的每个地方,包括落日下的天空,不得不承认他看不到任何像记号的东西。

"谢天谢地!"塔克洛伊说,"至少这是正常的!但我还是非常想知道你是何方高人。我开始明白你舅舅为什么那么兴奋了。"

他们一起漫步走下山谷。塔克洛伊双手插在口袋里，显得非常随意，但克里斯托弗还是有一种感觉：塔克洛伊在进入一个"他世界"时，通常是用某种更快且非常不同的方式。他发觉塔克洛伊瞟了他几眼，似乎不太确定该怎么走，好像在观察克里斯托弗的行动一样。当他们走到山谷尽头，置身于一条遍布车辙的丛林道路时，塔克洛伊似乎松了一口气。太阳几乎落山了，他们面前一家摇摇欲坠的旅馆的窗户正亮着灯光。

这是克里斯托弗最早到过的一些"他世界"之一。他记得这里要炎热潮湿得多，那些大树曾经苍翠欲滴，但在粉红色的灯光下却显得枯萎发黄。他跟着塔克洛伊走上那座建造得很不牢固的小旅馆的走廊，看见上次曾让他着迷的色彩斑斓的霉斑已经变干发白了。他不知道这里的主人是否还记得他。

"店主！"塔克洛伊喊道。看到没人应声，他对克里斯托弗说，"你能敲敲那张桌子吗？我不行。"

克里斯托弗发现走廊上翘起的木板在自己脚下咯吱作响，但塔克洛伊踩上去却毫无反应。这似乎确实在某种意义上显示他在这里不是真实存在的。他拿起一只木碗，在那张歪歪扭扭的桌子上用力墩了几下。这件事又让塔克洛伊眯起了眼睛。

店主慢吞吞地走出来,他身上至少裹着三条针织披巾,显得很不高兴,根本没有理睬克里斯托弗,更别说记得他了。

"拉尔夫的信使,"塔克洛伊说,"我想你有一个给我的包裹。"

"啊,是的,"店主瑟瑟发抖地说,"你们不进来躲躲冷风吗,先生?多少年没有这么难过的冬天了。"

塔克洛伊扬扬眉毛,看着克里斯托弗。"我很暖和。"克里斯托弗说。

"那我们就待在外面,"塔克洛伊说,"那个包裹?"

"马上,先生,"店主打着寒战说,"但你们不想喝点什么暖暖身子吗?不要客气,先生。"

"好的。"克里斯托弗马上说。上次来这里的时候,他曾经被款待过一种像巧克力但不是可可,然而可口得多的饮料。店主微笑着点点头,抖抖索索地转身进了门。克里斯托弗在桌边坐了下来。尽管天已经差不多黑了,但他感到浑身暖融融的。他的衣服完全干了。一群肥大的像飞蛾一样的东西扑打着明亮的窗户,但仍有足够的光线从中间透出来,让他看到塔克洛伊坐在空气里,然后又向桌子旁边一滑,坐上了椅子。

"无论端给我什么东西,你得替我喝。"塔克洛伊说。

"举手之劳,"克里斯托弗说,"为什么你让我写数字'9'呢?"

"因为这一组世界被人们叫做系列九,"塔克洛伊解释道,"你舅舅好像在这里有很多生意,所以选择在这里安排试验。如果试验成功了,我想他会在相关的世界里安排一系列的旅行。你会认为那有点乏味,不是吗?"

"哦,不。我喜欢这样,"克里斯托弗说,"这里除了系列九以外还有多少别的系列?"

"我们的是十二,"塔克洛伊说,"接下来是一,沿着另一条路。不要问我为什么它们的次序是反的。这是习惯。"

克里斯托弗皱起了眉头。分界点的山谷多如牛毛,排列方式错落不齐,且没有规则可言,从中数出十二个来是没有必要的。但他觉得塔克洛伊一定有自己熟悉的办法——或者拉尔夫舅舅有。

房主又匆匆走了出来。他端着两个冒着黑巧克力味蒸汽的小杯子,但是这股诱人的香味被和杯子一起放在桌子上的系长皮带的、圆形皮壶散发出来的难闻气味破坏了。"放这儿了,"他说,"那是包裹,这是让你们喝了驱寒好继续赶路的,先生。不知道你们俩在外面怎么受得了!"

"我们来自于一个寒冷多雾的气候,"塔克洛伊说,"谢谢你。"他让克里斯托弗签了收据,然后店主赶忙进了房间。"我猜这里平时肯定相当炎热,"他在房门关上后说,"我感觉不到,在精神状态下我对冷和热都没有感觉。那东西好喝吗?"

克里斯托弗开心地点点头。他已经喝完了一小杯。那种黑色的饮料热热的很可口。他又端起塔克洛伊面前的那杯,为了回味得更久一些,他一小口一小口地品味着。那个圆皮壶太难闻,很影响心情,于是他把它拿开放到地板上。

"你能拿起来,我明白了,还可以喝,"塔克洛伊盯着他说,"你舅舅让我看清楚些,现在我一点都不怀疑了。他说你在旅途中总弄丢东西。"

"因为很难拿着东西爬过那些石头,"克里斯托弗解释道,"我得把两只手都用上才行。"

塔克洛伊想了想。"嗯,那就解释了这个皮壶上为什么有带子。但也可能因为其他各种各样的原因。我很想知道,比如说,你曾经试过把什么活的东西带回去吗?"

"比如一只老鼠?"克里斯托弗建议,"我可以把它放进衣袋里。"

　　一种眉飞色舞的表情出现在塔克洛伊脸上。他看起来，克里斯托弗想，就像一个想彻底淘气一把的人。"让我们试一试，"他说，"看看你下次是不是能带回一只小动物。我会说服你舅舅的，就说我们需要知道结果。要是我们不试一下，我会好奇死的，哪怕这是你为我们做的最后一件事！"

　　接着塔克洛伊显得越来越不耐烦。最后他猛地站起来，身体穿过凳子，仿佛那张凳子不存在一样。"你还没喝完吗？我们得走了。"

　　克里斯托弗遗憾地把小杯子倒过来，把最后一滴饮料倒进嘴里。他拿起圆壶挂到脖子上。然后他跳下走廊，沿着那条遍布车辙的路出发了。他急着带塔克洛伊去看那座小镇。菌类植物像珊瑚一样在每户人家的门廊上生长。塔克洛伊会喜欢那里的。

　　塔克洛伊在他身后喊，"嘿，你要去哪里？"克里斯托弗停下来解释了一下。"不行，"塔克洛伊说，"蘑菇是什么颜色不重要。我不能保持这种恍惚状态更长时间了，我希望确保你也回去。"

　　太让人失望了。不过当克里斯托弗走近盯着他看的时候,塔克洛伊的确显露出一副模糊、飘飘忽忽的样子,好像他会在黑暗中消失,或者变成其中一只在窗口扑打的飞蛾。克里斯托弗一着急,就用一只手拉着他的袖子把他固定在原地。开始,几乎感觉不到那只胳膊的存在——就像克里斯托弗床底下的尘絮一样——但片刻后它就令人满意地坚实起来。塔克洛伊的轮廓变得清晰,黑色的身影在黑色树木的背景下显现出来。但塔克洛伊站着一动不动。

"我确实相信,"他说,好像他根本不相信似的,"你做了些什么把我凝固起来了。你干了什么?"

"把你变硬,"克里斯托弗说,"你需要这样才能去看看那座小镇。走吧。"

但塔克洛伊笑着牢牢抓住了克里斯托弗的胳膊——克里斯托弗都后悔把他变硬了。"不,我们改天再去看蘑菇。现在我也知道你能干这个,这就容易多了。但我只为这次旅行签了一个小时的合同。走吧。"

当他们沿着山谷返回的时候,塔克洛伊一直左顾右盼。"如果这里不那么黑的话,"他说,"我相信我也能把这里看成一个山谷。我能听到溪流的声音。这太让人吃惊了!"但很明显他看不见"分界点"。当他们走到那里的时候,塔克洛伊继续迈着大步,好像认为他还在山谷里。就在大风把迷雾吹到一旁的时候,他已经不见了。

克里斯托弗不知道应该回头去"9",还是接着去下一个山谷。但没有同伴似乎就少了乐趣,所以他让"分界点"推他回了家。

4

到了第二天早上,克里斯托弗彻底受不了那个皮壶的气味了,那不是臭可以形容的。他把它枕在脑袋下面,但好不了多少,他只好把它用枕头盖起来,这才接着睡。

当贝尔小姐进来叫他起床时,她立即凭气味发现了它。"我的老天!"她拉着带子把它拽了出来,"你成功了!我简直不敢相信能要到一整瓶这种材料,即使是你舅舅!难道他没有想到过风险?"

克里斯托弗眨着眼睛看着她。他从来没见过她这样情绪化。所有她隐藏的灵性此刻都表露无遗,她瞪着那个皮壶,好像不知道是应该生气,害怕抑或高兴。"里面是什么?"克里斯托弗问。

"龙血,"贝尔小姐说,"甚至还没干!在你穿衣服的时候我去把这个拿给你舅舅,不然你妈妈会乱扔东西。"她拿着皮壶匆匆离开了。"我想你舅舅会非常高兴。"她头也不回地说。

那是毫无疑问的。一天后克里斯托弗收到一个大包裹。贝尔小姐带着它和一把剪刀进了教室,让他自己把绳子剪开,这样做更让人激动。包裹里是一大盒巧克力,盒子上有一个大大的红色蝴蝶结,还有一幅男孩吹泡泡的图片。巧克力在克里斯托弗的生活中非常罕见,所以他差点漏掉了夹在蝴蝶结里的信封。信封里有一枚金币和一封拉尔夫舅舅的短信。

"做得好!!!"信里说,"下次试验是一周后。贝尔小姐会告诉你时间。来自你亲爱的舅舅的祝贺。"

这件事让克里斯托弗太开心了,所以他让贝尔小姐先从那些巧克力里挑一块。"我认为,"她选了一块克里斯托弗从来不喜欢的坚果巧克力,然后干巴巴地说,"在太多巧克力不见之前,应该拿给你妈妈一块。"然后她从克里斯托弗手里扯过那封短信在火上烧掉,暗示他不要向妈妈解释他是干了什么赢得这些巧克力的。

在拿给妈妈之前,克里斯托弗谨慎地吃掉了第一层巧克力。"噢天哪,这对你的牙齿很不好!"妈妈的手指在草莓和松露巧克力之间犹豫着,"显然你很得你舅舅的欢心——这也没什么,因为我已经把我全部的钱交到了他手里。有一天那会成为你的钱。"她最终拿起了一块软糖。"别让我弟弟把他给惯坏了,"她对贝尔小姐说,"另外我认为你最好带他去看看牙医。"

"好的,夫人。"贝尔小姐恭顺而单调地回答。

很明显妈妈对巧克力的来由没有一丁点疑心。克里斯托弗对忠实地完成拉尔夫舅舅的心愿很开心,尽管他真心希望妈妈没有选择软糖。剩下的那些巧克力没有维持一整周时间,但它们的确转移了克里斯托弗对下一次试验的热切期盼。事实上,第二周星期五睡觉之前,当贝尔小姐平静地告诉他:"你舅舅希望你今天晚上继续做另一个梦。"克里斯托弗感觉到的更多是例行公事而不是兴奋。"你要想办法赶到系列十,"贝尔小姐说,"和上次的同一个人会面。你认为你能做到吗?"

"小事一桩!"克里斯托弗骄傲地说,"我闭着眼睛都能做到。"

"别忘了自己是谁,"贝尔小姐评论道,"别忘记洗脸刷牙,还有不要太自信。这可不是做游戏。"

克里斯托弗的确想方设法让自己不要太自信,可那实在太容易了。他出发走上了那条路,在那里穿上他沾满泥污的衣服，然后爬过分界点寻找塔克洛伊。唯一的困难是这些山谷不是有序排列的，系列十不在系列九的旁边，而是在更下面的一条路的远处。克里斯托弗几乎认为他找不到那里了。但最后他滑下一个长长的浅黄色碎石堆，发现塔克洛伊正不舒服地蜷缩在一个山谷边缘，身上湿淋淋地泛着水光。他向克里斯托弗举起水淋淋的胳膊。

"天哪！"他说，"我以为你来不了了。把我变结实，好吗？我正在慢慢消失。新来的女孩不太管用。"

克里斯托弗握住塔克洛伊冰冷而模糊的手，塔克洛伊立即变得坚实起来。很快他就像克里斯托弗一样硬朗又潮湿，同样稳固，也同样高兴。"这也是你舅舅认为最难以相信的一件事，"塔克洛伊在他们爬进山谷的时候说，"但我发誓说我能看见——哦——嗯。你看到什么了，克里斯托弗？"

"这是我得到铃铛的那个'他世界'。"克里斯托弗微笑着环顾着那陡峭的绿色坡地。他清楚地记得这里，这个"他世界"的溪流中部有个特别的弯道。但这里有些新的东西——路边有一团朦朦胧胧的东西。"那是什么？"他问道，忘了塔克洛伊不能看到山谷。

但塔克洛伊显然在固化后得到了视力。他用力眯着眼睛,凝视着那团雾状的东西。"你舅舅的一部分试验似乎没有成功,"他说,"这应该是一辆没有马的马车。他正设法把它送进来接我们。你能把它也变结实吗?"

克里斯托弗走到那团东西旁边,想把手放上去。但那个东西的存在似乎不足以让他触摸,他的手就那样穿了过去。

"没关系,"塔克洛伊说,"你舅舅会再想办法的。另外这辆马车只是今晚三个试验里的一个。"他坚持要求克里斯托弗在土路上划了个大大的"10",然后他们继续往山谷下走。"要是那辆马车能用的话,"塔克洛伊解释,"我们就能尝试一些笨重的东西。既然这样,我们就随便找个小动物吧。老天爷!你来的时候我真是太高兴了。我已经几乎像那架马车一样糟糕了。这全是那个女孩的错。"

"那个带着竖琴的可爱的年轻女士?"克里斯托弗问。

"唉,不是,"塔克洛伊遗憾地说,"你上次固化我的时候她本来好好的。好像我在伦敦的身体化成了一缕烟雾,她以为我完蛋了,尖叫着拉断了琴弦。我一回去她就逃走了。她说她不接受报酬隐匿鬼魂,还指出她的合约只是一次神游,即使给两倍的报酬也不回来。真遗憾。我希望她是用更坚强的材料做的。她让我想起另一个带着竖琴的年轻姑娘,她曾是我生活中的光芒。"一瞬间,他显露出了长着这样一张愉快脸庞的人似乎不应有的悲伤。但他很快微笑起来。"但我不能要求她们中任何一个人分享我的阁楼,"他说,"所以这样也许没什么不好。"

"你需要另外找一个人吗?"克里斯托弗说。

"很不幸,我不像你,没有她们我就做不到,"塔克洛伊说,"一个专业的精神旅人必须有另外一种寄托的媒介——音乐是最好的方式——在有麻烦的时候把他召回来,确保他温暖,确保他不被拿着账单来的商人打扰等等。所以你舅舅有点匆忙地找了这个新的女孩。她是个坚强的伙计。说话像一把小斧子。吹笛子像有人用湿粉笔在黑板上划。"塔克洛伊微微颤抖了一下。"只要我听,就总能隐隐约约地听到。"

克里斯托弗也听到了尖利的噪音,但他认为那也许是这里成排坐在城墙下的耍蛇人吹的笛声。他们现在能看见城市了。这里的天气非常热,比"系列九"热得多。那些高大、外表污浊的城墙和形状奇特的圆顶在热气里颤动,像泡在水下的东西。大风下沙尘弥漫,几乎遮住了城墙下那排蹲在篮子前吹笛子的老人。克里斯托弗紧张地看着那些肥大的蛇,每一条都在篮子里向上扭动着。

塔克洛伊笑了。"别担心。你舅舅和你一样不希望要一条蛇。"

那座城有一座高耸但狭窄的城门。等他们走到城门的时候，两个人身上都蒙上了一层沙尘，克里斯托弗汗如雨下。塔克洛伊看起来清爽得令人羡慕。走进城墙，里面甚至更热一些。对于一个非常友好的"他世界"，这种天气的确是一种美中不足。街道上有荫凉的边缘挤满了人和山羊，还有摆在各种颜色大伞下的临时货摊，所以克里斯托弗不得不和塔克洛伊一起在令人目眩的阳光下走在街道中间。每个人都在高高兴兴地叫喊或闲谈。空气里充斥着奇怪的气味，羊叫声，鸡鸣声，还有叮叮当当的奇怪音乐声。所有的颜色都是亮色调，而其中最鲜艳的是街角五颜六色的小玩具。那里总是堆放着鲜花和一盘盘食物。克里斯托弗认为它们一定是属于非常小的神祇的。

一位坐在铁蓝色的伞下的女士给了他一些她卖的蜜饯。有点像糖渍的松脆鸟巢。克里斯托弗给了塔克洛伊一些，但塔克洛伊说他只能像在梦里品尝食物一样品尝它，即使克里斯托弗再把他固化一次也不行。

"拉尔夫舅舅想让我抓一只山羊吗？"克里斯托弗吮着手

指上的糖问。

"如果那架马车能用的话我们就试试，"塔克洛伊说，"但你舅舅真正想要的是一座神庙里的一只猫。我们得找到阿什斯神庙。"

克里斯托弗带头走到一个大广场，所有的大神庙都在这里。那个撑着黄伞的人还在那里，站在最大的神庙的台阶上。"啊，是的。那一座就是。"塔克洛伊说。正当克里斯托弗满怀希望地想去和撑着黄伞的人说话时，塔克洛伊说："不，我认为我们最好从周围的某个地方进去。"

他们沿着神庙外面狭窄的小巷寻找入口。但那个神庙根本没有其他的门，也没有任何窗户。周围的围墙很高，灰扑扑的，而且除了墙头上讨厌的尖刺外，所有的墙都是光秃秃的。塔克洛伊高兴地在一条有人倒了很多烂卷心菜的僻静小巷里站住，抬头看着那些尖刺。开着花的攀缘植物从墙的另一面爬过来，缠在那些尖刺之间。

"这个看起来很有希望。"他说，然后朝那面墙靠过去。他兴高采烈的表情消失了，突然显得沮丧又恼火。"真想不到，"他说，"你把我变得太结实了，穿不过去，该死！"他想了想，然后耸耸肩。"不过，这是试验三。你舅舅认为如果你能在两个世界之间穿行,也许你也能穿过一堵墙。你愿意当个游戏试试吗?没有我的话,你能进去捉一只猫出来吗?"

塔克洛伊看起来非常紧张,而且非常担心。克里斯托弗看着那堵陡峭的墙,心里直打鼓。"我可以试试。"他说,在很大程度上为了安慰塔克洛伊,他朝墙上滚烫的石头走过去,试图把身体挤进去。起初他做不到,但过了一会儿,他发现如果把身体侧成某种角度,就能让自己陷入那些石头里。他扭头鼓励地朝面带担心的塔克洛伊微微一笑。"我很快就回来。"

"我不喜欢让你一个人去。"塔克洛伊正说着,只听到呼啦一声。克里斯托弗发现自己从那堵爬满攀缘植物的墙的另一面冒了出来,一瞬间他被灿烂的阳光照得睁不开眼来。他能听到、感觉出面前的整个院子里都有东西在动,以一种悄无声息、几乎看不清楚的方式从他身旁跑开,几乎把他吓晕过去。蛇!他想,接着他眨眨眼,眯起眼睛,然后又眨眨眼,想把那些东西看清楚。

那些不过是猫,被他穿过墙壁的噪音吓得四散逃开而已。大部分猫在他视力恢复的时候已远不可及。有一些高高地爬上了攀缘植物,剩下的逃往院子里各种各样阴暗的拱门里,但一只比较慢的白猫被落在后面,正笨拙而犹豫地小步穿过一个有荫凉的角落。就抓那只,克里斯托弗打算去追它。

等他从攀缘植物里挣出来,那只白猫已经受到惊吓。它逃跑了。克里斯托弗跟在后面追,穿过一道悬挂着更多植物的拱门,然后是另一道拱门,穿过荫凉的院子,再穿过一个挂着门帘的门廊,那只猫从门帘的缝隙里钻了进去,克里斯托弗掀开门帘,紧跟着冲了进去,只是里面一片漆黑,他又一次什么都看不见了。

"你是谁?"黑暗里一个声音问道。那声音听起来既惊奇又傲慢,"你不该来这里。"

"你又是谁?"克里斯托弗警觉地问,他真希望眼前能看到点什么。

"我当然是女神,"那个声音说,"当世的阿什斯。你在这里干什么?除了节庆日,我不能见祭祀以外的任何人。"

"我只是来找一只猫,"克里斯托弗说,"找到后,我就离开。"

"这是不允许的,"女神说,"猫是供奉给阿什斯的。另外,如果你追的是比西,它是我的猫,而且就要生小猫了。"

克里斯托弗的眼睛正在慢慢适应,如果他努力朝那个声音所在的角落看的话,就能看到一个和他身高相仿的人坐在似乎是一堆垫子的东西上,还能分辨出那个人怀里抱着的一团白色。为了看清楚,他朝前走了一步。

"站在那里别动,"女神说,"不然我会召唤火把你烧焦。"

克里斯托弗吃惊地发现他无法移动脚步了。他试着挪挪脚,但他的光脚板好像被强力胶粘在地板上一样。挣扎的同时,他的眼睛适应了黑暗。女神是个长着圆脸,鼠灰色头发,相貌平常的女孩。她穿了一件无袖的锈褐色长袍,戴着大量的绿松石饰物,包括至少二十个手镯和一个缀着绿松石的头冠。她看起来比他年纪小——一点也不像能把人的脚固定在地板上的样子。克里斯托弗非常震惊。"你是怎么做到的?"他说。

女神耸耸肩膀。"当世阿什斯的力量,"她说,"我从所有的申请者中被选出来,因为我是她力量的最佳容器。阿什斯通过在我的脚上施加猫的印记的方式把我选出来。看。"她在垫子上侧身,把带着脚镯的赤脚朝克里斯托弗伸出来。她的脚底有一个大大的紫色胎记。克里斯托弗不认为那看起来像一只猫,即使他把眼睛像塔克洛伊一样眯起来。"你不相信我的话。"那个女神责难地说。

"我不知道,"克里斯托弗说,"我以前从来没有见过任何女神。你是做什么的?"

"我住在神庙里,从不见人,除了每年的节庆日,在那一天我骑马穿过城市,为整个城市赐福。"那位女神说。克里斯托弗觉得这样的生活不是很有意思,但在他开口之前,那位女神就补充说,"事实上,这没有多大乐趣,但当你像我这样被赋予崇高的荣耀,事情就是这样的。当世的阿什斯永远是年轻女孩,你明白吗?"

"那么当你长大后,就不再做阿什斯了吗?"克里斯托弗问。

女神皱着眉头。显然她也不能肯定。"啊,当世的阿什斯从来不是成年人,所以我想是这样——他们没说过。"她严肃的圆脸变得活跃起来,"那是以后的事情,是吗,比西?"她抚摸着那只白猫说。

"如果我不能要那只猫,你能让我另外找一只吗?"克里斯托弗问。

"视情况而定,"那位女神说,"我不认为我能把它们送给别人。你要猫是为了什么?"

"我舅舅想要一只,"克里斯托弗解释道,"我们在做一个试验,想弄明白我是不是能把一只活的动物从你们的'他世界'带到我们那里。你们是序列十,我们是十二。而且从'分界点'爬过去非常困难,你能再借我一只篮子吗,求求你了?"

那位女神沉思着。"有多少个'他世界'?"她用试探的方式问。

"几百个,"克里斯托弗说,"不过塔克洛伊认为只有十二个。"

"祭司们也说有十二个已知的另外的世界,"女神点着头说,"但普劳德富特嬷嬷非常肯定地说还有很多。对了,你是怎么进来的?"

"穿墙,"克里斯托弗说,"没人见到我。"

"那如果你愿意的话,你还能进出这里?"女神说。

"小菜一碟!"克里斯托弗说。

"很好。"女神说。她把白猫放到垫子上,自己一跃而起,带着一阵叮叮当当的饰物撞击声。"我会给你换一只猫,"她说,"但首先你必须以女神的名义发誓,你会带着我想交换的东西回来,不然我会一直把你的脚钉在地板上,然后喊阿什斯的士兵来杀了你。"

"你想交换什么?"克里斯托弗问。

"先发誓。"女神说。

"我发誓。"克里斯托弗说。但这样还不够。女神用双手的拇指扣着饰带,目光炯炯地看着他。她的确比克里斯托弗矮一点儿,但丝毫无损她目光中的威严。"我以女神之名起誓,我会带着你想用来交换那只猫的东西回来——这样可以吗?"克里斯托弗说,"现在能说说你想要什么了吗?"

"可以阅读的书籍。"女神说。"我很无聊。"她解释道。她不是用发牢骚的语气说的,而是用一种让克里斯托弗信服的轻松语气。

"这里没有书吗?"他说。

"有很多,"女神闷闷不乐地说,"但都是教育和宗教方面的。当世女神不允许接触神庙外的一切。你明白吗?"

克里斯托弗点点头。他非常理解。"我能得到哪只猫?"

"斯洛格莫尔顿。"女神说。随着这句话,克里斯托弗脚上的束缚被解除了。他得以跟在女神身边,两人掀开门帘,走出门廊进入那个荫凉的院子。"我不介意你带走斯洛格莫尔顿,"她说,"它又臭又喜欢抓人,还总欺负别的猫。我讨厌它。我们抓它的时候手脚要快。祭祀们午休后会很快过来。稍等!"她飞跑进旁边的一道拱门,脚镯突如其来的哗啦声吓了克里斯托弗一跳。她像一阵风一样几乎立刻卷了回来,长袍飘飘,饰带飞舞,鼠灰色的长发迎风飘扬。她拿着一个带盖子的篮子。"这个应该可以,"她说,"这个盖子的挂钩很牢。"她带路穿过悬挂着攀缘植物的拱门,走进一个阳光耀眼的院子。"它常常在这里对其他猫儿作威作福,"她说,"是的,它在那儿——角落里那只。"

斯洛格莫尔顿是一只姜黄色的猫。此时它正盯着一只黑白花的母猫,后者可怜巴巴地伏在地上,试图慢慢退开。斯洛格莫尔顿一边威吓,一边扑打着带花纹、蛇一样的尾巴,直到那只猫吓破了胆子,一溜烟逃跑了。然后它扭头看克里斯托弗和那位女神想来干什么。

"它是不是很吓人?"女神说。她把篮子抛给克里斯托弗。"打开盖子拿着,等我把它赶进去后马上把盖子盖上。"

克里斯托弗不得不承认,斯洛格莫尔顿的确是一只不讨人喜欢的猫。它用黄色的眼睛傲慢地斜视着他们,它的耳朵也很特别——一边比另一边高——克里斯托弗相信它会凶猛地攻击任何阻挡它的东西。他很困惑,斯洛格莫尔顿的样子在很大程度上使他联想到拉尔夫舅舅。他认为那一定是因为它的姜黄色。

这时,斯洛格莫尔顿感觉到他们在追它。他疑惑地弓起了腰,然后腾身跳进墙上的攀缘植物里,飞快地向上攀爬,直到站上高高的墙头。

"不,给我回来!"那个女神说。

接着斯洛格莫尔顿弓着腰的姜黄色身体像黄色的回旋镖一样飞了回来,扑通一声落进篮子里。克里斯托弗猝不及防,合盖子的动作慢了一点。斯洛格莫尔顿像闪电一样从篮子里跳了出来。女神抓住它把它塞了回去。于是,克里斯托弗眼花缭乱地看到了很多条挣扎着的姜黄色的腿——至少七条——牢牢钩住了她的手镯、长袍和她长袍下的腿,把长袍撕成了碎片。克里斯托弗瞄准斯洛格莫尔顿的一个头——它似乎有至少三个头,每个都长着多得不可思议的尖牙——等它进入攻击范围后,猛然用盖子用力敲了下去。一眨眼工夫,斯洛格莫尔顿从一个好斗的恶魔变回了一只普通的、晕头转向的猫。女神把它抖落到篮子里。克里斯托弗啪地合上了盖子。一只巨大的带着长长的利钩的爪子立即从挂钩孔里探了出来,在克里斯托弗固定挂钩的时候在他手上抓了几道口子。

"谢谢,"他吮着自己伤口说。

"我很高兴看到他离开,"女神舔舔胳膊上的一道抓痕,用撕裂的长袍擦掉了腿上的血迹。

一个悦耳的声音从悬着植物的拱门传来。"亲爱的女神!你在哪里?"

"我得走了,"女神小声说,"别忘了那些书。你发誓作交换的。来了!"她大声说,然后朝拱门跑去,发出一阵叮叮当当的声音。

克里斯托弗迅速转身回到墙边,试图穿过去。但他失败了。不管他如何努力地改变角度,就是不成。他知道这是因为斯洛格莫尔顿。拿着一只在篮子里咆哮的活猫使他成了这个"他世界"的一部分,因此他必须遵守这里的普遍规律。他该怎么办?远处又响起了呼喊女神的叫声,他也看到人们从院子周围至少另外两处拱门走进来。他根本没考虑过把篮子放下来。拉尔夫舅舅想要这只猫。他跑了起来,全力朝最近的一道似乎没人的拱门跑过去。

不幸的是,篮子的颠簸使斯洛格莫尔顿确信自己被绑架了。它扯着嗓子抗议起来——克里斯托弗怎么也想不到一只猫能发出这样嘹亮的声音。斯洛格莫尔顿的嚎叫响彻整个庭院,逐渐升高成垂死的吸血鬼一样的尖叫,忽然是低沉的嗥叫,然后再次升高成尖叫。克里斯托弗还没有跑出二十码,后面就传来了叫喊声,还夹杂着凉鞋的啪嗒声和赤脚的咚咚声。

他加快速度,遇见走廊就钻,然后一口气跑下去。斯洛格莫尔顿在篮子里不停地嚎叫,为身后的追逐者们指引着方向。太糟糕了,它引来了更多的人。当克里斯托弗看到前面的阳光时,身后的叫喊和追逐的人增多了一倍。他朝那里冲过去,身后密密麻麻跟了一群人。

他看到的实际不是阳光,而是一个巨大而混乱的圣堂,里面挤满了信徒、雕像和富丽堂皇的彩绘柱子。阳光正从一百码外敞开着的大门照射进来。克里斯托弗能看到门外撑着黄伞的人的轮廓。他避开柱子,绕过祈祷的人群,朝那道门冲过去。"呜—呜——嗷—嗷!"斯洛格莫尔顿在篮子里嚎叫着。

"拦住小偷!"追赶他的人尖叫道,"阿什斯侍卫!"

克里斯托弗看到一个带着银面具的男人,也许是一个女人——总之是一个带着银面具的人——站在一段楼梯上小心地用一支长矛对着他。他试图躲开,但没有时间,不然就是那支长矛以某种方式跟着他。颤动的长矛砰的一声撞上了他的胸膛。

接着一切都似乎变得非常缓慢。克里斯托弗一动不动地站着,手里提着那个嚎叫的篮子,不敢相信地看着穿过他肮脏的衬衣,从胸口伸出来的矛杆。他看得无比真切。它是用磨得很光滑的褐色木头做成的,上面还雕刻着字和图画。矛杆的中部有一个银质的握手,上面的图案几乎被磨光了。几滴血正从长矛和身体接触的部位渗出来。矛尖一定刺得很深。他抬起头,看到戴面具的人正胜利地向他逼过来。更远的地方,在门口那边,塔克洛伊肯定是被吵嚷声引了过来。他正呆若木鸡地站在那里,惊恐地看着这里。

摇摇晃晃地,克里斯托弗伸出空闲的手,抓住长矛的握手把它拉了出来。扑通一声,一切都停止了。

5

清晨时分,克里斯托弗意识到吵得他睡不好觉的是地板中间一个篮子里传出的愤怒的猫叫声。斯洛格莫尔顿想出来。克里斯托弗立刻从床上坐起来,胜利地笑了,因为他证实自己能从"他世界"把一只活生生的动物带出来。接着他想起了从胸口伸出来的那支长矛。低头一看,哪有什么长矛,也没有血迹,连疼也不疼。他摸了摸胸口,毫无异样。再解开睡衣一看,他看到的只是光滑的苍白皮肤,没有丝毫伤口痕迹。

他一点事都没有。毕竟那些"他世界"事实上只是一种梦境。他笑起来。

"呜!"斯洛格莫尔顿愤怒地嚎叫,篮子被它挣翻了。

克里斯托弗认为最好把它放出来。鉴于那些凶猛的利爪,他站在床上解下了挂窗帘的沉重横杆。滑来滑去的窗帘让那根杆子很难控制。克里斯托弗想用窗帘抵挡斯洛格莫尔顿的愤怒,所以他把窗帘堆在身子前面。经过一番摇摆和瞄准,他成功地把窗帘杆的铜头插进了篮盖的锁扣,打开了那只篮子。

猫叫声停了下来。斯洛格莫尔顿似乎认为这是个圈套。克里斯托弗等了一下,然后轻轻跳上床,手里抓着横杆和一束窗帘,防备斯洛格莫尔顿的进攻。什么事都没发生。克里斯托弗探着头谨慎地往篮子里看过去,里面有个姜黄的圆球随着篮子微微晃动。原来斯洛格莫尔顿对面前的自由不屑一顾,蜷着身子睡着了。

"那好,"克里斯托弗说,"随便你吧!"经过一番挣扎,他重新把窗帘杆固定在支架上,接着自己也睡了。

下一次他醒来的时候,斯洛格莫尔顿正在房间里到处探索。克里斯托弗仰躺在床上,警惕地看着斯洛格莫尔顿在家具上跳来跳去。在他看来,斯洛格莫尔顿已经不再生气。它只是显得非常好奇。在它一弓身从衣柜顶部跳到窗帘杆上的时候,克里斯托弗猜想,也许它希望在不接触地板的情况下把整个夜间保育室逛一遍。在斯洛格莫尔顿用它不同寻常的利爪把自己悬在窗帘杆上,开始沿着窗帘杆移动的时候,克里斯托弗肯定了自己的猜测。

后来发生的事肯定不能怪斯洛格莫尔顿。克里斯托弗知道那是因为他把窗帘杆放回去的时候没有放好。横杆靠近克里斯托弗的一端松脱了,连着呼啦啦作响的窗帘和死死抓在上面的斯洛格莫尔顿,像鱼叉一样刺了下来。在那一瞬间,克里斯托弗看到了横杆另外一头斯洛格莫尔顿盯着他的惊恐的眼睛。然后横杆的铜头撞到了他的胸口,像矛一样刺了进去。这根横杆不锋利,也不沉重,但还是一样刺进了他的胸口。紧接着,斯洛格莫尔顿惊恐地用爪子在空中抓挠着落在他肚子上。克里斯托弗认为它尖叫起来。总之是他或斯洛格莫尔顿的叫声引来了贝尔小姐。他看到的最后一幕是贝尔小姐穿着白睡衣,吓得脸色发白,一边挥舞双手做着奇怪的手势,一边念着一些古怪的词语……

……他过了很久才醒过来,那已经是下午接近傍晚的时候了,他的胸部疼得厉害,蒙蒙眬眬地听见拉尔夫舅舅的声音。

"该死的麻烦事儿,艾菲,我们正要准备大干一场!他不会有事吧?"

"我想是的。"贝尔小姐说。两个人正站在克里斯托弗的床边,"我及时赶过来念了止血咒,伤口看来正在愈合。"这时克里斯托弗心想,真有趣,我还不知道她是个女巫!她又接着说:"我还没敢向你姐姐说一个字。"

"千万别说,"拉尔夫舅舅说,"她对他有自己的一套计划,如果她知道的话会阻止我们的。那只该死的猫!我已经根据第一次行动在所有相关的世界做了安排,我不想取消它们。你认为他会痊愈吗?"

"迟早的事,"贝尔小姐说,"我在绷带上加了一个很强的咒语。"

"那我得把一切都往后拖了,"拉尔夫舅舅说,听起来很不高兴,"至少我们得到了那只猫。那东西在哪里?"

"在床底下。我想把它弄出来,但被它抓得很疼。"贝尔小姐说。

"女人啊!"拉尔夫舅舅说,"我来抓它。"克里斯托弗听见他跪在地板上。他的声音从床底传出来。"过来,好猫咪,来这里,猫咪。"

只听见一阵愤怒的猫叫声。

接着是拉尔夫舅舅跪着退出来的声音,加之以一连串的咒骂,"这东西是个十足的魔鬼!"他补充说,"它抓掉了我一块肉!"然后他的声音从一个更高也更远的地方传过来,"别让它跑掉。在这间屋子周围布置一个禁咒,等我回来。"

"你去哪里?"贝尔小姐问。

"去找双厚皮手套和一名兽医,"拉尔夫舅舅在门旁边说,"这是一只阿什斯神庙的猫。它几乎是无价之宝。魔法师们愿意为它的一寸肠子或一只爪子付五百镑。它的两只眼睛能各卖几千镑——所以你要确保禁咒万无一失。我找兽医可能得花一个小时。"

房间里安静下来。克里斯托弗打了会儿瞌睡。他醒来时感到好多了,就坐起来看了看自己的伤口。贝尔小姐已经用一条干净的绷带把伤口包了起来。克里斯托弗拉开绷带很有兴趣地往里面看,那个伤口是个圆圆的红色小洞,比他料想的小得多,几乎一点也不疼。

正在他为怎样才能知道伤口有多深伤脑筋的时候,听到窗台下传来了凄厉的呜咽声。他抬头看去,发现窗户是开着的——贝尔小姐对新鲜空气有一种偏执的爱好——斯洛格莫尔顿正伏在窗台下哀叫。它发现克里斯托弗在看,就用一只利爪在窗框所在的空间抓挠起来。那片空空如也的地方发出类似用粉笔在黑板上写字一样的声音。

"呜。"斯洛格莫尔顿叫道。

克里斯托弗不知道斯洛格莫尔顿为什么认为自己会向着

它。不管怎么说,它曾经几乎杀死自己。

"呜?"斯洛格莫尔顿又可怜巴巴地叫了一声。

但是,克里斯托弗想,自己被害得半死又不是斯洛格莫尔顿的错。尽管它也许是所有的"他世界"里最丑最凶猛的猫,但把它绑架到一个陌生的世界,并导致它被一片一片地卖给魔法师似乎是不公平的。

"好吧。"他说。他从床上爬起来。斯洛格莫尔顿急切地立起来,高高翘起姜黄色的细尾巴。"好的,但我不知道怎么破除咒语。"克里斯托弗谨慎地走过去。斯洛格莫尔顿往后退了一下,没有任何攻击的意思。克里斯托弗把手伸到窗口。那片空间摸起来像一个有弹性可以伸缩的实体,但即使他用力去推也不能把手穿过去。所以他只好做了自己唯一能想到的事,把窗户开大了一点,他觉得那个符咒就像一张非常坚固的蛛网。

"呜!"斯洛格莫尔顿感激地叫了一声,走开了。克里斯托弗看着它像一道黄烟一样飞奔,停下来时已经上了窗台。接着斯洛格莫尔顿跳到一扇凸窗的顶部,从那里跳到了地面上。它姜黄色的身影一路小跑着进了树丛,从栅栏下面钻了出去,几乎又有了寻找小鸟猎杀或欺负其他小猫的气势了。克里斯托弗小心地把窗户恢复原样,回到床上。

当他下一次醒来时,正听见妈妈在门外焦急地说:"他怎么样?我希望这不会传染。"

"绝对不会,夫人。"贝尔小姐说。

于是妈妈进来了,让整间屋子飘满了她的香气——这样正好,因为斯洛格莫尔顿在床底留下了它的刺鼻气味——她看着克里斯托弗。"他显得有点苍白,"她说,"我们需要找医生吗?"

"我会照料一切的,夫人。"贝尔小姐说。

"谢谢你,"妈妈说,"确保这不会打断他的教育。"

然后妈妈走了,贝尔小姐拿着雨伞在床下和家具下面到处捅,寻找斯洛格莫尔顿。"它去哪里了?"她爬起来用雨伞在衣柜上面扫了一下,问克里斯托弗。

"我不知道。"克里斯托弗老老实实地回答。因为他知道斯洛格莫尔顿这时候大概在几条街之外了,"我睡觉之前它还在这里。"

"它消失了!"贝尔小姐说,"一只猫是不会这样消失的!"

克里斯托弗试探地说:"它是一只阿什斯神庙的猫。"

"的确,"贝尔小姐说,"毕竟它们有着不寻常的魔力。可是你舅舅发现它消失肯定会不高兴的。"

这话无疑令克里斯托弗感到愧疚。他睡不着了,大约一个小时后,他听到有轻快有力的脚步声接近门口,立刻坐了起来,不知道该跟拉尔夫舅舅说什么。但进门的人不是拉尔夫舅舅。他完全是个陌生人——不,他是爸爸!克里斯托弗认出了那黑色的髭须。爸爸的脸也相当眼熟,因为和他自己的脸很相像,除了胡须和那种严肃而担心的表情。克里斯托弗很惊讶,因为他莫名其妙地认为爸爸是在钱上出了问题,然后不光彩地从家里离开的。

"你怎么样,孩子?"爸爸说。看着他匆忙、担忧的语气和紧张地看着门口的表情,克里斯托弗明白爸爸的确离家出走了,而且不希望让人撞见他在这里。很明显他是专程来看克里斯托弗的,这使克里斯托弗倍感吃惊。

"我很好,谢谢你。"克里斯托弗礼貌地说。他一点也不懂得怎么跟爸爸面对面地说话。有礼貌似乎是最安全的。

"你肯定吗?"爸爸关心地看着他问,"我给你设下的生命咒语显示——事实上它停止了,好像你已经——呃——老实说我以为你也许死了。"

克里斯托弗更吃惊了。"哦,没有,我现在感到好多了。"

他说。

"感谢上帝!"爸爸说,"我肯定在布置咒语的时候弄错了——这似乎成了我的一个习惯。但我也查看了你的星相,反复检查过几次。我必须提醒你,接下来的一年半对你是一段非常危险的时间,我的孩子。你一定要非常小心。"

"好,"克里斯托弗说,"我会的。"他是认真的。如果闭上眼睛,他甚至还能看到那根窗帘杆向他落下来。而且他还要极力避免想起那根完全刺穿他身体的长矛。

爸爸向他俯下身子,再次偷眼看了看门口。"你妈妈的那个弟弟——拉尔夫·阿金特——我听说他揽下了你妈妈的事,"他说,"要尽量避免和他发生关系。就我了解他不是好人。"说完这句话后,爸爸拍拍克里斯托弗的肩膀,匆匆离开了。克里斯托弗松了一口气。不知道为什么,爸爸让他感到很不舒服。他现在更担心该怎么跟拉尔夫舅舅说了。

让他释然的是,贝尔小姐告诉她拉尔夫舅舅不来了。她说舅舅因为丢失斯洛格莫尔顿非常恼火,所以没有心情来探望病人。克里斯托弗感激地叹了口气,接着享受病人的生活。他画画,吃葡萄,看书,只希望自己能多病一段时间。那可不太容易。第二天早上他的伤口就结了个圆圆的痒痒的痂,第三天连结的痂也不见了。第四天一早,贝尔小姐就叫他起床,像平时一样的上课;但当病人的那几天的确过得非常愉快。

第五天,贝尔小姐说:"你舅舅想让你明天尝试另一个试验。这次他希望你在系列八和那个人会面。你觉得你好彻底了吗?"

克里斯托弗感到前所未有的好,只要不是让他去系列十,他很愿意继续另一场梦。

系列八在系列九上面,是个荒凉且多石头的"他世界"。克里斯托弗曾经一个人探索过那里,对那里一点也不喜欢。但是塔克洛伊看到他太高兴了,使他感到很不知所措。

"看见你很高兴!"塔克洛伊在克里斯托弗把他变结实的时候说,"我认为自己造成了你的死亡。我真后悔说服你舅舅让你去抓一只活着的动物!每个人都知道活物会造成各种各样的问题,我已经告诉过他我们再也不会做那种尝试了。你真的没事?"

"没事,"克里斯托弗说,"我醒来的时候胸口什么都没有。"实际上在两次事件里最有意思的是,斯洛格莫尔顿造成的抓伤完全愈合用的时间是另外两个伤口的两倍。但塔克洛伊似乎认为这件事难以置信,所以充满自责。克里斯托弗很为难,于是改变了话题。"你还用着那个坚强的年轻女士吗?"

"比以前还要坚强,"塔克洛伊说,他立刻来了兴致,"那个可恶的女孩现在正在用笛声让我心里发慌。看看山谷下面。你舅舅在你——出事后一直很忙。"

拉尔夫舅舅已经完善了那辆没有马的马车。它正停在溪流边那片稀稀拉拉的草地上,和周围的一切一样坚实,但它更像一架粗糙的木雪橇。这辆马车做了一些改进,所以塔克洛伊能用手拉住固定在前面的绳子。一拉绳子,马车就跟在他后面朝山谷下滑动起来,不用真正地触及地面。

"在我回阁楼的时候,它要跟着我一起返回伦敦,"他解释说,"我知道这似乎不可能,但你舅舅发誓说这次马车没问题。问题是,它是带着货物回去,还是货物仍然被留在后面?这就是我们今天晚上的试验要弄明白的问题。"

克里斯托弗不得不帮塔克洛伊把马车拉到山谷外那条长长的石路上。塔克洛伊从来没有结实到能干重活的程度。最终他们来到一处位于山腰的农场,在那里,一群胳膊粗壮的女人正站在院子里无声等候着,她们身边是一堆用油绸裹得严严实实的包裹。包裹的气味很奇怪,但那种气味被那些女人呼出的浓重大蒜味盖住了。马车一停下来,一股股怪味就飘了过来，那些女人抱起包裹往车上放，但包裹穿过车子掉在地上。

"不行，"塔克洛伊说，"我认为你们得到提醒了，让克里斯托弗来干。"

这是个吃力的工作。那些女人们怀疑地看着克里斯托弗把那些包裹放上车，然后用绳子固定好。塔克洛伊想帮忙，但他还不够凝固，他的双手直接穿过了包裹。克里斯托弗在大风里既累又冷。当一个女人向他坚定而友好地微笑着，问他愿不愿进门喝点什么的时候，他高高兴兴地答应了。

"今天不行，谢谢你，"塔克洛伊说，"这个东西还是试验性的，我们不知道那些符咒能持续多长时间。我们最好赶快回去。"他看得出克里斯托弗很失望。在他们拖着马车下山的时候，他说："我不是怪你。把这看成是一次公务旅行吧。你舅舅的目的是根据这辆车今晚的表现决定如何进行修改。我衷心希望他能使这辆车坚固到能够让那些送货的人装车的程度，那样我们就不用完全依赖你了。"

"但我喜欢帮忙，"克里斯托弗抗议道，"另外，如果我不来把你变结实，你怎么拉车？"

"这倒是的。"塔克洛伊说，他们下山后沿着山谷往上爬，绳子紧紧地勒在他的肩膀上。塔克洛伊想了一会儿。"有些事情我必须告诉你,"他喘着气说,"你究竟学过魔法没有?"

"我想没有。"克里斯托弗说。

"那你应该学学,"塔克洛伊说,"你肯定有我所见过的最强大的魔法天赋。让你妈妈给你上魔法课。"

"我认为妈妈希望我当传教士。"克里斯托弗说。

塔克洛伊听完他的话不由眯起了眼睛。"你肯定吗?也许你听错了吧?那个词会不会是魔法师①?"

"不,"克里斯托弗说,"她说我以后要进入协会②。"

"哈,上流社会!"塔克洛伊一边喘息,一边充满渴望地说,"我也常常梦想自己进入上流社会,穿着天鹅绒套装,显得很英俊,被弹竖琴的年轻妞儿们围在中间。"

"传教士穿天鹅绒套装?"克里斯托弗说,"还是你在说天堂?"

塔克洛伊朝铅灰色的天空看了一眼。"我不认为我们的谈话跟那里有关系,"他说,"再试一次。你舅舅告诉我你很快

---

① 英文里魔法师(magician)和传教士(missionary)两个词发音比较接近,所以有听错的可能。
② 协会(society)也有社会,社交界,上流社会的意思。克里斯托弗这里指的大概是异教徒援助协会,但被塔克洛伊理解成了上流社会。

要去学校读书了。只要那是一所像样的学校,他们就会额外教授魔法。答应我你会去申请学习魔法课程。"

"好的。"克里斯托弗说。提起学校,他有点惴惴不安。"学校是什么样子的?"

"里面全是小孩子,"塔克洛伊说,"我不想让你有成见。"这时候他已经拉着车上了山谷的入口,"分界点"的迷雾在他们面前翻滚着。"现在到了最困难的部分了,"他说,"你舅舅认为如果你在我离开的时候推一把,这辆车也许更有可能带着货物一起回去。不过在我走之前——下次你发现自己进了异教徒寺庙而他们在追赶你的时候,丢掉一切东西从最近的墙壁穿出来。明白吗?根据情况,我们大约一周后见。"

克里斯托弗用肩膀顶在马车背后,在塔克洛伊握着绳子踏进迷雾后推了一把。那辆马车先是翘起来,然后跟着塔克洛伊滑了下去,进入迷雾后,它就像轻盈的纸风筝一样俯冲着进入迷雾,摇摇摆摆地离开了视线。

克里斯托弗在回家时一路沉思着。原来他已经在不知情的情况下进入了异教徒生活的"他世界",太吓人了。他一直害怕异教徒无疑是有道理的。说什么也不能再去系列十了。另外,他希望妈妈没有决定让他成为一名传教士。

6

从那以后，拉尔夫舅舅每周安排一次新试验。塔克洛伊说，他很开心，因为到达塔克洛伊阁楼的包裹毫发无损。两个魔法师和一个术士改善了马车上的咒语，使它能在另一个"他世界"停留一整天。那些试验变得越来越有趣，塔克洛伊和克里斯托弗拖着车赶到货物所在的地方后，那些货物已经精心包装成克里斯托弗方便处理的尺寸。等克里斯托弗装完车，他和塔克洛伊就可以四处游荡。

塔克洛伊坚持去逛逛。"这是他的特别待遇，"他向那些看守包裹的人说，"我们大约一小时后回来。"在系列一里，他们去看了令人惊叹的圆环火车，那些环装在远离地面的高塔上，彼此间隔几英里，火车就被拉着在这些环里穿行，发出天空被撕裂一样的噪声。在系列二里，他们在河道上纵横交错的桥梁组成的迷宫里漫步，看着巨大的泥鳅伏在沙洲里，更奇怪的动物打着呼噜在桥下的烂泥里活动。克里斯托弗认为塔克洛伊和他一样喜欢闲逛。因为他在那段时间里总是很开心。

"这可以让我暂时忘掉倾斜的天花板和剥落的墙,我不常离开伦敦。"塔克洛伊承认道,他在系列五的沙滩上指导克里斯托弗怎么把沙堡造得更好。系列五原来是克里斯托弗遇见那些傻乎乎的女士的地方。那里全是岛屿。"这里从各方面来说都比布莱顿好!"塔克洛伊远眺着宝蓝色的海浪,"几乎和下午打一场板球一样惬意。真希望我有更多的钱可以摆脱现在的生活。"

"那么说你丢失了所有的钱?"克里斯托弗同情地问。

"我从来没有什么钱可以丢,"塔克洛伊说,"我是个弃儿。"

克里斯托弗当时没有再问下去,因为他正盼着那些美人鱼能像过去一样出现。但他看了又看,等了又等,一条美人鱼都没出现。

接下来的那个星期,他在系列七里又回到了那个话题上。在他们跟着一个吉普赛人模样的男人去看大冰川时,他问塔克洛伊弃儿是什么意思。

"那表示有人发现了我,"塔克洛伊说,"那个人是一个善良而虔诚的船长,我还是婴儿的时候,他在一个小岛上发现了我。他说是主把我送来的。我不知道我的父母是谁。"

克里斯托弗非常吃惊。"那就是你总是那么开心的原因吗?"

塔克洛伊哈哈大笑。"我大部分时间很开心,"他说,"但今天感觉特别好,我终于打发走了那个吹笛子的女孩。你舅舅帮我找了一个小提琴拉得很好,像老祖母一样的人。也许因为这个,或者是因为你的影响,我感到越走越结实。"

克里斯托弗看看走在前面山路上的他,感觉他像路边耸立的石头一样结实,也像大步走在他们前面的吉普赛人一样真切。"我认为你变得越来越在行了。"他说。

"也许吧,"塔克洛伊说,"我认为你提高了我的水平。另外,你知道吗,小克里斯托弗,在你出现之前,我被认为是全国最好的精神旅行者?"

这时吉普赛人招手喊他们去看冰川。那座冰川坐落在他们上方的嶙峋乱石里,形成一个巨大的灰白色V形。克里斯托弗并不认为它很好。他发现这座冰川主要是由肮脏的陈雪构成的——尽管它的确很大。巨大的冰盖悬在他们头上,几乎是透明的灰色,水滴从上面落下来。系列七是一个奇怪的世界,尽管有山和雪,但也热得让人吃惊。在雪水流过的地方,炎热促生了蕨类植物和繁茂的热带树木。凶猛生长的青苔长出帽子一样大的孢子杯,一切都浸润在水里。在这里就像同时看着北极和赤道。冰川下的树木看起来很小。

"印象深刻,"塔克洛伊说,"我认识两个和这个东西很像的人。其中一个是你的舅舅。"

克里斯托弗觉得这样说很愚蠢。拉尔夫舅舅和这个大冰川一点都不像。接下去的一整个星期他都很生塔克洛伊的气。但当贝尔小姐突然拿给他一堆既结实又实用的衣服,告诉他:"你舅舅的人一直吵着说你总是穿着破衣服,上次在雪地里你的牙齿都打架了。我们不希望你生病,对吗?"克里斯托弗一下子就不生气了。

克里斯托弗从来没在意过受凉,但他很感激塔克洛伊。他的旧衣服已经变得太小,在爬越"分界点"的时候很碍事。所以他决定继续喜欢塔克洛伊。

"我说,"他问塔克洛伊,当时他正在系列四的一个巨大金属棚里装车,"我能去你的阁楼里拜访你吗?我们都生活在伦敦。"

"你生活在一个非常不同的部分,"塔克洛伊慌忙说,"你根本不会喜欢我的阁楼所在的地区。"

克里斯托弗抗议说那没关系。他想见见塔克洛伊本人,他还想看看那间阁楼。但塔克洛伊总找借口推辞。克里斯托弗则一直请求,每次试验至少问两次。直到他们再次进入那个陡峭而多石的系列八,克里斯托弗穿着暖和的衣服,感到非常开心。当他站在农场的炉火旁,端着一杯苦麦芽茶暖手的时候,出于对塔克洛伊的感激他又问了一次:"哦,拜托,我能去你的阁楼参观一次吗?"

"哦,别再问了,克里斯托弗,"塔克洛伊说,显得非常厌烦,"我很乐意邀请你,但你舅舅和我有约在先,我只能在试验时才能和你见面。如果我告诉你我住在哪里,我就会丢掉这个工作。事情就是这么简单。"

"那我就到每个阁楼附近转转,"克里斯托弗狡猾地说,"喊塔克洛伊,问别人,直到我找到你。"

"不可能,"塔克洛伊说,"你会一无所获。塔克洛伊只是我精神的名字。我肉体上的人有一个完全不同的名字。"

克里斯托弗只好放弃并接受现实,尽管他不知道是什么原因。

同时,他去学校的日子似乎突然来临了。克里斯托弗虽然一直避免去想，但他不得不花很多时间试新衣服，所以很难置之不理。贝尔小姐在他的衣服上绣上"C·钱特"，然后放到一个亮闪闪的黑色铁皮箱里，铁皮箱也用白色的粗体字写上"C·钱特"。这只箱子不久后就由一个有着粗壮的胳膊，让克里斯托弗想起系列八的那些女人的搬运工运走了。同一个搬运工也带走了妈妈的全部箱子，只是她的箱子是运往巴登巴登，克里斯托弗的箱子上写的是"萨里郡，彭奇学校"。

第二天，妈妈动身去巴登巴登。她来和克里斯托弗说再见，用一条和她的旅行套装相配的蓝色蕾丝手帕擦拭着眼睛。"记着要好好表现，好好学习，"她说，"别忘了妈妈希望在你长大后能为你感到骄傲。"她把香喷喷的脸颊靠近克里斯托弗，吻吻他，然后对贝尔小姐说："记着带他去看牙医。"

"我不会忘记的，夫人。"贝尔小姐以极为平淡的声音说。不知道怎么，她的可爱似乎从来没有在妈妈面前表现出来过。

克里斯托弗很讨厌牙医。在一阵似乎想把所有的牙齿弄掉的敲打和检查之后，那位牙医发表了一番关于那些牙齿如何弯曲和错位的演说，直到克里斯托弗开始以为自己长着和斯洛格莫尔顿一样的獠牙。牙医让克里斯托弗戴上了一个大大的亮闪闪的牙箍，这个牙箍不能取下来，连晚上也不能。克里斯托弗痛恨这个牙箍,痛恨到几乎忘记了对学校的恐惧。

仆人们用防尘床单把家具盖好,然后一个接一个地离开了,直到克里斯托弗和贝尔小姐成了屋子里仅剩的人。那天下午,贝尔小姐带着他坐马车去了火车站,然后让他坐上了去学校的火车。

在月台上,克里斯托弗突然害怕得身体发僵。这是他在踏上成为一名传教士,而后被异教徒吃掉的道路上走出的第一步。恐惧好像把他的生命从身体中抽空了,面部以下都变得僵硬,而两条腿则不由自主地打战。对学校为何物的缺乏认识似乎更加重了他的恐慌。

他没有听到贝尔小姐的话:"再见,克里斯托弗。你舅舅说他会给你一个月时间在学校安顿下来。他希望你10月8日像往常一样在系列六和他的人见面。10月8日。你听明白没有?"

"好。"克里斯托弗说,但他没有听进一个字,然后像一个将要被处决的人一样进了车厢。

火车上有另外两个男孩。又瘦又小的名叫芬宁,因为晕车总是紧张地把头伸到窗户外面。另一个叫奥尼尔,是个安静的普通男孩。当火车开到学校的站台时,克里斯托弗已经和他俩成了要好的朋友。他们决定叫自己"可怕三人组",但学校里的每个人都叫他们"三只熊"①。"有人踩过我的椅子!"他们常常在他们三个人一起走进房间时这样喊。这是因为克里斯托弗个子较高,尽管他从前一直不知道,而芬宁又瘦又小,奥尼尔则舒服地处在中间。

在第一个星期结束前,克里斯托弗已经不明白他为什么曾经那么害怕了,学校当然有缺点,比如说食物,一些老师,还有不少年龄大的孩子。但和这么多同年龄的男孩一起生活,其中还包括两个最要好的朋友,和这种乐趣比起来,缺点就算不上什么了。克里斯托弗发现和讨厌的老师以及很多大孩子打交道可以用对付贝尔小姐的办法:你用他们想听到的方式彬彬有礼地说实话就行,这样他们认为自己赢了,就会放过你。课程很容易。实际上大量的新东西克里斯托弗是从其他孩子那里学到的。不到三天,他已经知道了足够多的东西——虽然不知道是怎么弄懂的——足以使他明白妈妈绝对没有一点让他当传教士的意思。这让他感到自己像个傻瓜,但他并不为此烦恼。想起妈妈的时候,他的看法宽容得多,他

---

① "三只熊"是英国流传很广的童话故事,有多个版本。故事的主角是一只小熊,一只中等身高的熊和一只大熊。

充满乐趣地把自己融入了学校的生活里。

他唯一不喜欢的课程是魔法课。克里斯托弗非常吃惊地发现,已经有人为他做过安排,把魔法课程作为他的附加课程。他隐隐约约地知道也许是塔克洛伊安排的。如果是那样的话,克里斯托弗根本没有显示出丝毫塔克洛伊认为他拥有的强大魔法天赋的迹象。只是学习基本咒语把他折磨得掉了泪。

"请控制你的热情,钱特,"魔法老师严厉地说,"我非常讨厌看到你的扁桃体。"两星期后,他建议克里斯托弗放弃魔法。

克里斯托弗有点动摇了。但他那时已经发现自己其他的功课都很好,他痛恨那种即使在一件事上失败的想法。此外,阿什斯神庙里的女神曾经用魔法把他的脚定在那里,他非常想学那个魔法。"我妈妈已经为这些课程付了钱,先生,"他理直气壮地说,"我希望继续努力。"他离开魔法老师,和奥尼尔做了个约定,克里斯托弗为奥尼尔做代数作业,奥尼尔帮克里斯托弗做讨厌的符咒作业。从那以后,他培养出了一种用来掩饰他的厌倦的含混表情,还有了经常朝窗外看的习惯。

"又走神了,钱特?"魔法老师开始发问,"这些天你难道没有好好睡过吗?"

除了一周一节的魔法课，学校非常符合克里斯托弗的口味，他不再关心拉尔夫舅舅或任何和过去有关的事情，就这样过了一个多月。后来回首往事的时候，他总是觉得，如果早知道在学校的日子是那样短暂的话，他应该倍加珍惜地享受这段时光。

11月初，他收到了拉尔夫舅舅的一封信。

小伙子：

你到底在玩什么把戏？我以为我们有个协议。从10月起那些试验就在等你了，另外还有很多人的计划被否决了。如果有麻烦而且你不能继续的话，写信告诉我。否则赶快行动，那才是个好孩子，下周三照常和我的人联系。

你挚爱而困惑的舅舅，

拉尔夫

这封信让克里斯托弗感到一阵内疚。可是奇怪的是，尽管他的确想到塔克洛伊在他的阁楼里一次次进入恍惚状态后又无功而返，但他的内疚主要是因为那位女神。学校已经教会他不能轻率地对待誓言和交换。他已经发誓用书籍交换斯洛格莫尔顿,但他辜负了那位女神,她甚至还是个女孩子。学校认为那比没听舅舅的话还糟糕。内疚之下,克里斯托弗意识到如果要给予女神一些和斯洛格莫尔顿价值相近的东西的话,他最终得花掉舅舅给他的那枚金币。真遗憾,因为他已经知道那枚金币是多大的一笔钱了。但他至少还有拉尔夫舅舅的六便士银币。

麻烦的是,学校也让他知道女孩儿和男孩儿是相当不同的一种神秘事物。他根本不知道女孩喜欢什么样的书。他不得不向奥尼尔求助,因为后者有个姐姐。

"各种各样无病呻吟的东西,"奥尼尔耸耸肩说,"我记不起来是什么了。"

"那你能和我一起去趟书店吗,看能不能发现一些?"克里斯托弗问。

"或许可以,"奥尼尔同意了,"这样做我有什么好处?"

"晚上我不但帮你做几何作业,还帮你做地理作业。"克里斯托弗说。

达成一致后,奥尼尔和克里斯托弗在下午茶和上课之间的空闲时间去了书店。他几乎立刻就挑出了《天方夜谭》(未删节版)。"这本书好。"他说。接着他又找出了一本名叫《小塔尼亚和仙女们》的书,克里斯托弗只扫了一眼就慌忙放了回去。"我知道我姐姐看过那本书,"奥尼尔很委屈地说,"你想送给哪个女孩?"

"她和我们的年龄差不多,"克里斯托弗说,发现奥尼尔盯着他希望得到进一步的解释,他相信奥尼尔不会相信有一个名叫"女神"的人,于是补充道,"她叫卡洛琳,是我的堂妹。"这是实话。妈妈从前给他看过堂妹的照片,那是一个满头饰带和发卷的小姑娘。奥尼尔不会知道这句话和前面说的那个人根本一点关系都没有。

"稍等一下,"奥尼尔说,"我看看能不能找到一些货真价实的烂书。"他顺着书架找过去,撇下克里斯托弗翻看着那本《天方夜谭》。这本书的确不错,克里斯托弗想。不幸的是,他从插图里看到里面全是和那位女神所在的"他世界"非常相像的某个地方的故事。他怀疑女神会把它看成教育类的书。"哈,找到了!绝对的烂书!"奥尼尔指着一整排书说,"米莉故事丛书。我家里全是这种东西。"

《米莉上学记》,克里斯托弗念道,《劳沃德寄宿学校的米莉》,《米莉玩游戏》。他挑出一本名叫《米莉的美好时光》的书。封面上是几个穿得花花绿绿的女学生,上面还印着一排小字:"另一本关于你最喜爱的女生的寓教于乐的小说。你将和米莉一起开心,一起哭泣,还将和来自劳沃德寄宿学校的所有朋友们再次相会⋯⋯"

"你姐姐真的喜欢这些书?"他狐疑地问。

"喜欢得要命,"奥尼尔说,"这些书她看了一遍又一遍,每看一遍都会抹眼泪。"

尽管这是一种好笑的看书方式,但克里斯托弗相信奥尼尔的经验之谈。那些书每本二先令六便士。克里斯托弗挑出了前面的五本,一直到《米莉的福思河之旅》,又用剩下的钱为自己买了《天方夜谭》。毕竟这是他的金币。"你能把米莉丛书用防水的东西包起来吗?"他问店员,"我要把它们送到国外去。"店员殷勤地找出几张蜡纸把书包好,然后没等问就用包装绳在那包书上做了个提手。

当天晚上,克里斯托弗把包裹藏在床上。奥尼尔从厨房里偷了一根蜡烛,大声在宿舍里读起《天方夜谭》,那本书原来买得很值。"未删节版"似乎是各种各样有趣的下流内容都放在里面的意思。克里斯托弗听得过于专注,差点忘了解决怎么从宿舍进入"分界点"的问题。绕过角落也许是最关键的部分。他认为最好的角落在洗脸池外面,就在芬宁的床边。盘算好后,他安心听奥尼尔朗读,直到蜡烛燃尽,大家都进入梦乡。然后,他就要上路了。

让他恼火的是,根本什么事都没发生。克里斯托弗躺在床上听着打鼾声,梦话声和别的男孩的呼吸声,听了一个多小时。最后他拿着那包书下了床,踮着脚尖走到芬宁床铺外的角落。但他知道那样不对,他回到床上又躺了几个小时,直到睡着也没有发生任何事情。

第二天是星期四,他应该和塔克洛伊会面的日子。他知道会忙得没有时间送书,所以就把书锁进床头柜,自己朗读《天方夜谭》,这样他就能掌握每个人睡觉的时间。等其他男孩都像往常那样打呼噜,说梦话和发出悠长的呼吸声的时候,克里斯托弗孤零零地躺在床上,既不能进入"分界点",也不能正常地入睡。

他忧心忡忡起来。也许唯一进入"他世界"的路是伦敦家里的晚间育婴室。或者这是一种长大后就会失去的能力。他想到塔克洛伊正在注定无功而返地梦游,而那位女神在向阿什斯起誓报复自己,在听到鸟儿开始鸣叫后,他终于睡着了。

7

第二天早上,女舍监发现克里斯托弗走路摇摇晃晃,揉着眼睛,一副睡眼惺忪的样子。她一把抓住他。"睡不着,对吗?"她说,"我总是观察那些戴着牙箍的孩子。我认为那些牙医根本不知道戴着牙箍有多难受。今天晚上熄灯前我会来把那个东西摘下来,早上再戴回去。我也让温莱特那样做过——效果很好,你会发现的。"

克里斯托弗对这个主意一点信心都没有。人人都明白那只是女舍监的一个小花招。可是让他吃惊的是,这个办法起了作用。芬宁刚开始读《天方夜谭》,他立刻就睡着了。在昏然入梦之前,他刚来得及把那包书从柜子里取出来。接着更让人吃惊的事情发生了。他提着包裹下了床,穿过宿舍,没有任何人表现出注意到他的样子。他从芬宁身边走过,而芬宁继续就着一根靠在枕头上的蜡烛读书。似乎没有一个人意识到克里斯托弗绕过那个角落,走出宿舍,踏上了那道通往"分界点"的石路。

他的衣服正堆在路上。他穿上衣服,把包裹绑在腰带上,好腾出双手对付"分界点"。接着他就到了"分界点"。

自从上次来这里后发生了那么多事,克里斯托弗看着眼前,感到自己像第一次来这里一样。他试图用眼睛捕捉那些千奇百怪的石头倾斜的方向,但是无能为力。这种混沌的状态在他心里激起了一种不可捉摸的恐惧,风雨和迷雾加深了这种糟糕的感觉,而全然的荒凉则更令人心惊胆战。当克里斯托弗动身在乱石间爬上溜下,朝系列十靠近的时候,呼号的大风和雾气的水滴把石头变得又湿又滑。他感到自己小时候的想法是正确的,这里是所有世界建立秩序时的遗迹。"分界点"正是这样的存在。如果他在这里失足摔断腿的话,不会有人来帮助他。正沉思着,那个包裹让他趔趄了一下,他真的滑倒了,往下滑了二十多英尺才停下来。他的心跳到了嗓子眼,不过幸好没有大碍。如果不是知道这里他已经爬过上百次,他肯定会认为自己来这里是发了疯。

当爬进那座炎热的山谷,沿着山谷走向那座环绕着土墙的城市时,克里斯托弗感到相当宽慰。那些老人仍然在城墙外面逗着蛇。城墙里和往常一样火热而喧闹,空气里气味难闻,人群和山羊簇拥在大街上。而且克里斯托弗感到自己还是很怕,虽然没人指着他叫喊:"那就是在神庙里偷猫的小偷!"他仍然觉得那根长矛还刺在他的胸口。他开始生自己气,好像学校把他的胆子变小了似的。

当他来到神庙围墙侧面的那条小巷时——这次里面有一堆人们倒掉的芜菁——他几乎害怕得不敢继续。他不得不数到一百,然后才心一横,挤进了装着墙头钉的围墙。在穿出墙壁之前,他又停住了,隔着攀缘植物看着灿烂阳光下的群猫,又心惊胆战起来。但那些猫没有发现他,附近也没有人。克里斯托弗告诉自己这样一路连滚带爬地赶过来,只是站在一堵墙里太愚蠢了。他从墙里挣扎出来,踮着脚尖走到那道覆盖着植物的拱门,每走一步,那包书就沉重地在他身上撞一次。

女神正坐在那个荫凉的院子中间,和一大家子猫仔玩耍。有两只猫仔是姜黄色的,像斯洛格莫尔顿一样强壮。她看到克里斯托弗后,立刻跳了起来,身上的首饰叮当作响,吓得小猫四散开来。

"你带了书来!"她说,"我以为再也见不到你了。"

"我一向遵守诺言。"克里斯托弗带着几分卖弄说。

女神瞪大眼看着他把那包书从皮带上解下来,似乎还是不敢相信。在她接过那包用蜡纸包着的书时,手都是抖的。当她跪在地上解开绳子,扯掉包装纸的时候,手甚至抖得更厉害了。那些猫仔撕扯着绳子和包装纸,玩着各种可爱的把戏,但女神只顾盯着书。她跪在地上凝视着:"哦哦,整整五本。"

"就像圣诞节礼物。"克里斯托弗评论说。

"圣诞节是什么?"女神心不在焉地问。她着迷地挨个摸着那些书的封皮,接着又打开每一本书,朝里面看一眼,然后又赶忙合上,好像害怕看得太多一样。"哦,我记起来了,"她说,"圣诞节是异教徒的节日,对吗?"

"正相反,"克里斯托弗说,"你们才是异教徒。"

"不,不对。阿什斯是真正的神。"女神说,但她无心纠缠。"五本,"她说,"要是我故意读慢点的话,可以读上一个星期。从哪一本开始读最好?"

"我给你带了前五本,"克里斯托弗说,"从《米莉上学记》开始。"

"你是说还有更多!"女神惊叫道,"还有多少本?"

"我没数——大约五本。"克里斯托弗说。

"五本!你不想再要一只猫,对吗?"那位女神说。

"不，"克里斯托弗坚定地说，"一个斯洛格莫尔顿已经足够了，谢谢。"

"但我没有别的东西可以交换！"女神说，"我必须得到另外五本书！"她在悦耳的叮当声中跳起来，开始从胳膊上褪一只蛇形的手镯。"也许普劳德富特嬷嬷不会注意这个不见了。这里有一整箱手镯。"

克里斯托弗不知道她有没有想过他怎么处理这只手镯。戴着它？他明白学校会怎样看待这个。"你是不是先看看这些书？你也许会不喜欢它们呢。"他指出。

"我知道它们是最好的。"那位女神还在褪那只手镯。

"我会带那些书来作为礼物送给你。"克里斯托弗赶忙说。

"但那意味着我必须为你做些什么。阿什斯一向有债必还，"女神说，那只手镯铮的一声褪了下来，"给你。我要用它从你这里买那些书。拿着它。"她把那只手镯向克里斯托弗手里推去。

在碰到手镯的瞬间，克里斯托弗感到自己穿过周围的一切坠落下去。院子，攀缘植物，猫仔，都化成迷雾——连同女神那张圆圆的脸，也冻结在从渴望向吃惊转变的一刹那——克里斯托弗从这个世界跌了出去，坠落，坠落，然后猛然跌落在黑暗宿舍的床上。哐当!

"怎么啦?"芬宁用颤抖的声音说,奥尼尔也叫了一声,显然还在睡梦里,"救命,有人从天花板上掉下来了。"

"我去叫舍监吧?"另一个人问。

"别犯傻。我刚做了个噩梦。"克里斯托弗气恼地说,因为他非常吃惊。等发现身上穿着睡衣而不是在山谷里换上的衣服后他更震惊了。等别的孩子安静下来,他在床上到处摸那捆书,发现那些书不见了,接着找那只手镯,也没有。早上起来他又找了一遍,仍然一点痕迹都找不到。其实想起拉尔夫舅舅说过的斯洛格莫尔顿的价值,就不值得大惊小怪了。价值十二先令六便士的几本书,和身价几千英镑的一只猫比起来几乎不值一提。必须注意他在某种程度上欺骗了那位女神。

他认为他要想办法弄到买书的钱,然后把它们带给女神。同时,他也错过了塔克洛伊,他觉得他最好下周四想办法和他会面。他对后者并不期待,塔克洛伊现在一定对他很生气。

星期四到来的时候,克里斯托弗差点忘记塔克洛伊的事。只是他碰巧在听《天方夜谭》里一个冗长乏味的故事时睡着了。那本《天方夜谭》已经成了宿舍里最喜欢的读物。他们轮流偷蜡烛,然后轮流读给大家听。那天晚上轮到了奥尼尔,他用学校的牧师读圣经的腔调读起一个故事,那个故事里有一串让人听了糊涂的、名叫卡林达斯的人——芬宁建议大家在每个人物出场时把名字记下来,结果每个人都叫苦连天——然后克里斯托弗就睡着了。接下来,他记得自己走进了山谷。

塔克洛伊正坐在克里斯托弗的那堆衣服旁边,双手抱着膝盖,好像打算长时间等下去。他看见克里斯托弗的时候显得很吃惊。

"我没想到你会来!"他咧着嘴笑起来,尽管显得很疲惫。

克里斯托弗感到既内疚又难为情。"我以为你一定很生气——"他开口说。

"别说了,"塔克洛伊说,"我是收钱做事,但你不是。这对我来说是一项工作——尽管我必须说我怀念你在我身旁把我变结实的日子。"他伸伸腿,克里斯托弗可以透过绿色裤管看到后面的石头和青草。然后他又举起双手打了个哈欠。"你其实不想继续做这些试验了,对吗?"他问,"你在学校里很忙,而且在学校里比整夜在山谷里爬来爬去有意思的多,不是吗?"

塔克洛伊这样宽容,克里斯托弗感到更内疚了。他已经忘记塔克洛伊是个多么让人喜欢的人了。现在一想起来,他就发现自己非常想念他。"我当然想继续,"他说,"今天晚上我们去哪里?"

"哪儿也不去,"塔克洛伊说,"事实上我差不多准备结束这次旅行了。这只是一次联系上你的尝试。若你真的愿意继续,你舅舅准备下周四派一辆马车去系列六——你知道,那个地方处在冰河期。你确实想继续——真的?"塔克洛伊眯起眼睛,期待地看着克里斯托弗。"不用勉强自己,你知道的。"

"是的,我愿意去,"克里斯托弗说,"下周四见。"他跑回去躺在床上,开心地发现卡林达斯们似乎终于有故事发生了。

那个学期剩下的时间过得很快,一节课接着一节课,一个故事接着一个故事,一个星期四接着另一个星期四。最漫长的部分是每周一节的魔法课,还有第一个星期四爬过"分界点"和塔克洛伊会面的时候,克里斯托弗还是感到非常恐惧,但是知道塔克洛伊正在系列五的山谷外面等着他毕竟是一种安慰。他很快重新适应了,试验像从前一样继续。

有人已经为他安排和卡洛琳堂妹的父母,查理斯叔叔和爱丽丝婶婶过圣诞节假期。他们住在乡下的一栋大房子里,很近,也在萨里郡。堂妹卡洛琳比克里斯托弗小三岁,尽管是个小女孩,但非常有趣。克里斯托弗乐于学习乡下的人们所做的一切事情,包括和牧童以及卡洛琳打雪仗,还学着骑卡洛琳胖胖的矮种马,但让他疑惑的是没有人提起爸爸。查理斯叔叔是爸爸的兄弟。他认识到爸爸肯定丢了家里人的脸。除此之外,爱丽丝婶婶确保他过了一个快乐的圣诞节,克里斯托弗很感激她。最让他开心的圣诞礼物是拉尔夫舅舅放在一张圣诞卡里寄来的另一枚金币。那意味着他给女神买书的钱有了着落。

学校一开学,他就去书店买了米莉丛书的另外五本,同样用蜡纸包好。这是另外的十二先令六便士,如果按照斯洛格莫尔顿的价值算,克里斯托弗心想,这样下去他得一辈子抱着一包包的书在"分界点"穿梭了。

神庙里,女神正在她昏暗的房间里埋头看着《米莉的美好时光》。当克里斯托弗走进去的时候,她吃了一惊,慌忙把那本书塞到被子下面。"噢,原来是你!"她说,"千万不要再这样静悄悄地走进来了,不然我会马上变成一个死掉的阿什斯的!上次到底是怎么回事?你怎么会变成一个鬼魂钻进地板里?"

"我不知道,"克里斯托弗说,"我只记得我'咕咚'一声掉在床上。我给你带来了另外五本书。"

"太好了——!"女神露出急切的神色。接着她又一脸严肃地说,"感谢你的好意,但在我上次想把手镯给你时发生了那件事情后,我不能肯定阿什斯想让我得到这些书。"

"不,"克里斯托弗说,"我想阿什斯一定知道斯洛格莫尔顿价值好几千镑。即使我把整个学校图书馆的书给你也补偿不了它。"

"噢,"女神说,"既然那样——斯洛格莫尔顿还好吗,顺便问一下?"

由于克里斯托弗不知道,所以他信口开河地说:"正到处跑着欺负其他的猫,有时候也会抓伤人,"他在女神意识到他只是猜测之前改变了话题,"前面的五本书怎么样?"

女神的圆脸上立刻堆满了笑容,这不足以表达她的心情,所以她又摊开了双手。"它们是这个世界上最精彩的书!让人觉得好像真的在劳沃德寄宿学校里一样。我每次读它们的时候都会掉眼泪。"

奥尼尔说得没错,克里斯托弗心想。他看着女神在叮当的手镯碰撞声里,轻声欢呼着解开新的包裹。"哦,米莉的确当上了班长!"她惊叫着拿起了《班长米莉》,"我一直想呀想呀,想知道她能不能当上班长。她肯定最后打败了那个自命不凡的黛尔芬妮娅。"她爱不释手地抚摸着那本书,然后问了一个让克里斯托弗猝不及防的问题:"你带走斯洛格莫尔顿的时候发生了什么事?普劳德富特嬷嬷告诉我阿什斯神庙的卫兵杀死了那个小偷。"

"他们的确想杀死我。"克里斯托弗尴尬地回答,极力显得若无其事。

"这样看来,"女神说,"你非常勇敢地遵守了承诺,而且你应该得到奖赏。你希望得到奖励吗——和交换或酬劳无关的一种报答?"

"如果你能想到什么的话。"克里斯托弗腼腆地说。

"跟我来。"女神说。她爽快地站了起来,叮叮当当。她把新书和被子里的那本旧书收到一起,又把绳子和包装纸收拢到一起。然后她把这堆东西往墙上一扔。所有的六本书和包装物在眨眼间消失了,像被装进了一个看不见的盒子里,没有任何痕迹。克里斯托弗又一次瞪大了眼。"这样就不会被普劳德富特嬷嬷发现,"女神在领着他走进那个荫凉的院子里的时候解释道,"我很喜欢她,但她非常严厉,而且什么事都管。"

"你怎么把那些书再拿出来?"克里斯托弗问。

"我想要哪本书就把它召唤出来,"女神说,她分开攀缘植物走进一道拱门,"这是我作为当世阿什斯所被赋予的能力。"

她带路穿过阳光灿烂的院子,从猫群里走进另一道克里斯托弗认识的拱门,他曾经带着在篮子里嚎叫的斯洛格莫尔顿逃进这道门。克里斯托弗紧张起来,他沮丧地发现,女神所说的报答可能和他想象的大不相同。"这里不会有很多人吧?"他问,感到有些畏缩。

"暂时不会。他们在炎热的季节要睡几个小时的午觉。"女神肯定地说。

克里斯托弗狐疑地跟着她走进一道长长的走廊,这里不太像他以前逃跑时经过的走廊,但也很难肯定。最后他们到了一个挂着几乎透明的黄色门帘的宽大拱门前。门外有充足的光线。女神掀开门帘,招手示意克里斯托弗进去,叮叮当当。他们前面似乎是一棵黑色的、样子古怪的老树,这棵树非常老,几乎完全被虫蛀空且失去了大部分树枝。不知道什么东西散发出令人窒息的气味,有点像教堂里的焚香,但要浓烈得多。女神向前绕过大树,走下几级浅浅的台阶,走进了一个光线明亮的地方,用黄色的帘幕围出一个几码见方的空间,就像一个很高的金色房间。她转过身面对着那棵树。

"这里是阿什斯圣坛,"她说,"只有新加入的信徒才允许来这里。这就是给你的奖励。看,来我这儿。"

克里斯托弗转过身,感觉自己明显被骗了。从这边看,那棵树原来是一个长着四条手臂的女人的奇特雕像。从前面看它是金色的,显然神庙没有费心为这尊雕像的后部敷金,但雕像前部每一个可见的细微部分都闪耀着黄油一样的金光。雕像上悬挂着金链,手镯和耳环。它的裙子是用金丝织就的布料做成的,四只金色的手掌上各嵌着一颗巨大的红宝石。更珍贵的宝石在它高高的头冠上闪耀着光芒。这座圣坛的设计使阳光从屋顶斜射下来,把每一颗宝石照得光彩夺目,但在雕像巨大的金色双脚旁的金色香炉里升起的烟雾的笼罩下又显得朦朦胧胧。这种效果绝对是异教徒式的。

看克里斯托弗不说话,女神说:"这是阿什斯。她就是我,我就是她,而这是阿什斯神性的一面。我认为你会希望看看真正的我。"

克里斯托弗转向她,想对她说,不,你不是:你没有四只手臂。然而女神正站在烟雾缭绕的黄色空间里,她像那尊塑像一样把双手向两侧伸开:她的确有四只手臂。下面的一对手臂模糊不清,可以透过它们看到后面的黄色帘幕,但那双手臂上戴着和雕像一模一样的手镯。它们显然和固化前的塔克洛伊一样真实,所以克里斯托弗抬头看着那尊雕像光滑的金色面庞。他感到在它冷淡的金色目光下,有一种令人生畏的严厉和残酷。

"她看起来不像你那么聪明。"他说。这是他唯一能想到的不显得失礼的话。

"她用了一种非常愚蠢的表情,"女神说,"别被那骗了。她不希望人们知道她事实上有多么聪明。这是一种非常有用的表情。在普劳德富特嬷嬷或者道森大娘上课太无聊的时候我常常用它。"

这是一种有用的表情,克里斯托弗想,这比他在魔法课上那种茫然的表情好太多了。"你是怎么做出来的?"

在女神能够回答之前,雕像后面响起了啪嗒啪嗒的脚步声。一个尖锐有力,但很悦耳的声音大声喊道:"女神?你在这个时候来圣坛干什么?"

克里斯托弗和女神进入了两种不同的惊恐状态。克里斯托弗想躲到另一侧的黄色帘幕里,但听到啪嗒的脚步声也转到了那边,于是又慌忙转身。女神低声说:"哦该死的普劳德富特嬷嬷!她不知怎么回事,靠本能就知道我在哪里!"她转了几个圈子,想把一只手镯从胳膊上褪下来。

一只长长的赤脚和穿着锈褐色袍子的大半截腿出现在金色雕像的对面。克里斯托弗已经放弃了逃走的想法。女神发觉不能及时把手镯褪下来,就抓住他的手按在她胳膊上那堆叮当作响的手镯上面。

就像上次一样,一切都变得模糊一团,克里斯托弗从中掉落下去,落在宿舍的床上。哐当!

"我希望你别再那样了!"芬宁在睡梦中惊跳起来,"难道你不能控制你的那些梦吗?"

"好的,"克里斯托弗说,他因为间不容发的逃脱出了一身冷汗,"我绝对不会再这样做梦了。"总之这是一次愚蠢的旅程——一个活生生的女孩子被伪装成女神,而那尊女神只是一个被虫蛀空的木头雕像。他对那个女孩子没有丝毫不敬。他佩服她的急智,而且原本很想学习那个非常愚蠢的表情,以及如何让书凭空消失的把戏。但那些都不值得冒这么大的风险。

8

春季学期剩下的时间里,克里斯托弗有规律地和塔克洛伊去那些"他世界",但他没有再试图单独去过。这时拉尔夫舅舅似乎有一连串的试验安排。克里斯托弗和塔克洛伊去了系列一、三、五、七、九,然后又去了系列八、六、四和二,总是以这样的顺序,但并不总是在同样的地方或在同样山谷的外面。在每个地方,总有人们和一堆包裹等在那里,从包裹的大小和重量来看,似乎每次里面的东西都不一样。系列一里包裹总是疙疙瘩瘩的很重,而系列四的是一些光滑的小箱子。在系列二和系列五里,那些东西软软的,有鱼的气味,既然两个地方都有很多水,这很容易解释。在系列八里,那些女人总是呼吸里带着蒜味,而且每次那些包裹都散发出同样的古怪气味。除此之外,这些试验似乎没有规律可言。克里斯托弗慢慢熟悉了大部分提供包裹的人,在装车的时候常常和他们开些玩笑。随着试验的进行,拉尔夫舅舅的魔法师们逐步完善着那辆马车。到学期结束的时候，它已经有了自己的动力，塔克洛伊和克里斯托弗不用再拉着它上山去往"分界点"了。

事实上，那些试验已经变得那么平淡，和学校的生活一样一成不变。克里斯托弗在工作的同时开始想些别的事情，就像他在学校里上魔法课英文课或做礼拜的时候一样。

"为什么我们从来没有去过系列十一？"当他们从系列一装了一车沉重的货物，坐在马车上爬向另一个山谷的时候，克里斯托弗问塔克洛伊。

"没有人去系列十一。"塔克洛伊简短地回答。克里斯托弗看得出他想换个话题。他问为什么。"因为，"塔克洛伊说，"因为那里有奇怪和不友好的人，我想——如果你可以把他们叫做人的话。谁也不了解他们，因为他们用了很多办法不让别人发现他们。这就是我知道的一切，此外系列十一其实不是一个系列，那里只有一个世界。"塔克洛伊拒绝再讨论这个问题，让人很气愤，因为克里斯托弗强烈感觉到塔克洛伊知道的不止这么多。但这个星期塔克洛伊的心情很差。他那个像老祖母一样的女士因为感冒病倒了，所以他又不情愿地用上了那个不苟言笑的年轻吹笛女士。"在我们这个世界的某个地方，"他叹着气说，"有个喜欢弹竖琴而且不介意我是否变透明的年轻女子,只是我们之间的路困难太多了。"

也许因为塔克洛伊一直这样说话,克里斯托弗对他蛰居在阁楼里,因爱情而苦闷产生了一种浪漫的想象。"为什么拉尔夫舅舅不让我去伦敦见你呢?"他问。

"我告诉过你别提这件事了,克里斯托弗。"塔克洛伊说,为了避免进一步的谈话,他带着马车走进了"分界点"的迷雾。

塔克洛伊的浪漫故事折磨了克里斯托弗整整一个学期,特别是偶尔从宿舍孩子的言谈里得知他们都不曾见过弃儿的时候。"真希望我是,"奥尼尔说,"那样我就不用被逼着参与爸爸的生意了。"从那以后,克里斯托弗感到如果能够拜访塔克洛伊的话,他甚至不介意和那个吹长笛的年轻女士见面。

但是复活节假期安排造成的混乱打消了他的向往。妈妈写信让他去热那亚一起度假,然而最后一刻她又决定改去魏玛,而魏玛没有克里斯托弗住的房间。所以克里斯托弗只好在别人都回家的时候自己在学校里住了将近一个星期,后来学校写信给查理斯叔叔,查理斯叔叔又和爸爸的另一个兄弟康拉德叔叔商量,可以收留他四天时间。同时因为学校要关闭,克里斯托弗被送到了伦敦的拉尔夫舅舅家。

让克里斯托弗失望的是,拉尔夫舅舅不在家。他的大部分房间都关着门,到处都是上着锁的房间,家里唯一的人是一位女管家。于是克里斯托弗一个人在伦敦游荡了几天。

那几天几乎像探索某个"他世界"一样美好。为数众多的公园和纪念碑,街头音乐家,而且每一条马路,不管多么偏僻狭窄,都被高轮货车和马车挤得水泄不通。第二天克里斯托弗到了科芬花园市场,流连在一堆堆水果和蔬菜之间,他对那里的搬运工很着迷,一直在那里玩到傍晚。那些搬运工每一个都能扛起至少六个装得满满的篮子,在肩头堆得老高,而且一点都不摇晃。最后,在掉头回家时,他看见了一个穿着绿色精纺毛织套装的熟悉身影,正在他前面的一条狭窄的街道上走着。

"塔克洛伊!"克里斯尖叫一声,朝那个人跑过去。

塔克洛伊似乎没听到。他继续向前走,一副垂头丧气的样子。在克里斯托弗追上他之前,他转过拐角走进了另一条巷子。当克里斯托弗赶到那个拐角时,他已经不见了。但克里斯托弗毫无疑问地知道,那就是塔克洛伊。那个阁楼一定在附近的某个地方。在伦敦逗留的剩下的时间里,他一直在科芬花园附近游荡,希望再次看到塔克洛伊,但一无所获。塔克洛伊再也没有出现。

接下来，克里斯托弗去了维尔特郡的康拉德叔叔家，那里主要的缺点是他的堂兄弗朗西斯。弗朗西斯和克里斯托弗年龄相仿，是那种芬宁所说的那种"脑袋被夹扁的混蛋"的男孩。克里斯托弗因此鄙视他，而弗朗西斯则因为克里斯托弗在城里长大，从来没有骑过马而鄙视他。实际上，还有另外一个原因，这是克里斯托弗在马厩里从那头最温驯的小马背上第十七次重重地摔下来之后才知道的。

"不会魔法，对吗？"弗朗西斯沾沾自喜地坐在他那匹漂亮的栗色骟马上，居高临下地问克里斯托弗，"我一点也不意外。娶那个可怕的阿金特女人是他的错。现在我家和你爸爸一点关系都没有了。"

现在克里斯托弗肯定弗朗西斯是用魔法使他从小马上摔下来的，但他除了咬紧牙关之外没有一点办法。他感到爸爸被钱特家族这个挑剔的分支完全抛弃了。

重新回到学校是一种解脱，不仅如此，这还是一个板球赛季。克里斯托弗突然迷上了板球，奥尼尔也是。"这是体育项目之王。"奥尼尔虔诚地说，他倾囊买了所有买得起的关于板球的书籍。他和克里斯托弗决定长大后成为职业板球手。"我爸爸的生意随它去！"奥尼尔说。

克里斯托弗非常赞同,只是在他这里是妈妈对于上流社会的计划。我要自己做主!他想。他的天性似乎被这个誓言释放出来了,他非常吃惊地发现自己是多么坚定和野心勃勃。他和奥尼尔天天练习,而不太擅长的芬宁也在他们的劝说下在场地上追起了球。在练习的间隙,板球成了他们永恒的话题,甚至晚上做梦的时候,克里斯托弗的梦也全和板球有关。

第一个星期四称得上是一个干扰,克里斯托弗不得不中断板球梦,和塔克洛伊在系列五会面。

"我在伦敦看见你了,"克里斯托弗对他说,"你的阁楼靠近科芬花园,对不对?"

"科芬花园?"塔克洛伊面无表情地说,"不在那附近,你看到的肯定是别的人。"在克里斯托弗详细说明了在哪条街和塔克洛伊看起来是什么样子之后,他还是坚持说:"不是,你追的肯定是一个陌生人。"

克里斯托弗知道那是塔克洛伊,他很困惑。但似乎没有必要再争执下去了。他开始往车上装那些有鱼腥味的包裹,继续回头想板球。因为心不在焉,他把一个包裹放错了地方。包裹穿过塔克洛伊的身体掉在地上,散发出一股更浓重的腥味儿。"噗!"克里斯托弗说,"这是什么玩意儿?"

"不知道,"塔克洛伊说,"我只是你舅舅的小跑腿。怎么回事?你今天怎么有点魂不守舍?"

"对不起,"克里斯托弗抱起那包货,说,"我在想板球。"

塔克洛伊来了兴致:"你是投球手还是击球手?"

"击球手,"克里斯托弗说,"我想成为一个职业球手。"

"我是投球手,"塔克洛伊说,"慢速旋转球,尽管我总说自己不是特别优秀。但我打过很多场,代表——啊,其实那是一支乡村球队,但我们总是赢。我总是能夺下七个出局——而且我也能击球。你是什么角色,开局手?"

"不,我喜欢做挥击手①。"

于是在克里斯托弗装车的时候他们谈起了板球。后来他们走到浪花滚滚的海滩上,继续谈板球。塔克洛伊为了展示他的技术,几次想捡卵石示范,但他的身体不足以拿起卵石。于是克里斯托弗找了一块漂流木充当球板,塔克洛伊教他怎么击球。

从那以后,塔克洛伊不管到什么地方都会教克里斯托弗练习,两个人不停地讨论板球。塔克洛伊是个好教练。克里

---

① 挥击是板球的一种击球方式,采用球拍正面击球,也叫重击。

斯托弗从他身上学到的远比在学校老师那里学到的多。他的野心与日俱增,在球场上坚定地把球击到球场周围的边界,开始梦想成为专业球手进入萨里郡或其他地方的球队。事实上,塔克洛伊教得很好,他每天都盼望自己进入学校的球队。

他们现在在宿舍里朗读奥尼尔的板球书了。舍监发现了《天方夜谭》,当场没收,但没人在乎。宿舍里的每个孩子,甚至芬宁,都变成了板球狂热者。其中克里斯托弗是最着迷的一个。

然后灾难来临了。它开始于塔克洛伊的一番话:"顺便说一下,计划有变。你下周四能在系列十和我会面吗?似乎有人想破坏你舅舅的试验,所以我们要改变一下习惯。"

克里斯托弗被板球占据了身心,他因此微微感到几分内疚。他知道他应该为了斯洛格莫尔顿进一步偿还债务,而且他担心女神有超自然的办法得知他去过系列十,却没有给她带去更多的书。他对那座山谷非常警觉。

塔克洛伊不在那里。克里斯托弗在山谷间爬了整整一个小时,才在另一个山谷的入口找到了他。那时塔克洛伊已经明显变得模糊不清而且摇摇欲坠。

"傻瓜,"塔克洛伊在克里斯托弗匆忙把他凝聚起来时说,

"再晚一秒钟我可能就不在了。你知道这里有不止一个山谷。你中了什么邪?"

"大概我在想板球。"克里斯托弗说。新山谷不像女神所在的那座山谷一样原始又充满异教徒色彩。他们看到了一个高耸着起重机的辽阔码头。一些巨大的轮船是克里斯托弗从未见过的,巨大、形状怪异的铁锈色船只用圆木一样粗的缆绳系泊在港口上,克里斯托弗得抬高腿才能从那些缆绳上跨过去。等在一辆装满小桶的铁皮车旁的人看到他们后叫了起来:"赞美阿什斯!我以为等不到你们了!"这时克里斯托弗才知道,这里仍然是系列十。

"是的,赶快,"塔克洛伊说,"这个地方比那座异教徒城市安全,但周围仍然可能有敌人。另外,你完成得越早,我们就能越快开始你的前向防守技术的练习。"

克里斯托弗赶忙把小桶从那辆铁皮货车上往马车上搬,搬完之后,他又匆忙用绳子把那些小桶固定好,防止颠散。当然,一忙就容易出差错,一根绳子脱手滑到了车子的另一侧。他不得不伏在货物上伸手够那根绳子。他听见远处传来金属的当啷声和几声喊叫,但没有在意,直到塔克洛伊突然跳进他的视线。

"离开那里！快下来！"塔克洛伊一边喊，一边徒劳地用模糊的双手拉克里斯托弗。

克里斯托弗躺在那些小桶上，抬头看到一只挂在铁链上的巨大铁钩向他飞来。来不及跑了。

他知道的确实只有这么多。他记得的下一件事——非常模糊的——是他正躺在他自己山谷的那条小路上，旁边是自己的睡袍。他记得自己肯定被那只大铁钩砸中了，但幸运的是自己没从车上掉下来，否则塔克洛伊是没办法把他带回来的。他微微颤抖着穿好衣服。他的头很疼，所以他摇摇晃晃地回到了宿舍的床上。

早上醒来时，他连头也不疼了。他忘了这件事，径直走出去吃早饭，然后和奥尼尔以及另外六个孩子玩板球。

"我击第一棒！"他高声叫道。

每个人都同时嚷了起来。但奥尼尔一直拿着板球棒不肯放手。于是每个人，包括克里斯托弗都去抢球棒。于是引起了一次愚蠢而可笑的争夺，最后以奥尼尔挥舞球棒摆出一种开玩笑式的威胁性姿态告终。

球棒唰的一声，沉重地打在克里斯托弗头上。他清楚地听到了另外几声咔吧声，就在他左耳上方，颅骨似乎如同冰块一样碎裂了。然后,就像前一个晚上一样,他很长时间人事不省。

当他醒来时,他知道天已经很晚了。尽管床单不知怎么盖住了他的脸,但他还是能感到傍晚的阳光从屋角的一扇高高的窗户照进来。他感到很冷,特别是双脚。显然有人为他脱去了鞋袜。但他们把自己放到什么地方了?从窗户的位置看不是宿舍——也不像任何病人应该睡的地方。他推开床单站了起来。

他站在一间阴冷昏暗的房间的大理石板上。难怪他感到冷。他身上只穿着内衣。周围只有其他一些大理石板,多数上面是空的。但一些石板上也有人一动不动地躺着,身上盖着白色的床单。

克里斯托弗满腹狐疑。他从大理石板上溜下来,走到最近的一块上面躺着人的白色平板旁,小心翼翼地揭开了那张床单。那个人看来是一个老流浪汉,已经死得硬邦邦了——克里斯托弗戳了戳他冰冷、胡子拉碴的脸确认过。克里斯托弗告诫自己保持镇定,这是一件很明显的事,但他知道得太晚了。他陷入了一生里最大的恐慌之中。

这个冰冷的房间的另一边有一扇金属大门。克里斯托弗抓住门把手用力拉了一下。门是锁着的。他用脚踢,用双手敲,慌乱地扭门把手。他还在拼命告诉自己不要慌,但他抖成一团,恐慌迅速变得无法控制。

大约一分钟后,那扇门被一个穿着白大褂的乐呵呵的胖男人打开了,他生气地朝房间里看去,但没看到克里斯托弗,显然他以为里面是个更高的人。

克里斯托弗身上裹着床单,谴责地问:"你把门锁上是什么意思?"他质问道,"这里的每个人都死了。他们又不会逃跑。"

那个人的视线转到克里斯托弗身上。他发出一声轻微的呻吟,接着眼一翻,庞大的身体贴着门瘫倒在地,在克里斯托弗脚下昏死过去。

克里斯托弗以为他也死了。这给他无法遏制的恐慌压上了最后一根稻草。他从那个人身上跳过去,沿着走廊狂奔起来。这里原来是一家医院,一名护士试图拦住他,但克里斯托弗已经失去了理智。"学校在哪里?"他尖叫着问那名护士,"我要错过板球训练了!"接着医院里骚乱了半个小时,每个人都在设法抓住一具裹着飞舞的床单的五英尺高的尸体,后者在走廊里跑上跑下,尖叫着说自己错过了板球训练。

他们最后在产科病房外面捉住了他,一位医生慌忙给他用了点东西让他睡觉。"别害怕,孩子,"他说,"这也把我们吓了一跳,你知道吗？我上次见你的时候,你的头就像一个被轧过的南瓜。"

"我要错过板球训练了,我告诉你!"克里斯托弗说。

第二天,他在医院的病床上醒了过来。妈妈和爸爸都在,两人面对面站在病床两边,一边是黑衣服黑髭须,另一边是悦目的色彩和阵阵芳香。仿佛要向克里斯托弗证明这是一场糟糕的灾难,他们两个人事实上彼此说话了。

"胡说,柯西莫,"妈妈在哭,"医生刚才弄错了。这只是一次严重的脑震荡,我们白白担惊受怕了一场。"

"学校的女舍监也说他死了。"爸爸严肃地说。

"她也吓得慌了神,"妈妈说,"我一个字都不相信。"

"可是我信,"爸爸说,"他有不止一条生命,米兰达。这解释了他一直让我们迷惑的星象……"

"噢,别再胡扯你那可怜的占星术了!"妈妈大声叫道,"安静!"

"我在知道事实的情况下不会闭嘴的!"爸爸也几乎喊叫起来,"我已经做了需要做的事,把他的事给德·维特发了个电报。"

这句话显然让妈妈很生气。"这样做太不讲道德了！"她怒叫道，"还不和我商量一下！告诉你我是不会让克里斯托弗落到你那些黑暗的共谋者手里的，柯西莫！"

爸爸和妈妈都变得如此恼怒，克里斯托弗只好闭上了眼睛。医生给他用的东西仍然使他感到昏然欲睡，他几乎立刻进入了梦乡，但即使在睡梦里，他仍然能听到争吵声。最后他从床上爬下来，从爸爸和妈妈身边溜出去进了"分界点"，他们俩都没有发现。克里斯托弗在那里发现了一个新的山谷，那个山谷通往一个有马戏团表演的地方。那个世界没有一个人会说英语，但克里斯托弗像以前经常做的那样装作又聋又哑的样子，成功地混了进去。

当他溜回来的时候，房间里挤满了衣着庄重的人，显然他们正准备离开。克里斯托弗身边是一个穿着领子很紧的衣服，身材矮胖，表情肃穆的年轻男人，还有一个提着黑色仪器皮箱的穿着灰色连衣裙的女士。他们俩都没有注意到克里斯托弗在那里。看样子，他的一部分正躺在床上，刚由一位专家做过检查。当克里斯托弗从妈妈身边挤过去回到床上的时候，他意识到那位专家就在门旁边，和爸爸及另一个留着胡子的人在一起。

"我认为你在这种情况下通知我是对的,"克里斯托弗听到一个苍老、干涩的声音说,"但当前显示只有一条命,钱特先生。当然,我承认出人意料的事情是有可能发生的。但具体到这件事,学校魔法教师的报告支持了我们的结论。恐怕我不能认定……"那个苍老干涩的声音进了走廊,仍在交谈着,接着另外的人也跟了上去,除了妈妈。

"太好了!"妈妈说,"克里斯托弗,你醒了吗?我刚才还以为那个可怕的老头子要把你带走呢,我永远不会原谅你爸爸!永远!我不想你长大后变成一个乏味的遵纪守法的警察之类的人,克里斯托弗。妈妈希望有一天能以你为傲。"

9

克里斯托弗第二天回到了学校。他很担心妈妈会对他最后成为一个职业板球手失望,但那一点也不能动摇他的野心。

学校里的每个人都把他看成一个奇迹。奥尼尔向他道了歉,几乎掉了泪。那是唯一让克里斯托弗感到不舒服的事。不然他会对自己受到的关注全盘照收。他执意像以前一样玩板球,而且他恨不得今天就是星期四,这样他就可以把自己的冒险故事讲给塔克洛伊听。

星期三上午校长派人叫克里斯托弗。让他吃惊的是,爸爸和校长在一起,两人都心神不定地站在校长的红木办公桌旁。

"啊,钱特,"校长说,"我们会因为这么快就失去我们九天的奇迹而感到遗憾的。你爸爸来接你走。看来你以后要跟着一位私人家庭教师学习了。"

"什么?离开学校,先生?"克里斯托弗说,"但是今天下午还有板球训练,先生!"

"我已经向你爸爸建议过,让你至少留到期末,"校长说,"可是伟大的鲍森博士似乎不同意。"

爸爸清清嗓子。"那些剑桥的老爷们,"他说,"我们都知道他们的脾气,校长先生。"他和校长相当虚伪地交换了一个笑脸。

"舍监正在帮你收拾行李,"校长说,"你的行李和学校报告随后会及时寄出。现在你得说再见了,我猜你们的火车半个小时后就要出发。"他和克里斯托弗握了握手,一个干脆利落的,校长式的握手。然后克里斯托弗就被迅速带走了,当场上了一辆马车,甚至没机会向奥尼尔和芬宁道别。他在火车上一边想着这些,一边愤愤地盯着爸爸留着髭须的侧面轮廓。

看着爸爸没有一点向他解释的意思,他尖刻地说:"我正盼望着进学校的板球队。"

"真让人伤心,"爸爸说,"可是板球队还会有的。你的未来比板球重要的多,我的孩子。"

"我的未来就是板球。"克里斯托弗勇敢地说。这是他第一次向一个成年人直接表明自己的抱负。他对自己这样大胆地和爸爸讲话感到非常不安。但他也很高兴,因为这是踏上自己职业之路的重要一步。

爸爸露出一个伤感的微笑。"很久以前,我自己曾经希望做火车司机,"他说,"那些心血来潮的幻想都过去了。在这个学期结束前把你带给鲍森博士很重要。你妈妈那时正计划用妖术把你带到国外……"

克里斯托弗因为生气咬紧了牙,被牙箍硌到了嘴唇。板球是心血来潮的幻想,哼!"为什么那么重要?"

"鲍森博士是全国最杰出的预言家,"爸爸说,"我不得不动用了一些关系才在这样短的时间里让他接受你,但当我把这件事告诉他的时候,他本人说最重要的是不要给德·维特时间让他忘记你。当最终发现你的魔法天赋后,德·维特会修正他对你的看法的。"

"但我不会魔法。"克里斯托弗指出。

"那肯定有不会的原因,"爸爸说,"从表面来看,你的天赋应该非常强大,因为我是一个巫师,我的两个兄弟也是,而你妈妈——这我要感谢她——她是个很有天分的女魔法师。还有她弟弟,那个卑鄙的阿金特同伙,也是一名巫师。"

火车驶进了伦敦郊区,克里斯托弗一边看着外面的房屋一间间掠过爸爸的轮廓,一边努力理解着爸爸的话。从前没人告诉过他这些东西。不过,他还是认为出生在最显赫的魔法家族的人都是平庸的人。他认为自己也一定是个废物。那么爸爸真的是一名巫师吗?克里斯托弗气呼呼地在爸爸身上寻找和巫师身份相称的力量和财富的标志,但是一无所获。面前的爸爸衣衫褴褛,意志消沉。他那件双排扣礼服的袖子磨破了,头上的帽子也显得晦暗无光。甚至脸上黑色的髭须也比克里斯托弗记忆中来的稀疏,而且其中夹杂了几线灰白。

不过,无论是不是巫师,总之是爸爸在板球赛季的高潮中把克里斯托弗从学校里抢了出来,而且从校长说的话来看,他不能回去了。为什么不能?为什么爸爸要这样对待他?

克里斯托弗沉思着,火车驶进了大南区总站,爸爸拖着他穿过人流进了一辆马车。马车咔哒咔哒地朝圣潘克拉斯车站驶去,克里斯托弗认识到这样连见塔克洛伊,得到一些板球辅导都很困难了。爸爸已经让他不要和拉尔夫舅舅往来,而爸爸又是一个巫师。

在开往剑桥的火车那被煤烟熏黑的狭小车厢里,克里斯托弗愤怒地问:"爸爸,你为什么决定带我去见鲍森博士?"

"我想我已经解释过了。"爸爸说。他停顿了一会儿,克里斯托弗以为那就是他的答案。但他接着转身对着克里斯托弗叹了口气,这时克里斯托弗明白他准备做一次认真的交谈。"上个星期五,"他说,"你被两位医生和另外一些人鉴定为已死亡,我的孩子。然而当我星期六去确认尸体的时候,你还活着,而且完全恢复了,没有一点受伤的迹象。这使我相信你有不止一条命——我怀疑这种事以前也发生过一次。告诉我,克里斯托弗,去年那次他们说一根窗帘杆落下来戳在你身上——那次你受了致命伤,不是吗?你可以向我坦白,我不会生气的。"

"是的,"克里斯托弗迟疑地说,"我想是的。"

"我也这样认为!"爸爸忧郁的脸上显出一丝欣慰,"听着,孩子,那些幸而拥有几条命的人也总是不变地拥有极高的魔法天赋,是天生的巫师。我上星期六就明白你是这样的人。这就是我派人找加布里埃尔·德·维特的原因。"说到这里,爸爸放低声音,紧张地看了看黑乎乎的车厢周围,好像担心德·维特大人听见一样,"这个德·维特大人是这个世界上最强大的巫师。他有九条命。九条,克里斯托弗。这使他强大得足以控制这个世界和其他几个世界的魔法使用。政府把这个任务赋予了他。所以你会听到人们称他为'克里斯托曼奇'。这就是那个职位的头衔。"

"但是，"克里斯托弗说，"这一切和那个克里斯特—托—曼—奇，和把我从学校里拖出来有什么关系呢？"

"因为我希望德·维特对你的事情感兴趣，"爸爸说，"我现在是个穷人。我无法为你做什么。我做了可观的牺牲，支付了鲍森博士的费用，因为我认为德·维特说你是个只有一条命的普通男孩是错误的。我希望鲍森博士能证明他错了，这样就能说服德·维特接受你做他的雇员。如果他那样做，你的未来就有了保障。"

接收我做他的雇员，克里斯托弗想。就像奥尼尔参与他爸爸的生意必须从办公室勤杂工开始干一样。"我不希望，"他说，"我的未来得到这样的保证。"

爸爸悲哀地看着他。"瞧，你说话就像你妈妈一样，"他说，"恰当的教训能改变那种三心二意的想法。"

这不能说服克里斯托弗加入爸爸的计划。我是代表我自己说的！他气愤地想。这和妈妈一点关系都没有！当火车驶进剑桥的时候，他内心仍然充满愤怒，后来他跟爸爸步行穿过一条全是穿着长袍的年轻人的街道，又经过了一些让他想起阿什斯神庙的高大的塔楼状建筑，只是剑桥这里的房子有更多的窗户。爸爸已经在一所公寓里租好了房子，那座公寓阴暗狭小,还有股剩饭菜的馊味儿。

"在鲍森博士弄清你的问题之前,我们要一起住在这里,"他告诉克里斯托弗,"我带了大量的工作过来,这样我就能亲自照顾你。"

这又给克里斯托弗的愤怒加了一层痛苦。有一个经验丰富的巫师在身边,他恐怕星期四没有勇气再和塔克洛伊在"分界点"会面了。更倒霉的是,公寓的床比学校的还糟糕,一动就咯咯吱吱地响。他睡觉的时候满腔悲愤。但在见了鲍森博士之后,他才认识到他的悲惨生活才刚刚开始。

第二天上午十点,爸爸带他去了特兰平顿路鲍森博士家。"鲍森博士学识过人,偶尔会刁难别人。"爸爸说,"但我想你能够用适当的礼貌容忍他。"

似乎不太妙。克里斯托弗双腿打着战被女仆领进鲍森博士的房间。那是一个塞满了杂物的明亮房间。一个严厉的声音在那堆杂物里响起来。

"站住!"

克里斯托弗困惑地站住了。

"一步也不要往前走。膝盖不要动,小子!天哪,这些年轻人怎么都坐立不安!"那个严厉的声音高声说,"要是你站都站不稳,我怎么能评估你?那么,你有什么要说?"

在那堆杂物里最大的东西是一个硕大的扶手椅。鲍森博士正坐在里面,除了阔大的紫色下颌外,他全身纹丝不动。也许是因为他胖得没法移动。他是个身宽体胖,臃肿不堪的大胖子。他的肚子像一座小山,上面撑着一件格子花纹的马甲。他的手指使克里斯托弗想起他在系列五里见过的一种紫色的香蕉。他的脸胀鼓鼓的,也是紫色的,上面瞪着两只无情的,浮肿的眼睛。

"你好吗,先生?"克里斯托弗说,既然爸爸相信他懂礼貌。

"不,不!"鲍森博士大声说,"这是考试,不是社交访问。你的问题是什么——你叫钱特,对吗?陈述你的问题,钱特。"

"我不会用魔法,先生。"克里斯托弗说。

"很多人都不会。有些人生来就那样,"鲍森博士高声说,"加把劲,钱特。让我看看。让我看看你怎么不会用魔法。"

克里斯托弗迟疑着,他被弄糊涂了。

"继续,小子!"鲍森博士叫道,"不会用魔法给我看!"

"我做不到我不会做的事情。"克里斯托弗无奈地说。

"当然你能!"鲍森博士大叫道,"那是魔法的本质。继续。镜子在你身边的桌子上。让它浮起来,赶快!"

如果鲍森博士希望利用恐吓使克里斯托弗成功的话,他失败了。克里斯托弗战战兢兢地走到桌子旁,凝神看着桌子上那面精美的银框镜子,按照在学校里学到的咒语和手法做了一遍。根本没一点动静。

"嗯,"鲍森说,"再不会一次给我看。"克里斯托弗意识到那是要求他再做一遍。他用颤抖的声音和双手又来了一次,心里充满了愤怒和屈辱。这是没有指望的!他痛恨爸爸把他拖到这里,让这个胖得可怕的人恐吓。他想哭,但他不得不提醒自己,仿佛他是自己的女家庭教师一样,他已经长大了,不能随便掉眼泪。那面镜子最终还是一动不动。

"呃……"鲍森博士说,"转过来,钱特。不,向右转,小子,慢慢地,这样我就能看到你的全身。停!"

克里斯托弗停下来站直身子。鲍森博士闭起眼睛,放低了下巴。克里斯托弗怀疑他睡着了。房间里静得只听到钟表的滴答声。两座钟表都是能看到齿轮的样式,一座看样子是个老古董,另一座是沉重的大理石座钟,看起来好像是从谁的墓穴里挖出来的一样。这时鲍森博士一声突如其来的咆哮把他吓得魂飞魄散。

"把你的口袋掏干净,钱特!"

啊？克里斯托弗很纳闷。但他不敢不听话。他开始手忙脚乱地从他的诺福克上衣里往外掏东西：他一直带在身上的拉尔夫舅舅送的六便士银币，他自己的一先令银币，一块浅灰色的手帕，一张奥尼尔关于代数的纸条，然后是一些让人难为情的诸如绳子、橡皮筋和包装纸磨毛的太妃糖之类的东西。接着，他犹豫了一下。

"所有的东西！"鲍森博士大声说，"把每个口袋里的东西都掏出来。放在桌子上。"

克里斯托弗继续倒口袋：一块嚼过的口香糖，一小截铅笔，芬宁的豌豆枪用的豌豆，一枚他自己都忘记了的三便士银币，一枚止咳药片，毛絮，更多的毛絮，绳子，一颗弹球，一个旧钢笔尖，更多的橡皮筋，更多的绳子。就是这些了。

鲍森博士上上下下打量着他。"不，这还不是全部！你身上还戴了什么东西？领针。把那也摘下来。"

克里斯托弗不情愿地把爱丽丝婶婶给他作为圣诞礼物的那枚好看的银别针摘了下来。可是鲍森博士仍然目光炯炯地盯着他。

"哈！"鲍森博士说，"还有你牙齿上的那个愚蠢的东西。那个也要摘下来。把它从嘴里取出来放在桌子上。那个鬼东西究竟是干吗用的?"

"为了防止我的牙齿长歪。"克里斯托弗气恼地说。他痛恨这个牙箍,他更痛恨因为这个牙箍被人这样挑刺。

"长歪的牙齿有什么问题吗?"鲍森博士怒吼一声,然后他龇了龇牙。克里斯托弗一看不由后退了两步。鲍森博士的牙齿是棕色的,而且那些牙齿参差不齐,像被牛踩过的栅栏一样。正在克里斯托弗眨着眼睛看着它们的时候,鲍森博士一声大喝,"现在再做一次漂浮魔法。"

克里斯托弗磨磨牙——比较起来他感觉自己的牙整齐多了,而且去掉牙箍后异常光滑——再次转身面对那面镜子。他再次凝视着它念起咒语,举起了双臂。随着双臂的抬起,他感到某种力量随之被释放出来——一种报复性的释放。

除了克里斯托弗,那面镜子,那枚领针,那只牙箍和那两枚银币之外,房间里所有的东西都向上飞了起来。那些东西在桌子飘起来后滑落到地毯上,紧接着又被地毯卷了进去。克里斯托弗走下地毯,看着身边向上飞起的一切——所有的钟表,几张桌子,椅子,小地毯,画作,花瓶,装饰品,还有鲍森博士。他和他的扶手椅也壮观地飞了起来,像大气球一样弹上了天花板。天花板向上鼓起来,吊灯倾斜着贴到天花板上。

上面传来了碰撞声,尖叫声和刺耳的嘎吱声。克里斯托弗能感到房顶已经被掀开,正在向天上飞,下面的阁楼也蠢蠢欲动。这是一种不可思议的感觉。

"停!"鲍森博士咆哮道。克里斯托弗愧疚地放了手。

所有的东西开始像雨点一样往下落。桌子掉了下来,地毯沉下来,花瓶,画作和钟表噼里啪啦地掉了一地。鲍森博士的扶手椅和其他的东西一起落了下来,最后落下来的是七零八落的吊灯,但鲍森博士是轻飘飘地落下来的,显然明智地用了魔法。更上面,屋顶轰隆一声落了下来。克里斯托弗听到了瓦片掉落和烟囱崩溃的声音,其中夹杂着楼上传来的破碎声和喊叫声。上面的地板似乎要塌下来。四面的墙壁摇摇欲坠,灰泥四溅,窗户也变形脱落,摔成了碎片。过了足足五分钟,各种声音才慢慢消失,但房间里仍然灰尘弥漫。鲍森博士坐在一片残骸里,灰头土脸地盯着克里斯托弗。克里斯托弗看着他,很想捧腹大笑一场。

一位身材矮小的老太太突然出现在鲍森博士对面的一把扶手椅里。她穿着一件白色睡袍,一头银发上戴着一顶花边小帽。她严厉地笑看着克里斯托弗。"那么说……是你干的,孩子,"她对克里斯托弗说,"玛丽·埃伦已经吓疯了。再也不要那样干了,不然我会去你家做家访的。我做家访仍然很出名,你知道吗?"说完之后,她就像她的突然出现一样突然消失了。

"我亲爱的妈妈,"鲍森博士说,"她通常卧床不起,但正如你所见到的,她被迫进行了剧烈的活动。和别的几乎一切东西一样。"他又一动不动地盯了克里斯托弗一会儿,克里斯托弗继续挣扎着不笑出来。"银。"鲍森博士最后说。

"银?"克里斯托弗问。

"银,"鲍森博士说,"银是阻碍你的东西,钱特。不要在这个时候问我为什么。也许我们永远找不到根本的原因,但这是毫无疑问的事实。如果你想使用魔法,你必须远离除了铜币和金币之外的钱,扔了那枚银别针,也不要再戴那个愚蠢的牙箍。"

克里斯托弗想着爸爸,学校,板球,他在一阵愤怒和沮丧的感觉里鼓起勇气说:"但我不愿意使用魔法,先生。"

"不,你愿意,钱特,"鲍森博士说,"至少在接下来的一个月里。"正在克里斯托弗考虑怎样不失礼地反驳他时,鲍森博士又一次咆哮起来。

"你必须把一切恢复原状,钱特!"

克里斯托弗只得依命行事。那天上午剩下的时间里,他在房子里走来走去，走遍了每间房屋以及房子外面的花园。鲍森博士坐着带脚轮的扶手椅跟在他身边，向他说明如何施展加固咒语来阻止房子倒塌。在克里斯托弗和他一起度过的时间里，他从来没有见过鲍森博士走路。中午时分，鲍森博士驱动椅子滑进厨房，一个厨娘正伤心地站在打碎的黄油罐，撒了一地的牛奶，碎盆子和瘪平底锅之间，用围裙抹着眼睛。

"你没伤着吧？"鲍森博士大吼，"我首先在这里用了个加固魔法，以防煤气灶着起来把整个房子烧着——效果不错，不是吗？水管没漏？"

"是的，先生，"厨娘抽噎了一下，"但午饭被毁了，先生。"

"我们只好凑合着吃顿午饭了。"鲍森博士说。他把椅子转过来，面对着克里斯托弗。"在今天傍晚之前，"他说，"你要把这座厨房修好。不用加固魔法。一切都要像新的一样。我会告诉你怎么修。这座厨房不能罢工。这里是我家最重要的地方。"

"我相信它是，先生。"克里斯托弗看着鲍森博士小山一样的肚子说。

鲍森博士瞪了他一眼。"我可以在大学里用餐，"他说，"但我妈妈需要营养品。"

那天下午克里斯托弗维修厨房，把陶器复原，把洒了的牛奶和烹饪用雪利酒收回来,去掉平底锅上的凹坑,封好煤气灶后面一处危险的裂缝。在他修理的时候,鲍森博士坐在扶手椅里提醒他小心起火,还对他大呼小叫:"现在把那些鸡蛋复原,钱特。你首先要用咒语使它们升起来,然后用在牛奶上用过的祛尘咒。然后才能使用修复咒。"在克里斯托弗工作的时候,那位显然比克里斯托弗更害怕鲍森博士的厨娘小心翼翼地侧着身子,忙着烤蛋糕和准备晚饭吃的烤肉。

不管怎么样,克里斯托弗那一天学会了很多他在学校里两个半学期都没有学会的实用的魔法。到了晚上他已经精疲力尽。鲍森博士对他吼道:"你现在可以回去找你爸爸了。明天九点准时来。还有很多地方等着你来修。"

"噢,天哪!"克里斯托弗呻吟道,他已经累得顾不上礼貌了,"难道没有谁能帮帮我吗?我已经得到教训了。"

"谁告诉过你教训只有一次?"鲍森博士咆哮道。

克里斯托弗带着包在灰色手帕里的牙箍、银币和银别针,拖着脚回了公寓。爸爸从摊在桌子上的星象图上抬起头来。"怎么样?"他殷切地问。

克里斯托弗倒在凹凸不平的沙发上。"是银,"他说,"银阻碍我使用魔法。我希望我不止一条命,因为这样下去鲍森博士会杀了我的。"

"银?"爸爸说,"噢,天哪！噢,天哪！天哪!"他是那样伤心,在公寓送来卷心菜汤和香肠的过程里,他一直默然不语。吃过晚饭后,他才说:"我的孩子,我要向你坦白。银阻碍你使用魔法,这是我的错。在你出生后,我不仅用了占星术,也用了我知道的每一个其他的咒语来占卜你的未来。当每一种预示都表明银对你意味着危险或死亡时,你能想象到我的恐惧。"爸爸停了一下,一边用手指敲打着那些星象图,一边茫然地看着墙壁。"阿金特,"他沉思着说,"阿金特①是银的意思。是我弄错了吗?"他悲伤地坐直身子,"关于这件事,现在做什么都迟了,只是我要再一次提醒你,不要和你的拉尔夫舅舅发生任何关系。"

"但这为什么是你的错呢?"克里斯托弗问,他对爸爸的想法感到很不安。

"命运是不可逆转的,"爸爸说,"正如我本该明白的那样。我用了我最强的咒语,倾注了我所有的力量,试图中和银对你的作用。银——和银的任何接触——似乎能够立刻把你变成

---

① 阿金特(Argent)是克里斯托弗母亲家族的姓氏,在英语里是银子或银色的意思。

一个没有任何魔法天赋的平常人——我现在才明白这也有它的危险。我猜你可以在不接触银的情况下使用魔法?"

克里斯托弗疲倦的笑了笑。"哦,是的。太厉害了。"

爸爸的脸色舒展了一些。"那多少是一种安慰。那么我的牺牲就不是徒劳的。你知道,克里斯托弗,我非常愚蠢地把你妈妈和我的钱投资到了我的占星术所预示的领域,"他伤心地摇着头,"占星术很微妙,特别是关系到钱的时候。事情就那样发生了,我完了。我把自己看做是一个失败者。你是我生活里仅存的寄托,孩子。如果我还能看到任何的成功,我希望通过你看到。"

要是克里斯托弗没那么疲惫,他会感到非常为难。尽管疲劳,他还是觉得为爸爸而不是为自己生活很让人烦恼。这公平吗?他想,利用魔法让你自己成为一个著名的板球运动员?你可以随心所欲地让球去任何地方。爸爸会把这看作成功吗?他知道爸爸绝对不会。当爸爸让他去睡觉时,他一头倒在吱吱嘎嘎的床垫上,睡得不省人事。他打算,的确打算去"分界点"告诉塔克洛伊发生的这些事,但也许因为太累,也许因为太害怕爸爸发现。不管原因是什么,他那天晚上没有做任何种类的梦。

10

后面的三个星期里,鲍森博士一直让克里斯托弗辛苦地修理房子,累得他没有力气做梦。每天早上克里斯托弗赶到的时候,鲍森博士都坐着扶手椅在客厅里等他。

"去干活,钱特!"他会这样吼叫。

克里斯托弗就回答:"真的吗,先生?我以为我们要像昨天一样轻松一天呢。"奇怪的是,鲍森博士根本不理会这种提醒。在克里斯托弗习惯后,他发现鲍森博士很喜欢别人顶撞他,发现这个特点后,克里斯托弗感到他其实不讨厌鲍森博士——至少不像讨厌偶尔撞上的一场大雷雨。另外他发觉自己很喜欢修房子,尽管在这个过程里他真正喜欢的也许是能用魔法做一些事。他用的每个咒语都有真正的用途。这比他曾经在学校里辛苦学习的那些愚蠢的东西有意思多了。当他能够间或对鲍森博士说一些放在学校里会被老师拧耳朵或者威胁打戒尺的话的时候,辛苦的工作也变得易于忍受。

"钱特!"鲍森博士坐着椅子在草地中间对他大吼,"钱特!右边的烟囱管帽歪了。"

克里斯托弗在房顶上保持着平衡,被风吹得发抖。那天下了雨,所以他必须在干活的同时在屋顶和草地上方维持着一个庇护咒语。他已经把那些烟囱帽正了四次。"遵命,先生,当然,先生!"他大声回答,"你希望顺便把它们变成金的吗,先生?"

"不用,否则我就让你干了!"鲍森博士吼道。

当克里斯托弗开始修理鲍森博士妈妈的房间时,他犯了个错误,用对待鲍森博士的方法来对待老鲍森夫人。她正坐在一张堆着天花板上落下来的石膏块的床上,安详地编织着一个长长的带条纹的东西。"我保住了我的老花眼镜,孩子,"她带着和蔼的笑容说,"但我的能力也顾不了别的。劳驾先修好那个便壶吧,算你走运,孩子,我还没有用过它。你会在床底找到它的。"

克里斯托弗从床底摸出三块白色的碎片,开始动手。

"要对整齐,"老鲍森夫人手里的织针咔哒作响,"把手一定不能弯曲,上面的金边要整整齐齐。请不要留下任何让人不舒服的鼓块或看不见的突起,孩子。"

她的声音温柔而和蔼,但一直打断克里斯托弗的咒语。后来克里斯托弗生气地问:"你愿意把它镶上钻石吗?还是只要在底部刻上一束玫瑰?"

"谢谢你,孩子,"鲍森夫人说,"请加上一束玫瑰。我认为那是个迷人的主意。"

鲍森博士坐在旁边的扶手椅里,幸灾乐祸地看着狼狈的克里斯托弗。"挖苦别人不会带来回报,钱特,"他大声说,"玫瑰需要创生咒,仔细听着。"

接下来,克里斯托弗修缮了女仆们的房间。然后他又要维修所有的管道。鲍森博士星期天给他放假,这样爸爸可以带他去教堂。克里斯托弗现在知道了自己的能力,心里一直有着把教堂的尖顶像蜡烛一样融化的念头,但有表情肃穆的爸爸在身边,他绝对不敢付诸实施。不过,他用别的办法做了试验。每天早上走在特兰平顿路上,他试着把那些树木排成不同的样式。不久后他就非常熟练了,不光能把树排成一条长长的直线,还能把它们在街道尽头聚在一起变成树林。晚上回家的时候,尽管很累,他还是情不自禁地设法把晚餐的味道变得更好。但食物魔法没那么容易。

"这些天他们在香肠里放了什么?"爸爸评论说,"吃起来有草莓味儿。"

一天上午,鲍森博士在客厅里大叫:"好了,钱特,从现在开始你下午做维修。上午我们学习一点控制。"

"控制?"克里斯托弗迷惑地问。这时候房子已经基本完工,他正盼望鲍森博士尽快放过他。

"正是,"鲍森博士咆哮道,"你以为我能不教你如何控制自己的力量就放你去胡作非为吗?你现在这样,对任何人都是一种威胁。不要告诉我你没偷偷试过自己的本领,因为我不相信。"

克里斯托弗低着头,想着他刚刚在特兰平顿路上给树排队的事。"我几乎什么都没有干,先生。"

"几乎什么都没有!小孩子懂得什么叫克制吗?"鲍森博士说,"进花园。我们召唤一阵风,你要学会在不吹动一片草叶的情况下召唤风。"

他们去了花园,克里斯托弗在那里召唤了一阵旋风。他认为这可以恰当地表达他的心情。幸运的是这阵风不大,只毁了一块玫瑰苗床。鲍森博士用紫香蕉一样的手指打个响指,把苗床恢复了原样。"再来一次,钱特!"

学习控制很单调,但正好可以休息。鲍森博士晓得这个。

他开始给克里斯托弗布置晚上的家庭作业。尽管如此,在解开鲍森博士用多重魔法设置的一些难题之后,克里斯托弗第一次感到他有一点空闲的脑力来思考了。他首先想到了银。把拉尔夫舅舅的六便士随身带着可以阻碍他做那么多事情,那个可恶的牙箍甚至更糟糕。太浪费了!难怪他直到女舍监为他取出牙箍后才能带书给女神。

这些年他肯定是利用魔法去那些"他世界"的,但他不知道,也许知道,在潜意识里。塔克洛伊肯定明白,而且非常震惊。那位女神也一定意识到了,在她的银手镯把克里斯托弗变成一个鬼魂的时候。克里斯托弗情不自禁地想到,塔克洛伊现在一定白白进行了三个星期的精神旅行。尽管塔克洛伊不在乎,但克里斯托弗怀疑一个人进行精神旅行要付出很大的代价。他真的应该早些让拉尔夫舅舅知道他的遭遇。

看看爸爸,他还埋头在油灯下,用一支特殊的笔在星象图上做着特殊标记,克里斯托弗开始装作写作业的样子,给拉尔夫舅舅写信。油灯把阴影投在爸爸脸上,抹去了他的落魄,使他显得不同寻常的慈爱和坚定。克里斯托弗心神不宁地告诉自己,爸爸和舅舅只是彼此不喜欢。此外,事实上爸爸没有禁止他给拉尔夫舅舅写信。

尽管如此,那封信还是用了几个晚上才写完。克里斯托弗不愿意显得对爸爸不忠诚。后来,他在信里只写了爸爸带他离开学校去接受鲍森博士的教育。为了这封短信他费尽踌躇。第二天,他带着解脱的感觉在特兰平顿路上寄出了那封信。

三天后,爸爸收到了一封妈妈寄来的信。克里斯托弗立刻从爸爸的脸上得知拉尔夫舅舅把地址告诉了妈妈。爸爸把那封信在火上烧掉,接着抓起了帽子。"克里斯托弗,"他说,"今天我要和你一起去鲍森博士家。"

克里斯托弗感到妈妈也到了剑桥。当他和爸爸一起走上特兰平顿路的时候,他还在想着这那种奇怪的感觉。但他没有多少时间思考。一阵带着玫瑰花香的强风猛然袭向他俩,一边把克里斯托弗往侧面撕扯,一边吹掉了爸爸头上的帽子。爸爸去追帽子——那顶帽子滚到了一辆啤酒车下面——但又转回头抓住了克里斯托弗的胳膊。

"帽子可以换,"他说,"一直往前走,孩子。"

他们一直走,狂风一路跟着他们。事实上克里斯托弗感到那股风盘旋在他身旁,想把他拉开。如果不是爸爸拉着他的话,他已经被卷走了。他非常吃惊,他还不知道妈妈的魔力这么强大。

"如果你愿意,我可以控制它,"他在呼啸的风声里大声对爸爸说,"鲍森博士教过我控制风。"

"不,克里斯托弗,"爸爸坚定地喘息着,外套呼啦啦地摆动,头发被吹向四面八方,显得既奇怪又可笑,"绅士绝对不用魔法对付女士,特别是自己的妈妈。"

绅士,在克里斯托弗看来,只会对处在这种情况下的他们造成不必要的困难。越靠近鲍森博士家的大门,风就变得越强。最后一码左右,克里斯托弗感到他们也许永远跨不过去了。爸爸在开门的时候不得不转手抓住门柱才把身子稳住。接着,那股风进行了最后一次野蛮的争夺。克里斯托弗感到他的双脚离了地,很快就要随风呼啸而去。但他及时把自己变得很重。他这样做是因为这是一场争夺,而他不喜欢成为失败的一方。他一点也不介意见妈妈。但他也很不希望爸爸注意到他在门外的地面上踩出来的两个大大的凹痕。

进门后,风息了。爸爸抚平头发按响了门铃。

"啊哈,"鲍森博士在玛丽·埃伦开门的时候在椅子里叫道,"预料之中的麻烦平安度过了,我明白了。钱特,拜托你上楼为我妈妈大声读书,我和你爸爸谈谈。"

克里斯托弗尽可能慢地往楼上走,想听听他们说什么。但他只听到了鲍森博士的声音,但完全谈不上大喊大叫:"一个星期以来我几乎天天联系,但他们还是不能——"接着门关上了。克里斯托弗接着上了楼,敲了敲老鲍森夫人的房门。

她坐在床上,还在编织。"过来坐在那张椅子上,这样我才能听见,"她用柔和的声音说,还给了他一个温和而敏锐的微笑,"圣经在床头桌上。你可以从《创世纪》开始,看看你能读到哪里。我希望谈判能多花点时间。这种事情都不会很快结束。"

克里斯托弗坐下来开始朗读。接着玛丽·埃伦端来咖啡和饼干,让他休息了一会儿。十分钟后,老鲍森夫人拿起织针说:"继续,孩子。"克里斯托弗读到《索多玛和蛾摩拉》的时候,开始感到口干舌燥,这时鲍森夫人朝旁边点点头:"停下来吧,孩子。他们想让你下楼去书房。"

克里斯托弗满心解脱和好奇地放下圣经,匆匆下了楼。爸爸和鲍森博士正面对面坐在后者拥挤的房间里。这里在过去几个星期里变得更加拥挤不堪,因为又堆了很多等着克里斯托弗修理的钟表零件和装饰品。但现在房间里显得特别凌乱,桌子和地毯被推到了墙边以留出一些平整的地板,地板上用粉笔画了一个图案。克里斯托弗好奇地看着那个图案，怀疑它一定和妈妈有关。那是一个用圆圈起来的五角星。他看看爸爸，爸爸显然心情不错，接着他又看看鲍森博士，鲍森博士却和平时没什么两样。

"好消息，钱特，"鲍森博士说，"过去几个星期我对你做了很多测试——别瞪眼，小子，我做的时候你不知道——每个测试都显示你有九条命。九条命和我所见过的一些最强大的魔力。自然我联系了加布里埃尔·德·维特。我碰巧知道他多年来一直在寻找一个继承人。当然我得到的只是一些关于他们对你做过测试并放弃的废话。那些公务员就是这样对待你的。要在他们屁股下放一颗炸弹他们才会改变主意。所以，今天你妈妈的纠缠给了一个我们需要的借口。我又对他们大喊大叫了一番。他们认输了，钱特。现在他们派了一个人来接你去克里斯托曼奇城堡。"

这时，爸爸似乎情不自禁地插嘴说："这正是我一直以来的愿望，我的孩子！加布里埃尔·德·维特将要成为你的法定监护人，你未来将成为下一任克里斯托曼奇。"

"下一任克里斯托曼奇？"克里斯托弗重复道。他盯着爸爸，明白自己没有选择职业的机会了。一切都安排好了。他想成为一个著名的板球选手的愿望破灭成了灰。"但我不想……"

爸爸以为克里斯托弗不明白。"你会成为一个非常重要的人,"他说,"你将监管这个世界的所有魔法,以防它们造成任何危害。"

"但是……"克里斯托弗愤怒地张开嘴。

太晚了。一个人模糊的形体出现在五角星中央,接着凝聚成一个长着一张长脸的苍白的年轻人,穿着非常庄重的灰色套装,宽大硬挺的领子似乎对胖乎乎的他显得太紧了。他拿着一个好像望远镜的东西。克里斯托弗记得他。在每个人都认为克里斯托弗死了的那一次,这个年轻人曾经去过那家医院。

"早上好,"那个年轻人从五角星里走了出来,"我叫弗拉维安·坦普尔。德·维特大人派我来调查你们的候选人。"

"**调查他**!"鲍森博士吼道,"我已经调查过了!你们这些人把我当成什么人了?"他怒冲冲地对爸爸使了个眼色。"公务员!"

弗拉维安·坦普尔显然像克里斯托弗一样害怕鲍森博士。他缓和了一点。"好的,博士。我们知道你检查过。但我接到的命令是在进一步处理之前核查你的发现。小伙子能不能站到这个五角星里?"

"去吧,孩子,"爸爸说,"站到五角星里。"

克里斯托弗愤怒而无助地站进那个粉笔画的五角星里,弗拉维亚·坦普尔用那个望远镜一样的东西低头看着他。一定有一种让你自己看起来好像只有一条命的办法,他想。肯定有!但他不知道究竟是什么方法。

弗拉维安·坦普尔皱起了眉头,"我只能看出七条。"

"他已经死过两次了,你这个肥胖的小傻瓜!"鲍森咆哮道,"难道他们什么都没跟你说吗? 告诉他,钱特。"

"我已经失去了两条命。"克里斯托弗听到自己说。那个图案里似乎有什么咒语。不然他肯定会否认一切的。

"看见了吗?"鲍森博士吼道。

弗拉维安·坦普尔苦着脸彬彬有礼地鞠了一躬。"我看见了,博士。既然这样,我当然愿意带这个孩子拜见德·维特大人。最后的决定必须由德·维特大人作出。"

克里斯托弗振奋起来。也许他的前途还没有成为定局。但爸爸似乎很有把握。他走过来搂着克里斯托弗的肩膀。"再见,我的孩子。我为你感到非常高兴和自豪。向鲍森博士说再见。"

鲍森博士也显得把握十足。他坐在椅子里滚过来,向克里斯托弗伸出一只紫香蕉一样的手指。"再见,钱特。别在意他们那种一本正经的样子。这个弗拉维安和他们另外的人一样,是个愚蠢的公务员。"

就在克里斯托弗握住那根紫色手指的时候,老鲍森夫人也突然冒了出来,手里拿着一件卷成一团的编织品。"再见,孩子,"她说,"你朗读得很好。这是我为你织的一件礼物。上面织满了保护咒语。"她俯下身子把那件织物围在克里斯托弗脖子上。那是一条大约十英尺长的围巾,上面带着彩虹条纹。

"谢谢您。"克里斯托弗有礼貌地说。

"动身吧——呃,克里斯托弗——不要离开这个圈子。"弗拉维安说。他也回到粉笔画的图形里,一下子占据了大半的空间。他拉着克里斯托弗的胳膊让他站在圈子里。老鲍森夫人挥挥干枯的手,没有再说任何话。一眨眼工夫,克里斯托弗发现自己到了一个完全陌生的地方,这比被爸爸从学校里带走还令人不安。

他和弗拉维安正站在一个用白砖或瓷砖在地板上拼出来的大得多的五角星里,这是一个高大的空间,上有玻璃穹顶。

穹顶下面,一道庄严的粉红色大理石楼梯盘旋着通往楼上。这个空间的周围有一道道华丽的、上有雕像的镶板门——最华丽的一扇门上除了雕像外还有一座钟表,一盏巨大的水晶吊灯带着长长的链子从玻璃穹顶上垂下来。转过身,在克里斯托弗身后,有一扇非常宏伟的前门。他看得出自己是在一个非常大的官邸的正厅里,但没人想到告诉他这是什么地方。

有些人站在五角星周围等着他们。每个人都显得庄严而阴郁,所有这些人,不管男女都一样,都穿着黑色或灰色的外套。男人穿着洁白的衬衣,女人都戴着优雅的蕾丝露指手套。克里斯托弗感到他们的眼睛都盯着自己,那是一种审视,非难和冷淡的目光。他在他们的目光下瑟缩着,意识到自己身上一直穿着那套离开学校时穿的衣服。

正在他不知所措的时候,一个留着灰色山羊胡的的男人走向他,拿走了那条条纹围巾。"他用不上这个。"他说。

克里斯托弗惊呆了。他以为那个人就是加布里埃尔·德·维特,心里的恨意越来越深。这时弗拉维安说:"是的,当然,西蒙森博士。"他歉意地对克里斯托弗说,"那位老妇人送给你的,我可以?……"

总之,克里斯托弗决定把那个留胡须的男人列入自己的黑名单。

接着,一个胖乎乎的小个子女士也走了过来。"谢谢你,弗拉维安,"她用不容置疑的专横语气说,"我现在带克里斯托弗去见加布里埃尔。跟着我,小伙子。"她转身朝粉红大理石的楼梯走去。弗拉维安用胳膊碰碰克里斯托弗,克里斯托弗迈步追了过去。他感觉自己既渺小,又肮脏。他知道他的领子有一边翘了起来,鞋子上都是灰尘,而且他感到自己左边袜子上的洞从鞋子里露了出来,在他跟着那位女士上楼的时候落到了每个人眼里。

楼梯上面有一道非常高大,显得很结实的门,在一排门里只有这扇门漆成了黑色。那位女士走到黑门前敲了一下。接着,她打开门,坚定地把克里斯托弗推了进去。"他来了,加布里埃尔。"说完后,她关上门离开,留下克里斯托弗一个人站在那间椭圆形的房间里,房间里的光线像黎明,也像日暮。

那个房间里的四壁镶着深棕色的木板,地板上铺着深棕色的地毯。房间里唯一的家具似乎是一张巨大的黑色办公桌。当克里斯托弗踏进房间时,一个又高又瘦的人影从办公桌后面站了起来。当克里斯托弗的心跳平息下来后,他意识到那是一个身高约六英尺六英寸的瘦骨嶙峋的老人。那位老人满头白发,脸和手是克里斯托弗见过的人里最白的。他眉毛高耸,颧骨突出,两眼深邃有神,眼睛下面还有一个高耸的鹰钩鼻。老人长着尖尖的下巴和一张长而严厉的嘴。那张嘴张开说:"我是加布里埃尔·德·维特。我们又见面了,钱特少爷。"

克里斯托弗觉得如果他从前见过这位老人的话,他肯定能想起来。加布里埃尔·德·维特比鲍森博士更让人过目难忘。"我这辈子从来没有见过你。"他说。

"我见过你。那时候你还在昏迷中,"加布里埃尔·德·维特说,"我想那是我们非常奇怪地误判了你的原因。现在我一眼就能看出来,你的确有七条命,而且你本应该有九条。"

这个昏暗的房间有大量的窗户,克里斯托弗看了一下,至少有六扇呈弧形分布在靠近天花板的地方。天花板带点橘黄色,似乎大部分光线都停在了天花板上。克里斯托弗感到很神秘,一个有这么多窗户的房间竟然可以这样昏暗。

"尽管如此,"加布里埃尔·德·维特说,"我对是否聘用你还是犹豫不决。坦率地说,你的遗传天性让我害怕。钱特家族有一群受人尊敬的巫师,但他们每一代都会出现一个害群之马。至于阿金特家族,尽管也是公认有天赋的家族,却是那种我走在街上不愿打招呼的人。这些特点你父母身上都有。我听说你爸爸是个破产者,你妈妈是个可悲的趋炎附势的人。"

即使弗朗西斯也没有说过这种毫不掩饰的话。克里斯托弗心里腾起一股怒火。"哦,谢谢你,先生,"他说,"没有什么能比这样一句彬彬有礼的欢迎词更让我高兴的了。"

那位老人用鹰一样的眼睛盯着他。他显得有点困惑。"我感到只有坦率对你才公平,"他说,"我希望你理解我同意成为你的法定监护人的原因,是我们认为你父母都不是照顾未来克里斯托曼奇的适当人选。"

"是的,先生,"克里斯托弗更愤怒了,"但是你不用费心了。我不想当下一任的克里斯托曼奇。我宁可先丢掉我的全部生命。"

加布里埃尔·德·维特只是显得有点不耐烦。"是的,是的,总是这样的,直到我们认识到应尽的责任,"他说,"我第一次也拒绝了这个工作,但我那时二十多岁,而你只是个小孩,比我那时候更缺乏做决定的能力。另外,在这件事上,我们别无选择。你和我是所有相互关联的世界里仅有的两个九命巫师。"他用一只苍白的手做了个手势。某个地方一个小铃响了起来,那个胖乎乎的年轻女人进了房间。"罗莎莉小姐是我的首席助理,"加布里埃尔·德·维特说,"她会带你去你的房间并把你安顿下来。我已经指定弗拉维安·坦普尔做你的导师,虽然把他分出来我很头疼。当然我也会每周给你上两次课。"

克里斯托弗跟着罗莎莉小姐走过一扇扇门,然后走过一条长长的走廊。似乎没有人关心他的感受。克里斯托弗考虑着是否召唤一阵狂风给他们点颜色。但是这个地方有一种咒语,一种强大的,厚重的咒语。经过鲍森博士的教导后,克里斯托弗对所有的咒语都很敏感,尽管他不能肯定这个咒语的作用,但他十分肯定它会使旋风之类的东西变得毫无作用。"这里是克里斯托曼奇城堡吗?"他气愤地问。

"是的,"罗莎莉小姐说,"两百年前,最后一个真正邪恶的巫师被除掉后,政府得到了这个地方。"她扭头对他微笑了一下。"加布里埃尔·德·维特是个可爱的人,不是吗?我知道他一开始可能显得不近人情。但你了解他后,会发现他是个讨人喜欢的人。"

克里斯托弗目瞪口呆。"可爱"和"讨人喜欢"在他看来是最不可能用来描述加布里埃尔·德·维特的词语。

罗莎莉小姐没有看见他的表情。她推开走廊尽头的一扇门。"到了,"她得意地说,"我希望你喜欢这里。我们还不习惯招待小孩子,所以大家一直在动脑筋,想让你有在家的感觉。"

实在看不出来,克里斯托弗心想,他看看这个宽敞的棕色房间,房间里只有一张高大的白色的床孤零零地摆在一个角落里。"谢谢。"他闷闷不乐地说。当罗莎莉小姐离开后,他发现房间的另一边有一个简朴的棕色盥洗室,窗户旁边还摆了一个书架。书架上有一个玩具熊,一套蛇梯棋游戏和一本删节版的《天方夜谭》。他把它们在地板上放成一堆,跳到上面踩了几下。他感到自己开始痛恨起克里斯托曼奇城堡了。

11

第一个星期,克里斯托弗内心充满对克里斯托曼奇城堡和城堡里的人的怨恨。这里似乎是一个结合了学校和家庭最糟糕的缺点的地方,其自身还有着一些特殊的威严。这里非常宏伟且空旷,上课之余,克里斯托弗只能一个人在这里闲逛,思念奥尼尔、芬宁和其他小伙伴,而且特别想念板球。城堡里其他人都忙着大人的事,好像克里斯托弗根本不在那里一样。他吃饭也几乎是一个人在教室里吃的,就像在家里的时候,只是这里的窗户外面是空旷的,修剪得整整齐齐的城堡草坪。

"我们认为不逼着你听我们大人的谈话会快乐一些,"罗莎莉小姐在他们星期天从教堂归来,踏上那条长长的马路时对他说,"但星期天的午饭你当然可以和我们一起吃。"

所以克里斯托弗和其他穿着庄重的礼拜日服装的人一起坐上了长餐桌,只觉得自己在这里是个多余的人。在餐具的叮当声里大家嗡嗡地交谈着,但没有一个人对他说话。

"但你必须把铜加进升华物,别管手册怎么说,"留着胡子的西蒙森博士对弗拉维安·坦普尔说,"但接下来就就可以把它直接和一点火放进五角星里。"

"幽灵的龙血正在市场上泛滥,"餐桌对面的一位年轻女士说,"连最诚实的供货商也不愿意汇报。他们知道这能逃避税收。"

"但正确的词句能够表明问题。"西蒙森博士告诉弗拉维安。

"我知道统计数字能够误导人,"坐在克里斯托弗身边的一个年轻人说,"但我最近的样本比毒乳香的法定限额高出一倍。你只需经过推断就能明白那些家伙走私了多少。"

"燃烧的酊剂接着必须通过金子传递。"西蒙森博士宣布。然后另外的声音打断了他的话:"那些魔法蘑菇精华肯定来自系列十,但我认为我们在那里布置的陷阱起了作用。"后来西蒙森先生又补充:"如果你不用铜处理,你会发现麻烦得多。"

罗莎莉小姐的声音在他解释的同时从桌子的另一头响起来:"可是加布里埃尔,他们事实上已经屠杀了一整个部落的美人鱼!我知道一部分过错在于我们女巫愿意为了美人鱼的身体部件付钱,但阻止那个幽灵真的势在必行!"加布里埃尔干涩的声音从远处响起来:"那一部分行动已经关闭了。从系列一输送进来的武器造成了更严重的问题。"

"我的建议是你接下去从五角星和火开始,"西蒙森博士单调乏味的声音又响起来,"利用更简单的咒语启动那个过程,不过……"

克里斯托弗默然坐在那里,他认为如果他真的成了下一任克里斯托曼奇的话,他要永远禁止人们在用餐时间讨论他们的工作。当他得到允许离席的时候,感到十分高兴。可是离开之后,唯一可做的事情是继续游荡,他感到这里所有的咒语像蚊虫叮咬一样使他浑身发痒。传统式花园里有抑制野草生长和促进蚯蚓活动的咒语,有保持草坪上的雪松健康的咒语,所有的地面都有阻止入侵者进入的咒语。克里斯托弗想过打破这些咒语逃走,但他从鲍森博士那里学来的魔法敏感性表明,打破边界的咒语将触发大门门房里的警铃,也许会触发整个城堡的警铃。

这座城堡本身由一个带着角楼的老旧部分和一个较新的部分组成,两者融合成了一个不规则的整体。但城堡还有一个额外的部分耸立在那些花园里,看起来甚至更老一些,老到残破的墙头长出了树。克里斯托弗自然想去探索一下那个地方，但那里有一个很强的误导方向的咒语，每当他试图去那里的时候，那里就会出现在他的后面或侧面。所以他只好放弃。进入城堡里，咒语不再像嗡嗡的蚊虫，而是像一种重量一样压在他身上。这是城堡的咒语里他最讨厌的一种。这些咒语甚至使他愤怒不起来。它们把一切变得迟钝而朦胧。克里斯托弗为了表达他的憎恨，变得越来越孤僻。当人们对他说话，而且他不得不回答的时候，他会表现得极尽嘲讽之能事。

这对他和弗拉维安·坦普尔的相处没有好处。弗拉维安是个随和而认真的导师。在通常的情况下，克里斯托弗会喜欢上他的，尽管弗拉维安总是穿着领子过紧的衣服，而且像加布里埃尔·德·维特手下的其他人一样努力做出一副缄默而威严的样子。但克里斯托弗因为他是他们中的一员而憎恨他——而且他很快发现弗拉维安一点也不懂得幽默。

"你不明白什么是玩笑，除非它跳起来咬了你，是吗？"第二天下午，克里斯托弗对他说。下午是学习魔法理论或魔法实践的时间。

"哦，我不知道，"弗拉维安说，"上星期的傀儡戏让我笑过。好，回到我们刚才的话题——你认为相关的世界是由多少个世界组成的?""十二个。"克里斯托弗说,因为他想起塔克洛伊有时候把那些"他世界"叫做"相关的世界"。

"很好!"弗拉维安说,"但是,实际上不止这么多,因为每个世界事实上都是一组世界,我们称之为系列。唯一一个孤立的世界是十一,但我们不用管它。所有的世界或许都是一个世界——因为史前发生的一些不能并存的事情走上了不同的道路。比如说大陆爆炸吧。或者它没有爆炸。当一个世界出现不能同时为真的事情时,那个世界就变成了两个世界,并行但又相对独立,不管它们有没有大陆。就这样出现了十二个世界。"

克里斯托弗听得饶有兴致,因为他一直想知道那些"他世界"是怎么产生的。"那么这些系列都是以同样的方式产生的吗?"

"确实如此,"弗拉维安显然认为克里斯托弗孺子可教,"拿系列七来说,那是一个山地系列。在史前时期,地壳隆起的次数肯定比我们这里出现的次数多得多。还有系列五,那里所有的土地都变成了岛屿,这些岛屿没有一个大过法国。这些世界里都是同样的情况,但每个世界的历史进程是不同的。最简单的例子是我们的系列,系列十二,我们叫做世界甲,是魔法导向的世界——这种情况在大多数世界都很常见。但下一个系列世界乙是十四世纪的时候分裂的,变成了一个科学和机械导向的世界。此外还有世界丙,是罗马时期形成的,分裂成了几个大帝国。依次到一直排到九,它们的情况都一样。通常一个系列有九个世界。"

"为什么它们的编号是由后向前呢?"克里斯托弗问。

"因为我们认为系列一是十二个系列里最原始的一个,"弗拉维安说,"总之是系列一的大魔法师发现了其他的世界,号码是他们编的。"

这个解释比塔克洛伊的说法好多了。克里斯托弗为此感激弗拉维安。所以当弗拉维安问道:"那么你认为我们把十二个世界称作一个系列的原因是什么呢?"克里斯托弗感到自己欠他一个答案。

"他们都说同样的语言。"他说。

"太好了!"弗拉维安说,他苍白的脸上因为惊喜变成了粉红色,"你是个好学生!"

"噢,我绝对是三好学生。"克里斯托弗挖苦地说。

不幸的是,当另一个下午弗拉维安教授实用魔法的时候,克里斯托弗变成了十足的差生。他在鲍森博士那里习惯了能够真正做点什么的咒语。但和弗拉维安一起又转头学起了他在学校学的基础魔法。他讨厌透了这些魔法。他打着哈欠，把东西乱丢，像往常一样做出一种迷惑人的表情，这样弗拉维安就不会注意他的动作。他在动作还没做到一半时就释放了魔法。

"哦，不，"弗拉维安在注意到后忧虑地说，"那是巫师的魔法。我们几个星期后才会学习。你首先必须熟悉基本魔法。当你成为下一任克里斯托曼奇的时候，最重要的是要知道一个女巫或魔法师是不是在滥用魔法。"

那就是弗拉维安的麻烦。他总是说"当你成为下一任克里斯托曼奇的时候"。克里斯托弗心头火起："加布里埃尔·德·维特很快就会死吗？"

"我不认为。他还剩下八条命呢，"弗拉维安说，"为什么你这样问？"

"我突然想问。"克里斯托弗一边说，一边气愤地想着爸爸。

"哦，天哪！"弗拉维安为不能吸引学生的兴趣担心，"我知道——我们去花园里学习草药的属性吧。你也许更喜欢那一部分魔法。"

他们一起去了花园,进入湿冷的天气里。这是一个比其他夏天更像冬天的夏天。弗拉维安站在一棵巨大的雪松下面,邀请克里斯托弗思考有关雪松的古代传说。克里斯托弗很喜欢听有关雪松是凤凰重生的葬火堆的一部分故事,但他不希望弗拉维安看出来。在弗拉维安说话的时候,他的眼睛落到了那个孤立的城堡废墟部分,他知道如果他问起来的话,弗拉维安只会告诉他,他们下个月才会接触误导方向的咒语——这又让他想到了另一件他希望知道的事情。

"什么时候我才能学习如何把一个人的脚固定在原地?"他问。

弗拉维安的目光有些闪烁。"在明年之前我们不会学习能够影响其他人的魔法,"他说,"现在我们去那丛月桂树旁继续学习。"

克里斯托弗叹了口气,跟着弗拉维安朝马路旁的一大丛月桂树走去。他早该知道弗拉维安不会教他任何有用的东西!正当他们走近的时候,一只姜黄色的猫从翠绿的树叶间钻出来,伸了个懒腰,不耐烦地看看他们,然后气势汹汹地朝他们走过来。

"小心!"弗拉维安连忙说。

克里斯托弗根本不用提醒。他明白这只特别的猫能干出什么事。但在克里斯托曼奇城堡突然看到斯洛格莫尔顿让他感觉太吃惊了,所以一动没动。"这是谁的猫?"他说。

斯洛格莫尔顿也认出了克里斯托弗。它翘起尾巴停下来,怒视着克里斯托弗,那尾巴比以前更细,更像一条蛇。"喻?"它怀疑地叫了一声。然后它又继续朝前走,但样子要庄严得多,就像一位首相迎接一位外国总统。"喻。"它叫道。

"当心!"弗拉维安谨慎地退到克里斯托弗身后,"这是一只阿什斯神庙的猫。还是不靠近它为妙。"

克里斯托弗当然知道,但斯洛格莫尔顿这样彬彬有礼,所以他冒险蹲下去并谨慎地向它伸出一只手。"喻,也向你问好。"他说。斯洛格莫尔顿探着头,用橘黄色的鼻子在他手上蹭了两下。

"天哪!那个东西竟然喜欢你!"弗拉维安说,"这里没有一个人敢靠近它。加布里埃尔为所有的户外工作人员用了特殊的防护咒语,不然他们就要辞职。普通咒语根本挡不住它。"

"它是怎么来这里的?"克里斯托弗一边让斯洛格莫尔顿文雅地研究着自己的手,一边问。

"谁知道？至少没有人知道它是怎么从系列十溜达到这里的，"弗拉维安说，"莫迪凯在伦敦发现了它，就把它用篮子带了回来。他真是个勇敢的人，他凭气味认出了它，说如果他能捉住它，别的魔法师也能，那么他们就会因为它的魔法属性杀掉它。我们中间的大部分人认为那样也没什么损失，但加布里埃尔赞同莫迪凯。"

克里斯托弗还没记住星期天午餐桌上所有穿着正装的人的名字。"莫迪凯先生是哪一个？"他说。

"莫迪凯·罗伯茨——他是我们的一位特别的朋友，但你还没有见过他，"弗拉维安说，"这些天他在伦敦为我们工作。也许我们应该继续学习草药知识了。"

与此同时，一声奇怪的噪音从斯洛格莫尔顿的喉咙里爆发出来，那声音就像没有吻合的木头齿轮转动的声音。原来是斯洛格莫尔顿在打呼噜。克里斯托弗灵机一动。"它有名字吗？"他问。

"大部分人就叫它'那个东西'。"弗拉维安说。

"我愿意叫它斯洛格莫尔顿。"克里斯托弗说。听了他的话，斯洛格莫尔顿的齿轮声变得更刺耳了。

"很适合它，"弗拉维安说，"现在，请——思考一下月桂树。"

有斯洛格莫尔顿在身边漫步,克里斯托弗听着那些关于月桂树的典故,感到并非那么难以忍受。弗拉维安小心翼翼地和斯洛格莫尔顿保持距离的样子也让他感到非常有趣。

从那天起,斯洛格莫尔顿以一种冷漠的姿态成了克里斯托弗在城堡里唯一的朋友。他们俩似乎对城堡里的人有一种共同的看法。克里斯托弗有一次看见斯洛格莫尔顿撞见加布里埃尔·德·维特从粉红大理石楼梯走下来的。斯洛格莫尔顿一纵身,朝加布里埃尔瘦长的双腿扑去,克里斯托弗对那双既瘦又长的腿转身上楼逃走的速度印象深刻。

加布里埃尔每给克里斯托弗上一节课,克里斯托弗对他的讨厌就深一层。克里斯托弗认为原因在于加布里埃尔的房间,尽管有那么多窗户,但房间里总是那么暗。这个房间反映了加布里埃尔的性格,他从来不笑,他对迟钝或错误缺乏耐心,就像他认为克里斯托弗应该立刻凭本能理解他教授的一切一样。麻烦在于,当第一个星期弗拉维安和加布里埃尔教他关于关联世界的知识时,克里斯托弗从"他世界"得来的经验使他表现得非常优秀,这种表现似乎让加布里埃尔认为克里斯托弗是个好的学习者。但从那之后,当他们接着学习不同种类的魔法时,克里斯托弗总是弄不明白为什么魔法和巫术不一样,还有怎么区分巫术和占星术,以及两者和魔法之间的差异。

当加布里埃尔的课结束的时候,克里斯托弗总是有一种如释重负的感觉。他常常把斯洛格莫尔顿偷偷带进城堡,他们俩一起在城堡里探索。斯洛格莫尔顿是不准进城堡的,克里斯托弗因此喜欢把它带进来。有一两次,由于幸运和他俩的配合,斯洛格莫尔顿在克里斯托弗的床头过夜,蜷成一个咕噜噜叫的毛球。但罗莎莉小姐总是有办法知道斯洛格莫尔顿在哪里,她经常戴着园丁手套把斯洛格莫尔顿赶出去。幸运的是罗莎莉小姐在下课后常常很忙,所以斯洛格莫尔顿可以跟着克里斯托弗一路小跑穿过长长的走廊,爬进乱七八糟的阁楼,把脸探进古怪的角落里,时不时"嗡!"地评论一声。

城堡很大。那沉重的,令人无精打采的咒语覆盖着整个城堡的绝大部分区域,但有些无人使用的地方,咒语的力量已经变弱了。克里斯托弗和斯洛格莫尔顿在那些地方都最开心。第三个星期,他们在一个塔楼上发现了很大的圆形房间,那里看来曾经是一个魔法师的工作室。房间里靠墙摆着书架,还有三张长长的工作台,石头地板上画着一个五角星。但这间房子现在无人使用,落满了灰尘,房间里充斥着很久很久以前的魔法气息。

"嗡。"斯洛格莫尔顿开心地叫了一声。

"对。"克里斯托弗表示同意。这么好的一间房子被浪费了。等我做了下一任克里斯托曼奇,他想,我应该把这间房子用起来。接着他对自己生起气来,因为他不打算当下一任克里斯托曼奇。他已经从弗拉维安那里学到了这个坏习惯。不过我可以把这个秘密工作室当做自己的,他想。我可以把东西一点一点地偷偷拿到这里来。

第二天,他和斯洛格莫尔顿在一个新的阁楼里探索,寻找克里斯托弗能用来装饰那个塔楼房间的东西。接着他们沿着一个较小的盘旋楼梯走上去,发现了另一个塔楼。在这里,咒语的作用几乎全部消失了,因为这个塔楼是倒塌的。这里比其他塔楼的房间小,一半的房顶不见了。地板上也因为午后的雨湿了一半。除此之外还有一个曾经是窗户的地方,现在是一段中间竖着一根石柱的湿漉漉的碎石墙。

"嗡嗡!"斯洛格莫尔顿发出满意的叫声。它跑过那片湿地板,一纵身跳上了那堵破墙。

克里斯托弗急忙跟过去,他们俩都爬上那堵墙,把头探出去俯瞰着下面绿茸茸的草地和雪松的尖顶。克里斯托弗瞥见了那个有方向误导咒语的城堡废墟的独立部分,它在凹凸不平的塔楼石墙之外,几乎看不见。但克里斯托弗认为他的高度足以越过废墟高墙上的树看到里面,于是他拉着那根曾经是窗户一部分的石柱,把身子往外探得更远一些,朝那边看去。

石柱突然断了。

克里斯托弗沿着光滑的石头溜了下去。他感到自己坠落下去,看到那些雪松向自己迎面冲来。糟了!他记得自己在一次可怕的撞击中被地面阻止。而且他还模模糊糊地注意到斯洛格莫尔顿不知怎么跟着他落了下来,发出了一声骇人的叫声。

12

他们说克里斯托弗这一次摔断了脖子。罗莎莉小姐告诉他,城堡的咒语本来是应该能够阻止他坠落的,或者至少在他坠落时警告人们。但咒语在那里失去了作用,是斯洛格莫尔顿的嚎叫引来了一个惊慌的园丁。因为这个原因,斯洛格莫尔顿得以在克里斯托弗的床头过了一个晚上,直到早上女仆抱怨它的气味。后来罗莎莉小姐才戴上园丁手套,拿着扫帚把斯洛格莫尔顿赶了出去。

克里斯托弗愤愤不平地感到,城堡的人对待他和对待斯洛格莫尔顿的方式几乎没有什么两样。留着胡子的西蒙森博士原来是一个医疗魔法师,他第二天上午赶来,用一种不太客气的方式检查了克里斯托弗的脖子。

"和我想的一样,"他说,"新的生命已经发挥了作用,没有发现断裂的迹象。因为受到惊吓,你今天最好卧床休息。加布里埃尔打算跟你谈谈这次恶作剧的事。"

然后他离开了,除了端盘子的女仆外没有别人接近克里斯托弗。对了,后来弗拉维安来了,他停在门口,警觉地嗅着斯洛格莫尔顿留在房间里的强烈气味。

"没事的,"克里斯托弗说,"罗莎莉小姐刚把它赶走。"

"好。"弗拉维安拿着一摞书来到克里斯托弗身边。

"哦,太好了!"克里斯托弗盯着那摞书说,"这么多有趣的书。我一直躺在这里想接着做点代数作业。"

弗拉维安显得有点委屈。"啊,不用了,"他说,"这是我从城堡图书馆里找的一些我认为你会喜欢的书。"接着他也离开了。

克里斯托弗浏览着那些书,发现它们都是来自世界不同部分的故事。还有一些是来自不同世界的。这些书似乎都不错。克里斯托弗此前还没有意识到城堡图书馆里有什么值得一读的书,他一边认真看,一边决定明天去图书馆看看。

但斯洛格莫尔顿的气味打断了他。那种气味和书籍总是使他想到那位女神,也总是让他想起他连斯洛格莫尔顿价值的百分之一还没有偿还完毕。他花了很大的努力才忘掉系列十,把注意力集中到了看书上,可没看一会儿,罗莎莉小姐就红着脸,气喘吁吁地跑了进来,显然进行了一场漫长的驱猫行动。这再次打断了他。"加布里埃尔想和你谈谈坠楼的事，"她说，"你需要明天上午九点去他的办公室。"在转身离开的同时，她又说："我看你找了一些书。还需要别的吗？我给你拿。游戏？你已经有蛇梯棋了，对吗？"

"玩那个要两个人。"克里斯托弗尖锐地指出。

"噢，天哪，"罗莎莉小姐说，"恐怕我不懂得玩游戏。"接着她又走开了。

克里斯托弗放下书，打量着自己空荡荡的棕色房间，强烈地憎恨着这个城堡和城堡里的人。房间的一个角落放着他的书箱，这使他想念起学校的所有同伴，因此愈加感到这间房子的空虚。在书箱和空荡荡的壁炉之间有一个理想的进入"他世界"的角落。他希望自己能逃到一个连魔法也找不到他的"他世界"，再也不回来了。

接着他意识到他可以通过进入"他世界"逃跑，虽然有点勉强。他奇怪为什么自己在城堡这么长时间一直没有尝试过。他把原因归结在城堡的咒语上，那些咒语压抑你的理智。可是现在，不知道是因为摔断他脖子的刺激，还是因为新生命的强壮和健康，抑或是两者的共同作用，使他再次开始思考起来。也许他可以去一个"他世界"，留在那里比较好。

麻烦的是,当他去"他世界"的时候,他似乎会把自己的一部分留在床上。但是从弗拉维安和加布里埃尔在谈论相互关联的世界的时候所说的话来看,一定有可能把完整的自己带到"他世界"。克里斯托弗相信的确有些人去过其他系列里的那些世界,只是他必须等着学会那样做的方法。同时,他必须全力寻找适合逃匿的世界。

克里斯托弗不动声色地看着书,直到女仆进来关掉晚上用的煤气灯。然后他躺在床上凝视着黑暗,试图把自己不能去"他世界"的那一部分分离出来。过了很长时间,他一直做不到。城堡的咒语沉重地压迫着他,把他挤压成一个整体。后来,在他变得睡意蒙眬时,他找到了办法,他从自己身上溜出来,走向书箱和壁炉之间的拐角。

在那里,好像有一张厚厚的橡皮垫子把他弹回了房间。又是城堡的咒语。克里斯托弗咬着牙,用肩头顶住那片橡皮一样的空间,用力推,用力推,每推一次就前进一点。他的动作尽量轻,声音尽量小,以免引起城堡里任何人的注意——经过半个小时,他把那个咒语撑得非常非常薄,接着用双手捏住,轻轻撕开了一个缝隙。

通过缝隙走出去的感觉非常美妙。他找到仍然躺在路边的衣服，虽然有些潮湿，尺寸偏小，但毕竟还在那里。他披上衣服。接下来，他没有去"分界点"，而是走了另一条路，沿着山谷走下去。有理由认为那座山谷通向系列十二里的某个另外的世界。克里斯托弗希望那里是世界乙。他有的一个狡猾的想法：藏在某个很近的没有魔法的世界，他相信任何一个人，即使加布里埃尔·德·维特也不会想到去看。

也许那里的确是世界乙，但他只在里面停留了半分钟。当他走到山谷尽头时下起了大雨，瓢泼大雨。克里斯托弗发现自己进入了一座充满了飞驰的机器的城市，装着轮子的机器，嘶叫着在他周围湿漉漉的黑色道路上疾驰。一记响亮的声音使他及时转过身，看见一架巨大的红色机器穿过白色的雨幕向他冲过来。他看到了上面的号码和"塔弗纳尔"字样，接着他在一片雨水冲向他时慌忙逃离了那座城市。

克里斯托弗浑身湿淋淋地从那座山谷里逃出来。世界乙原来是他曾经去过的"他世界"里最糟糕的一个。不过他还有别的办法，那就是去系列十一，那个从未有人去过的世界。他顺着山谷走上去，绕过嶙峋的乱石进入"分界点"。那个地方是如此荒凉，如此不可捉摸和空旷，如果不是刚刚已经去过一个更可怕的地方的话，也许他能恢复过来。在这样的情况下，克里斯托弗像从学校第一次进入"分界点"一样感到了深深的孤独和恐慌。但他没有理会,毅然朝那个阻止他进入的"他世界"的方向走去。他现在相信那里肯定是系列十一。

那条路和他自己的山谷入口交叉,更靠下一些,然后要爬上一块陡峭而溜滑的石头。克里斯托弗不得不用在世界乙里已经变得又冷又湿的手指和脚趾把身体紧紧贴在石头上。上面的"他世界"一直要把他推开,身边的狂风使他想起妈妈在剑桥的袭击。向上爬,贴紧石头。找好落脚点,接着找好放手处。继续贴紧岩石,向上爬。

他的脚在中途滑了一下。一阵狂风使他冰冷的手指无力承担身体的重量,他掉了下去。

滑落的高度比他攀爬的距离还远,他头下脚上,后脑着了地。当他跪起身子时,脖子发出咯咯吱吱的声音,头也摇摇晃晃。那种感觉很奇怪。

他不知道用了什么办法,在"分界点"惯有的把他推回来路的力量下回到了那块突起的岩石旁。然后又莫名其妙地穿好睡衣,穿过那道城堡咒语的缝隙回到了床上。他带着强烈的自己再一次摔断脖子的怀疑进入了梦乡。好吧,他想,这样我明天就不用去见加布里埃尔·德·维特了。

但他醒过来的时候一点毛病没有。如果不是害怕见加布里埃尔的话，他肯定会非常困惑。他爬起来吃早饭，发现有一封妈妈的信躺在盘子里。克里斯托弗急切地拿起那封信，希望它能把他的注意力从加布里埃尔那里夺回来。但它并没有，或者至少没有很直接地产生作用。他可以看出那封信曾被拆开过然后又重新封好。他能感觉到信封上悬而未散的魔法气息。他一边感觉着对城堡里的人前所未有的痛恨，一边打开了那封信。

亲爱的克里斯托弗：

　　法律是那样不公平，只需你爸爸的签名就能把你卖到那个可怕的老头子那里接受奴役，我仍旧不能原谅你爸爸。你舅舅表达了对你的同情，并希望下周四前收到你的回信。对他客气点，亲爱的。

你亲爱的妈妈

克里斯托弗开心地想着加布里埃尔看到自己被叫做"可怕的老头子"时的情景，他也对拉尔夫舅舅狡猾地通过妈妈给他传递信息感到印象深刻。在吃早饭的时候，他想到下周四就能再次见到塔克洛伊,心里非常高兴。

能够穿过城堡的咒语是一件多么幸运的事情啊!"奴役"这个词再确切不过了,他在去加布里埃尔的办公室时想到。

但是他在途中又一次想到了那位女神,这一次他感到非常愧疚。他确实应该给她再带一些书去。斯洛格莫尔顿是一只值得报答的猫。

在那个昏暗的房间里,加布里埃尔站在他的大办公桌后面。那是一个糟糕的信号,但克里斯托弗心里装满了其他事情,所以没有像预想中那样害怕。"说真的,克里斯托弗,"加布里埃尔用他那种干巴巴的声音说,"一个像你这么大的孩子应该知道不该在倒塌的塔楼上爬上爬下。结果你愚蠢而草率地浪费了一条命,现在你只剩下六条了。当你成为下一任克里斯托曼奇的时候那些命对你很重要。你有什么要辩解的吗?"

克里斯托弗气往上冲。但他感到他的愤怒又一次被城堡的咒语压制下来,那使他比以往任何时候都气愤。"为什么你不让斯洛格莫尔顿当下一任克里斯托曼奇呢?"他问,"它也有九条命。"

加布里埃尔盯着他看了一眼。"这不是一件可以开玩笑的事，"他说，"你没有认识到你惹出来的麻烦吗？我的一些人不得不去每一个塔楼，阁楼和地窖，以防你一时兴起再爬到那些地方去，他们要花上几天时间才能把一切安排妥当。"听到这句话，克里斯托弗伤心地想到他们肯定会发现并修好他撕开的那个裂口，这样一来，他又得重新制造一个了。"请注意，"加布里埃尔说，"现在正是我人手短缺的时候。你还太年轻注意不到这些，但我希望向你解释一下，我们现在正在全力以赴地抓捕一伙跨世界的坏人。"他严厉地看着克里斯托弗，"你也许从来没听说过幽灵。"

在吃过三次乏味的星期天午餐后，克里斯托弗认为他对幽灵已经了如指掌。它是所有的人一直讨论的话题。但克里斯托弗感到如果加布里埃尔继续解释关于那个帮派的事情的话，就会因为分心不再批评他，所以他说："是的，我没听说过，先生。"

"幽灵是一个走私团伙，"加布里埃尔说，"我们知道他们在伦敦活动，但我们了解的只有这么多，因为他们像鳗鱼一样滑溜。尽管我们设置了陷阱，也很警觉，但他们仍然能够通过某种办法，从所有相互关联的世界里偷运来上百斤违法的魔法用品。他们已经走私了一车车的龙血，麻醉剂，魔法蘑菇，来自系列二的鳗鱼肝脏,来自系列六的毒乳香,来自系列九的梦之液和来自系列十的长明灯。我们在系列十设置了一个陷阱,那里至少要安排我们的一个工作人员,但是那个陷阱没有阻止他们。我们唯一获得的成功是在系列五,幽灵在那里屠杀美人鱼并在伦敦销售它们的身体部件。我们在当地警察的协助下制止了他们。但是——"这时,加布里埃尔凝视着天花板上夕阳的余晖,显得异常忧虑。"但是今年以来,"他说,"我们得到报告说幽灵从系列一带来了一些非常惊人的武器,每个武器都足以毁灭最强大的巫师,而我们还是找不到他们的影子。"说到这里,克里斯托弗惊慌地发现加布里埃尔把目光转向了他。"你明白你这次冒险的恶作剧带来了什么后果吗?当我们因为你在城堡里东奔西跑的时候,我们可能会失去抓住这个团伙的机会。你需要学会为别人着想,克里斯托弗。"

"我会的,"克里斯托弗愤愤地说,"但你们没有一个人关心我。当大部分人死掉的时候,他们不会因为他们的死被人责备。"

"下楼去图书室,"加布里埃尔说,"写一百遍'在我跳跃之前必须当心'。请在离开时把门关好。"

克里斯托弗走到房门前,打开了门,但他出门后没有把门关上。这样加布里埃尔就能听到他在走向粉红色大理石楼梯时的叫喊。"我肯定是世界上唯一一个，"他大声说，"曾经因为摔断自己的脖子遭到惩罚的人！"

"嗡。"在楼梯平台上等他的斯洛格莫尔顿赞同地叫道。

克里斯托弗没有及时发现斯洛格莫尔顿。他在它身上绊了一下，乒乒乓乓地一路从楼梯上滚了下去。在滚下去的同时他再次听到了斯洛格莫尔顿的哀鸣。"哦，不。"他想。

当他的下一条命开始生效时，他正仰躺在大厅里的五角星旁，面对着上面的玻璃穹顶。几乎同时他也看见了图书馆的座钟，上面的时间是九点半。看来他每次失去一条生命的时候，新的生命就能更轻松而且更快速地生效。接下来他看到的是城堡里的每一个人，站在他周围，神情肃穆地盯着他。"就像葬礼一样。"他想。

"我又摔断了脖子？"他问。

"是的，"加布里埃尔·德·维特往前跨了一步，俯下身子对他说，"真的，就在我刚刚告诫过你之后，这实在太糟糕了！你能起来吗？"

克里斯托弗翻了个身，从地上跪起来。他感到身上有点擦伤，但此外一切都好。西蒙森博士走上来摸摸他的脖子。

"断骨头已经消失了。"他说。克里斯托弗从他的表情可以看出来,他这次不能再赖在床上了。

"很好,"加布里埃尔说,"马上去图书室,写我给你的那句话。再加上一百遍'我只剩下五条命了'。那样也许能让你谨慎一些。"

克里斯托弗一瘸一拐地走进图书室,坐在一张红皮桌子旁,在抬头为"政府财产"的纸上写那两句话。一边写,他的脑子又溜到了别的地方,他想到每当他失去一条生命的时候,斯洛格莫尔顿似乎总是在他身边,这件事多奇怪啊。还有在系列十那次,就在钩子打中他的时候,一个男人提到了阿什斯。克里斯托弗开始害怕他也许受到了阿什斯的诅咒。这又为他给那位女神送书增加了一条很好的理由。

抄写完毕后,克里斯托弗起身查看着那些书架。这个图书馆又高又大,里面容纳了好几千本书。但克里斯托弗随即发现这里真正的藏书数量是眼睛能够看到的书的十倍。在每个书架的一端都有一个魔法盘。当把手放上去的时候,书架右侧的书就会向上移动,然后消失,接着新书出现在左侧。克里斯托弗找到故事书部分,把手放在魔法盘上让一排书缓慢地移动,直到找到他想要的种类。

那是一个叫安吉拉·布拉齐尔的人写的一排厚书。书名里大多带着"学校"字样。克里斯托弗一眼就能看出它们正是那位女神喜欢的类型。他从里面取出三本摊开,发现每本书上都写着"珍本:进口自世界十二乙",这使他希望这些书足够珍贵,最好能弥补斯洛格莫尔顿的价值。

他抱着这些书和一堆其他的他认为自己会喜欢的书回房间,在走廊里正好遇见弗拉维安。"下午的课照常上,"弗拉维安高兴地说,"西蒙森教授似乎认为上课对你没坏处。"

"照常接受奴役!"克里斯托弗嘀咕着进了房间。

不过那天下午事实上没有那么糟糕。在学习实用魔法的时候,弗拉维安突然说:"你对板球感兴趣吗?"

这算什么问题!克里斯托弗感到满脸放光,虽然他冷淡的回答:"不,我只是喜欢板球。怎么啦?"

"好,"弗拉维安说,"城堡星期六和村里比赛板球,在下面的村落广场上。我们认为你也许能为我们当记分员。"

"只要有人带我穿过那道大门,"克里斯托弗尖刻地说,"那里的咒语阻止我穿过。否则的话,当然——非常乐意。"

"噢,天哪!我本来应该给你一个通行证!"弗拉维安说,"我不知道你喜欢到外面去。我一直喜欢远足。下次我去的话带你一起——我们可以做各种各样的室外运动——只是我认为你最好先掌握'巫师之眼'。"

克里斯托弗明白弗拉维安想讨好他。他们现在已经开始学习巫师的魔法了。克里斯托弗轻而易举地掌握了把东西从一个地方变到另一个地方的魔法——那和他在鲍森博士家用升空术制造那场壮观景象的方法差别很大,也和召唤风不一样——他又稍微花了一点工夫学会了怎么把物品变得看不见。他认为召唤火也不在话下,只要弗拉维安允许他尝试。不过他总是掌握不了"巫师之眼"的窍门。那非常简单,弗拉维安一直这样告诉他。那只是使你能够透过魔法的假象看到真实的存在。但当弗拉维安对自己的右手施展幻术,然后把那只变成狮爪的手举起来时,克里斯托弗看到的就是一只狮爪。

弗拉维安重复了一次又一次。克里斯托弗打着哈欠,目光迷离,但眼睛里始终是一只狮子的爪子。在他走神的时候,唯一的好事是他想到了在"分界点"里保持那些书干燥的完美方法。

13

那天晚上，克里斯托弗在书箱和壁炉中间的角落走来走去，打算在城堡的咒语上撕开一个新裂口。然而令他吃惊的是，那个裂口还在。看来城堡里的人对这件事一无所知。他没有动那道口子，而是从屏障上撕下长长的两条，一条宽一条窄。然后，他拿着两条闪着微光的咒语片段回到那堆书旁，用那条较宽的长条把书包好。那条较窄的片段被他用作绳子把那包书捆好，留出一段把包裹拴在腰带上。向包裹上吐口唾沫，唾沫呈圆球状从包裹上滚了下去。太好了。

接着像从前一样，克里斯托弗穿上变得更紧更短的衣服，沿着熟悉的路线，爬过那些石头。上次从石头上坠落的事对他没有形成任何压力，因为他太熟悉这条路了。仍然像从前一样，那些老人依然在城墙前耍蛇。他们那样做一定是为了宗教或别的什么原因，克里斯托弗猜测，因为他们似乎不是为了讨钱。进入城门后，城里还是人声喧嚷，气味扑鼻，挤满了山羊和阳伞,街角的小神龛旁仍然摆满了祭品。唯一的不同是这里似乎不像上次那样热了,尽管这里的天气对于一个来自夏天的英国的人足以称得上炎热。

可是奇怪的是,克里斯托弗感到很不舒服。他不是害怕人们投掷长矛。原因大概是在寂静而威严的城堡里生活过一段时间之后,看惯了刻板的黑衣服,这座城市的色彩使他的每一根神经都感到烦躁不安。在进入阿什斯神庙之前他开始感到头疼,不得不在那条小巷里新近的一堆烂菜旁休息了一下,然后才找好角度挤过那堵墙和攀缘植物。那些猫仍然在院子里晒太阳,附近没有一个人。

女神在她平常所在的那个房间更里面的一个房间。她坐在也许是床的一个大大的白色垫子上,靠着几块白色的靠垫,虽然天气炎热,但她身上裹着一块披巾。她也长高了一些,尽管没有克里斯托弗那么明显。克里斯托弗认为她可能病了。她躺在那里,两眼无神,她的脸也不像他记忆里那么圆,而且苍白了很多。

当克里斯托弗把那包书放在她的披巾上时。她好像还在想着别的事情。"哦,谢谢。我没有什么可以用来交换。"

"我还在还斯洛格莫尔顿的债。"克里斯托弗说。

"他有那么值钱吗?"女神无精打采地说。她开始慢慢把咒语从那包书上剥下来。克里斯托弗很有兴趣地看着她也像他一样若无其事地撕开了咒语。作为当世的阿什斯,显然意味着你能拥有强大的魔法。"这些书看起来不错,"女神有礼貌地说,"我会看的——等我能集中精神的时候。"

"你病了,是不是?"克里斯托弗说,"你得了什么病?"

"不是病,"女神虚弱地说,"是因为节日。是三天前的事。你知道一年里的那一天我要出去,记得吗？在神庙里整月整月黑暗而宁静的生活之后,我要穿上沉重的衣服,戴着珠宝,脸上涂满油彩,坐上马车,突然出现在外面的阳光下。每个人都在叫喊。他们都跳上马车试图触摸我——为了幸运,你知道,好像我不是一个人一样。"泪水开始慢慢滑下她的面颊。"我不认为他们注意到我是活着的。这样持续一整天,听着他们的叫喊,太阳晒着,那些手打在我身上,直到我浑身瘀伤。"眼泪滑落得更快了。"我小时候常常觉得很兴奋,"她说,"但现在我实在不能忍受了。"

女神的白猫跑进房间,跳到她的膝盖上。女神抚摸着它。就像斯洛格莫尔顿趴在我的床上一样,克里斯托弗想。神庙里的猫能感应到到亲近的人在伤心。克里斯托弗因为自己刚才在城里的感觉,他觉得他能够理解一点女神在节庆日的感受。

"我想这是因为整年在这里,然后突然出去的原因。"女神一面抚摸着贝西,一面解释道。

克里斯托弗本想问一下是不是阿什斯的诅咒一再杀死他,但他看得出来现在不是好时机。女神需要的是把阿什斯从脑子里赶走。他在她的床垫旁的砖地上坐下来。"你真聪明,竟然发现银能阻止我使用魔法,"他说,"我自己都不知道——直到爸爸带我去见鲍森博士。"然后他把在鲍森博士家第一次使用浮空术的事告诉了她。

女神笑了。当他讲到老鲍森夫人和那只便壶的时候,她把脸转向他,几乎哈哈大笑起来。显然这样聊天的效果不错,于是克里斯托弗接着向她说起了克里斯托曼奇城堡和加布里埃尔·德·维特,设法说得很有趣。在他说起他总是看到一只狮子的爪子的时候,她发出了阵阵笑声。

"不过那是你太傻了,"她咯咯笑着说,"在普劳德富特嬷嬷旁边碰到这种事的话,我会假装我能做到。只要说你能看见他的手就行。他会相信你的。"

"我没想到这样做。"克里斯托弗承认。

"是,你太老实了。"她认真地看着他说。"银能迫使你说真话,"她说,"阿什斯的天赋告诉我。所以你养成了从不说谎的习惯。"提起阿什斯,她又伤心起来。"谢谢你告诉我关于你的事,"她严肃地说,"我认为你也有一个糟糕的生活,甚至比我还糟!"她突然哭起来。"人们只希望得到我们对他们有用的东西!"她抽噎着说,"你的九条命,我的女神属性。我们俩都被由别人规划出来的人生所捕获和束缚,深陷困境——就像钻进了一个长长的、没有出路的隧道!"

克里斯托弗对她的比喻有点吃惊,尽管被逼着做下一任克里斯托曼奇的确在大部分时间里使他感到愤怒而无奈。但他明白女神主要说的是她自己。"等你长大了就不再是当世的阿什斯了。"他指出。

"哦,我的确不想再当了!"女神抹抹泪,"我希望现在就不再是她!我希望去学校,就像米莉丛书里的米莉一样。我希望上预备学校,吃油腻的食物,学法语,玩曲棍球和被罚抄写。"

"你不会希望被罚抄写的,"克里斯托弗对她突然的激动感到很担忧,"说真的,那一点都不好玩。"

"不,我愿意!"女神尖叫道,"我希望欺负班长,在地理考试上作弊,还想告发我的朋友!我不但想学好也想变坏!我想去学校当个坏蛋,你听见没有!"

她跪在垫子上,泪珠扑簌簌地落在怀里的贝西身上,发出比斯洛格莫尔顿被装进篮子时的嚎叫更大的声音。很快房间外面就传来了某个人穿着拖鞋匆匆赶来的脚步声,伴随着上气不接下气的叫喊声:"亲爱的女神!女神!出什么事了,亲爱的?"

克里斯托弗转身扎进了最近的一堵墙。他弯着腰出现在满是猫咪的热烘烘的院子里。然后他定定神跑向外墙。穿过外墙后,他一口气冲到了城门口。女孩子!他想。她们真让人摸不清头脑。竟然喜欢被罚抄写!

不过,当他爬上山谷爬过"分界点"的时候,他认真地考虑起女神说过的一些话来。他的生活其实并不像一条被别人设计好的隧道。他痛恨城堡里每个人的原因是,他仅仅被他们当作一件东西,一件有用的,有着九条命,将会在某一天被打造成下一任克里斯托曼奇的东西。他想把这些事告诉塔克洛伊。塔克洛伊会明白的。明天就是星期四,那时他就能见到塔克洛伊了。他发现自己从来没有像现在这样盼望星期四的到来。

现在他知道怎样假装自己有"巫师之眼"了。第二天下午,当弗拉维安向他伸出一只狮爪的时候,克里斯托弗说:"是你的手。我现在能看见了。"

弗拉维安很高兴,"那我们明天就去远足。"

克里斯托弗不在乎远足。但他急于和塔克洛伊再次见面。塔克洛伊是唯一一个不把他看做一件有用的东西的人。他晚上上床后,几乎立刻从床上飘了起来,飞一般地穿过咒语屏障的裂口,盼着塔克洛伊能意识到他的迫切并及早赶来。

塔克洛伊在那里,正环抱双臂靠在山谷尽头的岩壁上,一副做好长时间等候准备的样子。"嘿!"他说,似乎对克里斯托弗的出现感到很吃惊。

克里斯托弗感到一见面就向塔克洛伊倾诉自己的烦恼不太合适,他手忙脚乱地穿上衣服,笑嘻嘻地看着塔克洛伊。"再次见到你真是太好了,"他说,"我有一肚子话要对你说。今天晚上我们要去哪里?"

塔克洛伊谨慎地说:"那辆没有马的马车正在系列八等我们。你确定要去?"

"当然。"克里斯托弗一边系皮带,一边说。

"你可以等我们到了再跟我说你的新闻。"塔克洛伊说。

真没劲。克里斯托弗抬头看着塔克洛伊,发现他异乎寻常地严肃。他眯着眼睛,面无表情。这样的确没法再跟他说什么。"发生什么事了?"他问。

塔克洛伊耸耸肩。"好吧,"他说,"首先,我最后一次见你的时候,你的头被砸得……"

克里斯托弗已经忘掉那件事了。"哦,我还没有谢谢你把我带回这里呢!"

"别放在心上,"塔克洛伊说,"尽管我必须说那是一件我曾经干过的最困难的事情,千方百计把自己变坚固,才赶着那辆马车穿过世界的间隙把你放在了这里。我也一直疑惑自己为什么那样做。在我看来你已经彻彻底底地死了。"

"我有九条命。"克里斯托弗解释道。

"很明显你有不止一条命,"塔克洛伊表示赞同,但又露出一种似乎不相信的笑容,"看着,难道那件事没有使你想到吗?你舅舅到现在已经做了几百次试验。我们给他带来了大量的结果。这对我没什么——我有报酬。但你在这里面除了危险以外什么都得不到,我看得出来。"

塔克洛伊说得很认真,克里斯托弗看得出来。"我不在乎,"他抗议说,"你说得不错。不过拉尔夫舅舅给过我两枚金币。"

塔克洛伊听了,只是扭过头哈哈大笑。"两枚金币!我们给他弄到的一些东西值几百镑——就像那只阿什斯神庙的猫。"

"我知道,"克里斯托弗说,"但我想继续做这些试验。现在的事实是,这是我生活里唯一的乐趣。"说到这里时他想,现在塔克洛伊要问起我的烦恼了吧。

但塔克洛伊只是叹了口气。"那我们出发吧。"

在"分界点"是不可能和塔克洛伊谈话的。当克里斯托弗喘着粗气在岩石间上上下下时,塔克洛伊就像在他身旁流动的雾气一样在风里飘拂,雨点可以从他身上穿过去。他到了山谷入口才把自己变得坚实起来。这是很久以前克里斯托弗在路旁的泥地上写过大大的"8"的山谷。"8"还在那里,就像是昨天刚刚划上去的一样。更远处是那辆浮在空中的马车。它已经再次经过改进,被漆成了漂亮的鸭蛋青色。

"准备就绪。"塔克洛伊说。他们拉起马车的引导绳往山谷里走去。那辆马车稳稳当当地跟在他们后面。"板球玩得怎么样?"塔克洛伊用寒暄的语气说。

克里斯托弗终于得到了倾诉的机会。"从我爸爸把我从学校里带走开始,我就没碰过板球,"他闷闷不乐地说,"一直到昨天,我本来以为我在城堡里连听到板球的机会都没有——你知道我现在住在城堡里吗?"

"不知道,"塔克洛伊说,"你舅舅从来不跟我说你的事。是哪座城堡?"

"克里斯托曼奇城堡,"克里斯托弗说,"不过昨天我的导师说这个星期六和村里有一场比赛。当然没人想过让我比赛,我去做比赛的记分员。"

"真的吗?"塔克洛伊说。他眯起了眼睛。

"他们当然不知道我在这儿。"克里斯托弗说。

"但愿他们不知道!"塔克洛伊说,他一副不愿继续谈下去的样子。于是他们沉默着继续往前走,一直走到了那个半山腰的山洼里坐落着农舍的长长的山坡。那个地方比以前更加荒凉和孤寂,在铅灰色的天空下,沼泽地和小山都显出一抹淡黄色。在他们到达农舍前,塔克洛伊停下来,在那辆马车抵着他的腿弯想继续前进时把它踢到了路边。他皱着眉头,脸色像沼泽地一样阴郁泛黄。"听着,克里斯托弗,"他说,"克里斯托曼奇城堡的那些人发现你来这里干这种事的话,他们会很不高兴的。"

克里斯托弗笑了。"他们会很生气! 不过他们发现不了。"

"别那么肯定,"塔克洛伊说,"他们都是精通各种魔法的专家。"

"所以这件事才会变成对他们的一种绝妙的报复,"克里斯托弗解释道,"在他们自以为把我攥在手里的时候,我从他们愚蠢高傲而且讨厌的鼻子底下溜到这里来。我对他们来说只是一个东西。他们在利用我。"

农舍里的人已经看到了他们。几个女人从屋里跑出来,站在院子里的一大堆包裹旁边。一个人向他们招招手。克里斯托弗也向她们招了招手,因为塔克洛伊没有像他期望的那样关心他的感受,所以他接着往山上爬。马车也跟着他再次移动起来。

塔克洛伊连忙赶上来。"难道你没有想过,"他说,"你舅舅也可能在利用你?"

"和城堡里的人不一样,"克里斯托弗说,"我是自愿做这些试验的。"

塔克洛伊听了没有说话,而是抬头看着天上低垂的阴云。"别怪我没警告你!"他对天上说。

那些女人们在院子里迎接克里斯托弗的时候,嘴里喷出浓郁的蒜味儿,正像从前一样。和上次一样,装货的时候蒜味又混合了包裹散发的怪味。系列八的包裹总是有那种气味——一种刺鼻,令人晕眩的带着点铜腥的气味。在和弗拉维安上过实践课之后,克里斯托弗停下来仔细闻闻那种气味。他知道这是什么了。龙血!这一发现使他大吃一惊,因为龙血是最危险、最具力量的魔法材料。晓得这些东西的威力后,他小心翼翼地把手里的那包货放在马车上,然后又轻手轻脚地抱起另外一包。克里斯托弗看看对面的塔克洛伊,想知道他是否知道包裹里是什么。但塔克洛伊正靠在院墙上,难过地看着山顶。对了,塔克洛伊曾经说过,他在离体后是没有嗅觉的。

正看着,塔克洛伊突然瞪大眼睛跳了起来。"天哪!"他叫了一声。

一个女人也惊叫起来,用手指着山上。克里斯托弗回头看去,不由惊呆了,抱着包裹愣在了那里。一个非常大的生物正从山上朝农舍冲下来。它的身体是紫黑色的。克里斯托弗第一眼看到它的时候,它正收起坚韧的翅膀,用带着爪子的脚落在地上。因为它从山上滑下来的速度太快,克里斯托弗一开始没有看出它究竟有多大。当他意识到已经出现在半山上的那只动物像房子一样大的时候,它已经落在了农舍后面,这时克里斯托弗才意识到房子只遮住了它的一小半躯体。

"那是一条龙!"塔克洛伊尖叫道,"克里斯托弗,趴下!别看它!"

在克里斯托弗身边,那些女人纷纷朝谷仓跑去。一个女人从谷仓里跑回来,双手握着一把又大又沉的枪,她狂乱地挣扎着想把枪固定在一个三脚架上,装好后,枪又倒在了地上。

当她把枪重新扶起来的时候,那条龙把它巨大而粗糙的黑色头颅放在烟囱之间的房顶上,轻而易举地压碎了房顶,然后用它绿光闪闪的双眼凝视着院子。

"它真大!"克里斯托弗说。他从来没有见过这样的东西。

"趴下!"塔克洛伊对他尖叫。

那条龙和克里斯托弗对视着,几乎像有感情一样。在农舍的断壁残垣之间,它张开了巨嘴。那张嘴就像太阳中心开启的一扇大门。一道耀眼的日珥从太阳上射了出来,就像一支强大而精确的箭,直扑克里斯托弗。呼的一声。克里斯托弗感到如坠洪炉。他听到了他的皮肤烧焦的声音。在瞬间的巨大痛苦中,他只来得及想到,噢,糟糕!又是一百遍抄写!

塔克洛伊的喘息声是克里斯托弗后来听到的第一个声音。他发现塔克洛伊正挣扎着把他从烧焦的马车的底座下拖到路上。马车正在他的睡衣旁摇摇晃晃。

"我没事。"克里斯托弗吃力地坐起来。他全身的皮肤都在剧痛。他的衣服看来已经被烧光了。他的身上一片红一片黑,红的是皮肤,黑的是从烧焦的马车上蹭到的炭。"谢谢。"他气喘吁吁地说,因为塔克洛伊很明显又一次救了他。

"不用客气。"塔克洛伊喘着气说。他已经消散成一个灰色的影子。但他用了最大的努力。他闭上眼睛,张开嘴露出了一个笑脸,全都是透明的,映出后面山谷上青草的影子。接着,有一瞬间,他变得清晰而坚实起来。他俯下身子对克里斯托弗说话。"看到了吧!"他说,"你不要再继续冒险了。别再干了,明白吗?停止。你再来这儿我也不会在这里了。"这时他又褪成了灰色,继而变成了乳白色。"我会和你舅舅结清……"他的声音低得像耳语。克里斯托弗猜他说的是"结清工钱"。那时塔克洛伊已经消失了。

克里斯托弗慢慢爬下马车,马车也消失了,留下的只有寂静的山谷和一股强烈的焦糊味。

"可是我不想停下来!"克里斯托弗说。他的声音那么干涩沙哑,几乎被山谷溪流的哗哗流水声淹没。他穿上睡衣,爬过咒语的裂口返回城堡,脸上不由淌下了几行泪水。

14

克里斯托弗醒来时,又一次感到身上毫无异样。那天早上他一边彬彬有礼地听弗拉维安讲课,一边好奇地回想着那条龙。他的回想不时被一阵阵的痛苦打断——他再也见不到塔克洛伊了!——所以他不得不一心一意地回忆那条龙。它真了不起。几乎值得用一条命来看上那么一眼。他不知道城堡里的人要用多长时间才能发觉他又丢掉了一条命。然而他又有点犯嘀咕,我真的又丢了一条命吗?

"我给我们叫了盒装午餐,"弗拉维安兴致很高地说,"女管家已经找出了一套适合你穿的油布雨衣。等上完法语课我们就可以出发远足了。"

雨下的很大。克里斯托弗一边学法语,一边盼着弗拉维安会因为天气太潮湿取消远足。但正在克里斯托弗陷在"我姑妈的笔"[①]的历史里无法脱身的时候,弗拉维安说:"一点点

[①] 我姑妈的笔(《My Aunt's Pen》),是一篇法语课文。

潮湿不会对任何人造成伤害。"于是他们午后出发了，走进了蒙蒙细雨里。

弗拉维安情绪很高。他穿着厚袜子，背着背包，在雨地里走着，显然很享受这样的远足。克里斯托弗舔着不停地从头发和鼻子上淌下来的雨水，心想至少他从城堡里出来了。但是如果一定要刮风淋雨的话，他情愿去"分界点"。这样一来他又想到了塔克洛伊，他在痛苦里挣扎着。他设法去想那条龙，但是天气太潮湿了。他们穿过几英里丛生着石楠花的荒野，克里斯托弗一路想念着塔克洛伊，那些湿漉漉的金雀花看起来就像他的内心一样荒凉。他希望他们能尽快吃午饭，这样他可以停下来想点别的。

他们到了石楠花地的边缘。弗拉维安指着远处一座因为远而显得灰蒙蒙的小山。"那就是我们停下来吃午饭的地方。在那座山上的树林里。"

"还有好几英里远！"克里斯托弗吓了一跳。

"只有大约五英里。我们只要走下山谷再爬上去就到了。"弗拉维安说完，高高兴兴地迈开大步朝山下走去。

远在他们爬上那座小山之前，克里斯托弗就已经不再想塔克洛伊了。他只觉得身上又湿又冷，既累且饿。当他终于挣扎着跟在弗拉维安走进那片树林中的空地时,已经是下午茶时间而不是午饭时间了。

"现在,"弗拉维安扔掉背包,搓着双手说,"我们来练习一点真正有用的魔法。你去收集一些树枝,把它们放成一堆。然后试着召唤火。等你把火生好,我们就可以在树枝上烤香肠做饭了。"

克里斯托弗看看上方挂着水珠的大树枝,又看看周围湿漉漉的草地。他扭头看看弗拉维安,想知道他是不是有意刁难自己。不是,弗拉维安只是认为这个方法比较好玩。"树枝都是湿的,"克里斯托弗说,"整个树林都在滴水。"

"把它当成一种挑战。"弗拉维安说。

克里斯托弗认为没有必要告诉弗拉维安自己饿得走不动路。他打起精神来收集树枝,把它们堆成湿淋淋的一堆,接着他跪在地上召唤火。雨水浸湿了他的膝盖,顺着他的衣领往下滴。真荒唐。他召唤出一束小小的黄色火苗。但它只持续了一秒钟,甚至连柴火都没烤热。

"在你抬起手臂的时候多用一些意念。"弗拉维安说。

"我知道了。"克里斯托弗抬起手,愤怒地在意念里想着。火!火!火!

那堆树枝轰地腾起了一团十英尺高的火焰。克里斯托弗又一次听到了皮肤被烤焦的声音,他的湿雨衣也噼噼啪啪地燃烧起来。他几乎在一瞬间变成了篝火的一部分。这是那条被龙烧毁的命!他在极度的痛苦中想到。

他的第五条命似乎在十分钟之后生效,他听到弗拉维安歇斯底里的声音:"是的,我知道,但这本来应该是绝对安全的!那些木头都湿透了。我让他去试就是因为这个原因。"

"鲍森博士暗示过,说克里斯托弗一旦成长起来就几乎没有安全可言。"一个干巴巴的声音从遥远的地方响起来。

克里斯托弗翻了个身。他身上盖着弗拉维安的雨衣,雨衣下面,他感到自己的皮肤像新生儿一样又嫩又柔软。他前面的地面被烧成了黑色,潮湿又难闻。头顶上方的树叶打着卷,被烤成了焦黄色。加布里埃尔·德·维特正坐在不远处的一个马扎上,撑着一把黑色的大伞,看起来既气恼又跟周围不搭调。当克里斯托弗看他的时候,马扎旁边冒着烟的草地上跳起了几点黄色的火苗。加布里埃尔对火苗皱皱眉,它们随即熄灭,变成了烟雾。

"啊,看来你又浪费了一条生命,"他说,"拜托你把这场森林大火灭掉吧。这场火不同寻常地顽固,我可不想让这里一直烧着。"

"我能先吃点东西吗?"克里斯托弗说,"我快饿死了。"

"给他一个三明治,"加布里埃尔对弗拉维安说,"我记得当我失去一条生命的时候,新的生命需要很大的能量才能接管我的身体。"他等着弗拉维安把一个鸡蛋三明治递给克里斯托弗。在克里斯托弗开始狼吞虎咽的时候,他说:"弗拉维安说他为你这次做的蠢事负责。你要因为我对你的宽容感谢他。但我要指出,正在我们将要找到一个幽灵帮成员的时候,因为你,我被叫了回来。如果他从我们手里溜走,那就是你的过错,克里斯托弗。快起来灭火吧。"

克里斯托弗带着几分释然站起来。他一直担心加布里埃尔禁止他为明天的板球比赛记分。"灭火就像把召唤火的魔法反过来用。"弗拉维安告诉他。于是克里斯托弗照着做了。很容易,只是对于板球比赛的释然使他在灭火的过程里又引发了几处火苗。

连烟雾也消失的时候,加布里埃尔说:"我要警告你,克里斯托弗——如果你再出现一场事故,不管致命与否,我将采取一些真正严厉的措施。"说完这句话,加布里埃尔站起来把马扎啪的一声合了起来。他把马扎夹在胳膊下面,然后合上雨伞。在雨伞合上的一刹那,克里斯托弗发觉他和弗拉维安一起出现在城堡大厅的五角星里。罗莎莉小姐正站在楼梯上。

"他逃走了,加布里埃尔,"她说,"但我们现在至少知道他们是怎么做的了。"

加布里埃尔回过头,令人难堪地盯着克里斯托弗。"带他回房间,弗拉维安,"他说,"然后回来开会。"接着,他又对罗莎莉小姐说:"让弗雷德里克马上准备进行一次精神旅行。我希望从现在起对'世界边缘'进行不间断的巡逻。"

克里斯托弗一边裹着雨衣瑟瑟发抖,一边跟着弗拉维安离开。他甚至连鞋子都被烧焦了。"你都变成炸薯条了!"弗拉维安告诉他。"我吓死了!"克里斯托弗相信他的话。那条龙已经把他烤焦过一次了。他现在完全相信:如果他在某个"他世界"丢掉一条命,却因为某种原因没有作数的话,他将注定在自己的世界里以一种非常相似的方式失去那条生命。教训啊,他想,以后在那些"他世界"要当心了。换好衣服后,他从加布里埃尔没有禁止他参加板球比赛的庆幸中恢复过来,又开始担心下雨会阻止比赛。外面仍然大雨如注。

到了晚上,雨停了,尽管天气仍然又阴又冷。第二天,克里斯托弗和城堡的板球队去了村落广场,他们的队伍是由城堡里的巫师组成的。队伍里有一个仆人，一个园丁，一个马夫，西蒙森博士，弗拉维安，一个特地从牛津赶来的年轻魔法师，还有，让克里斯托弗特别吃惊的是，罗莎莉小姐穿着白色的长裙和白色的露指手套，面色红润，竟然显得非常迷人。她穿着轻便的白色鞋子，大声哀叹那个捕捉幽灵的圈套没有奏效。"我一直对加布里埃尔说我们必须在'世界边缘'巡逻，"她说，"等他们把货物运到伦敦的时候，藏匿的地点就太多了。"

加布里埃尔一手拿着马扎，一手拿着一张电报，和他们在广场上会合。他临时穿了一件看上去几乎有一百年历史的条纹外套，还戴了一顶宽大的巴拿马草帽。"坏消息，"他说，"莫迪凯·罗伯茨肩膀脱臼，来不了了。"

"噢，不！"每个人都大惊失色地叫起来。

"真是太糟糕了！"罗莎莉小姐又补充道。她突然转身问克里斯托弗，"你能击球吗，亲爱的？如果最后需要的话可以上场顶一下？"

克里斯托弗想装出无动于衷的样子，但那是不可能的。"但愿我行。"他说。

那天下午是一场纯粹的狂欢。一个马夫借给克里斯托弗一套很大的白色球衣，那是一位巫师好心地用魔法从城堡里召唤来的,然后克里斯托弗被派到边界的场地上。村庄队首先击球——他们得了不少分,因为那位没有到场的莫迪凯是城堡里最好的投球手。克里斯托弗被风吹得很冷,但就像一场梦变成现实一样,他完成了一次接杀①,让一名铁匠出了局。城堡里其余人都穿着暖和的衣服站在广场周围,热烈地鼓着掌。

当轮到城堡队开局的时候,克里斯托弗和队里的其他成员坐在一起等待上场——或者说,希望他能得到上场的机会。他吃惊地发现罗莎莉小姐是一个优秀而且劲头十足的女击球手。她以克里斯托弗常常希望自己能做到的方式把球击向球场的各个地方。不幸的是,那个铁匠是一个狡猾得可怕的旋转球投手。他懂得塔克洛伊经常向克里斯托弗描述的所有花招。他使西蒙森博士1分出局,牛津的魔法师也2分出了局。然后城堡队只能依靠罗莎莉小姐了。但罗莎莉小姐毫不气馁,她把头发甩到一边的肩膀上,一脸专注和兴奋。她表现得那么好,当弗拉维安作为10号击球手上场的时候,城堡队只需要2分就能赢了。克里斯托弗扣上借来的球棒,相当肯定他没有击球的机会了。

---

① 接杀:板球术语,击球员使用球板击球之后,若球在场内落地之前被任何防守球员接到,则击球员出局。

"不要急,"城堡里的擦鞋童说,他正代替克里斯托弗计分,"看看他。他是没有指望的。"

弗拉维安果然让人失望。克里斯托弗从来没有见过任何人像他那样糟糕。他的球棒不是像盲人的手杖一样乱戳,就是轻率地挥向错误的地方。很明显他随时都可能出局。克里斯托弗又充满希望地拿起了球棒。这时罗莎莉出局了。那个铁匠给她来了一记投杀①。围在广场周围的村民们知道胜利在望,开始欢呼起来。在喧闹声中,克里斯托弗站了起来。

"祝你好运!"围在他身边的人纷纷对他说。但那个擦鞋童似乎是唯一一个认为克里斯托弗有机会的人。

克里斯托弗走到广场中央——那套借来的护具大了两号——迎来了一阵叫喊声和嘘声。"尽力而为,亲爱的!"罗莎莉小姐在和他交接时相当绝望地说。克里斯托弗继续往前走,他惊讶地发现自己一点也不紧张。

当他站上击球位之后,村庄队的球员们都舔着嘴唇。他们挤在克里斯托弗周围靠近的地方,期待地半蹲着身子。放眼看去,到处都是张开着的粗壮起茧的大手和带着嘲弄笑容

---

① 投杀:板球术语,投球手投球击中三柱门并使横木掉落,则击球员(面对投球手的击球手)出局。

的黑黝黝的面孔。

"嘿,我说!"弗拉维安在另一头说,"他只是个孩子!"

"我们知道。"村庄队的队长说,他笑得更灿烂了。

那个铁匠也一样瞧不起人,给克里斯托弗投了一个又慢又蠢的球。克里斯托弗看着那个球的弧线,想到了塔克洛伊教过他的每一句话。因为整个村庄队的人在他身边围成一圈,他只要把球击出这个圈就能赢得得分跑。他泰然自若地盯着球的来路,它改变了一点方向,但幅度不大。他坚定地挥起球棒把球打进了外场。

"两次得分跑!"他向弗拉维安高喊。

弗拉维安吃惊地看了他一眼,跑了起来。克里斯托弗也跑起来,每跑一步,借来的护具就啪嗒响一声。村庄队的队员转身疯狂地追球,但弗拉维安和克里斯托弗有大量的时间完成两次得分跑。他们甚至有时间完成三次,即使穿着那副借来的护具。城堡队赢了。克里斯托弗因为骄傲和兴奋,变得浑身暖洋洋的。

城堡队的观众欢呼起来。加布里埃尔向他祝贺。擦鞋童和他握了手。罗莎莉小姐披散着头发,也在他背上拍了一下。每个人都围在克里斯托弗身边,说他们终于不再需要莫迪凯了,连太阳也第一次从教堂尖塔后面冒了出来。在那段短短的时间里,克里斯托弗感到生活在城堡里原来也没那么糟糕。

但是到了星期天的午饭时间,一切又变回了原样。午饭的谈话都集中在令人担忧的追捕"幽灵帮"的计划上,除了负责城堡图书馆的老术士威尔金森,他一直在唠叨:"那三本珍贵的书还没有下落。我想不出谁会把来自世界乙的给女孩看的书拿走,但我在城堡的任何地方都探测不到。"因为那些书是女孩看的,威尔金森先生显然没有怀疑克里斯托弗。无论他还是其他任何人都对克里斯托弗视而不见,除非他们想让他递盐碟。星期一,克里斯托弗愤愤地问弗拉维安:"难道没有一个人想到我也可以帮忙抓那个幽灵吗?"这是他最希望和弗拉维安谈论那些"他世界"的一次。星期天的遭遇驱使他提出了这个问题。"哎呀!那些屠杀美人鱼的人会轻而易举地把你干掉的!"弗拉维安说。

克里斯托弗叹了口气。"美人鱼不会复活。我能。"他指出。

"这个幽灵的事让我恶心。"弗拉维安接着改变了话题。

克里斯托弗比以往任何时候都感到自己处在一条没有出路的隧道里。他比那个女神还悲惨,因为她长大后可以不再做"当世的阿什斯",而他不得不这样生活下去,变成某个像加布里埃尔·德·维特的人。他的感觉在收到一封来自爸爸的信时也没有好转。那封信也是拆开后封起来的,但和妈妈的信不一样,这封信上贴着特别有趣的邮票。爸爸在日本。

我的孩子:

　　我的咒语显示你遭遇了一次极大的危险。我恳求你多加小心,不要拿你的未来冒险。

爱你的爸爸

从信上的日期来看,它是一个月前写的。"让我的未来见鬼去!"克里斯托弗说,"他的咒语也许意味着我刚刚失去生命。"最糟糕的是,他的内心又一次充满苦涩,他再也见不到塔克洛伊了。尽管如此,那个星期四晚上,克里斯托弗还是穿过咒语的裂口溜了出去,期望着塔克洛伊出现在那里。但山谷里空空荡荡。他在那里站了片刻,感到心里空落落的。然后他回到房间里,穿上衣服再次出发,他要去拜访女神。她是他现在能找到的唯一一个不会利用他的人了。

15

女神在卧室里,盘着腿坐在白色床垫上,以手支颐,显然正在沉思。尽管她脸上没了病容,克里斯托弗看到她时却有一种被雷击中的感觉,他对这种感觉很困惑。

当她抬起头看见他的时候,身上的饰物叮当作响。"噢,太好了,"她说,"我一直希望你能快点来。我要跟你谈谈——你是我认识的唯一一个能理解我的人。"

"我也有同样的感觉,"克里斯托弗说,他背靠着墙在砖地上坐了下来,"你在这里对你的祭司们一言不发,我在城堡里对加布里埃尔的人也一言不发。我们俩都在这样的隧道里——"

"但那只是我的烦恼,"女神打断他说,"我不确定我生活在隧道里。隧道毕竟有尽头。"说这些话时,她的声音里充满了那种令人惊心的感觉。那只猫立刻感觉到了。它从垫子里站起来,飞快地爬到她膝上。

"你是什么意思?"克里斯托弗问道,他又一次感到女孩们真的完全是个谜。

"可怜的贝西,"女神抚摸着白猫,她的手镯发出有节奏的叮当声,"它又要生小猫了。我希望它不要这样一直生小猫——会把它累坏的。我的意思是,从我得病以来,我一直在思考各种各样的事情。我一直在想你的事,我想知道你是怎么从另一个世界来到这里的。那是不是很难?"

"不,很容易,"克里斯托弗说,"或者只是对我来说很容易。我想这是因为我有好几条命。我猜我是把其中的一条命留在床上,把另外的几条命放出来闲逛。"

"那太幸运了!"女神说,"不过我指的是,你是怎么来到这个世界的?"

于是克里斯托弗对她说了那座山谷和"分界点",还有他总要找一个卧室的拐角绕过去的事。

女神眨着眼睛,眼睛里映出她房间里昏暗的拱门。"如果我也有几条命就好了,"她说,"但是——你记得我上次说我长大后就不再是'当世阿什斯'的时候,你是怎么说的了吗?"

"我第一次来这里的时候你就告诉过我,"克里斯托弗提醒她,"你说,'当世阿什斯'永远是小女孩。你记得吗?"

"是的,不过没有人像你这样说过,"女神说,"于是我就开始想。如果'当世阿什斯'不再是个小女孩时会怎么样?我现在不小了。我已经差不多到了别人正式成为女人的年龄了。"

那肯定在系列十发生得非常早,克里斯托弗心想。他希望自己不要那么早就变成正式的男人。"难道你不会成为一名女祭司吗?"

"不,"女神说,"我偷听、询问,也查过他们所有的记录——没有一个女祭司曾经当过女神。"她用颤抖的手指捋着白猫的毛。"当我问起的时候,"她说,"普劳德富特嬷嬷说别拿这种事烦她,因为阿什斯会料理一切。你认为那是什么意思?"

在克里斯托弗看来,她似乎又要变得情绪化起来。"我认为你只会被从这座庙里推出去,然后回家。"他安抚地说。这种归宿使他感到羡慕,"但是你有所有阿什斯的天赋。你一定能利用它找到确切的答案。"

"你以为我一直在想什么?"女神几乎在尖叫。她把贝西推到一边,站起来盯着克里斯托弗,"你这个笨家伙!我已经想了又想,整整一个星期,一直想到脑袋嗡嗡响!"

克里斯托弗赶紧站起来,背靠着墙,预备在她冲过来的时候穿墙而逃。但她只是在他面前一面跳,一面尖叫。

"想个我能找出答案的办法,如果你那么聪明!想个办法!"

当女神尖叫的时候,远处的房间总会有脚步声和上气不接下气的叫声响起来,"我来了,女神!你怎么了?"

克里斯托弗敏捷而平缓地退进了墙里。女神瞟了他一眼,似乎带着一种胜利的意味,然后飞一样地扑进一个出现在拱道里的枯瘦的老妇人怀里。"噢,普劳德富特嬷嬷!我又做了一个可怕的噩梦!"

克里斯托弗惊恐地发觉自己被卡在了墙里,既不能向前,也不能往后退。他能做的只是用弗拉维安教他的魔法把自己变得不可见。他立刻隐了形。幸好他的大部分脑袋还在墙外面,不管会不会被人看见,他感到自己就像城堡餐室墙上的动物标本,只是他能看,能听,也能呼吸。他被女神的背叛行为搞得惊慌失措。

在轻言抚慰声里,她被老妇人领向远处的房间。大约十分钟后,克里斯托弗正感到脖子酸痛,一条腿也开始抽筋的时候,她回来了,看上去十分平静。

"你没有必要隐身,"她说,"这里的每个人都有'巫师之眼'。听我说,我很抱歉。但我非常需要帮助,只要你答应帮我,我保证放你走。"

克里斯托弗撤掉隐身咒语,似乎这样会感到更安全一样。"你不需要帮助——你需要被人在头上敲一记,"他气呼呼地说,"像这样我怎么能帮别人?我要难受死了。"

"那就舒服了再帮我。"女神说。

克里斯托弗感到他能稍微移动一下了。困着他的墙变得像凝胶一样,这时他才得以站直身子,轻轻动动胳膊,把腿放到适当的位置。他试着用力扭动了几下,希望从那些黏糊糊的凝胶里挣出来,但是一点用都没有。他感到这些困住他的东西和女神跟他初次见面时,把他的脚固定在地板上的东西是一样的,这种东西直到现在对他来说还是一种秘密。"你想让我怎么帮你?"他无奈地问。

"把我带到你的世界,"女神渴望地说,"这样我就可以像米莉丛书里的人一样去学校上学。在我找学校的时候,我想你可以把我藏在城堡的某个地方。"

克里斯托弗一想到加布里埃尔·德·维特发现女神藏在某个阁楼里的后果,马上断然拒绝。"不行,"他说,"我做不到,绝对做不到。而且我还不愿意。赶快放开我!""你带走了斯洛格莫尔顿,"女神说,"你也能把我带走。"

"斯洛格莫尔顿是一只猫,"克里斯托弗说,"它像我一样有九条命。我告诉过你我只能在留下一条命的情况下来这里。但你只有一条命,所以我不能把你带到我的世界,因为那样做你会死掉的。"

"那就是重点!"女神恶狠狠地对他低语。他感觉到她正在努力克制着不要再次尖叫出来。泪水从她脸颊上滚下来。"我知道我只有一条命,而且我不想失去它。带我一起走。"

"因为一本书你就异想天开要去上学!"克里斯托弗吼道,他更加感到自己像一头困兽,"别那么傻了!"

"那你就在墙里站到改变主意为止吧!"女神说,然后她一转身,在一阵叮叮当当声中离开。

克里斯托弗垂头丧气地站在墙壁里,诅咒起他给女神带来米莉丛书的那个日子。接着他又骂自己竟然把她看成了一个富有同情心的人。她不过和他认识的其他人一样自私而冷酷。他在墙壁里扭动挣扎着,想挣脱出来。但他对这个咒语一无所知,所以还是被牢牢地困在里面。

更糟糕的是神庙里的人午睡后醒来,这里变成了一个十分繁忙的地方。克里斯托弗听见身后有一群人在炎热的院子里清点猫的数目并喂猫。其中还夹杂着女性厉声下令的声音,锵锵的盔甲声和矛柄在地上碰撞的声音。克里斯托弗非常担心他的屁股探出墙外被院里的人看到,再招来一根长矛。他吃力地扭动身体把身子往里收。他不知道是长矛刺中自己更吓人,还是被加布里埃尔发觉他又丢了一条命后的反应更恐怖。

前面的拱廊外,他听到了女神和至少三个女祭司说话的声音,然后他们的声音变成了喃喃的祈祷。为什么弗拉维安没有教自己一点有用的咒语呢?至少有六百种打破这个咒语并不为人知地溜出去的办法,但克里斯托弗一个都不会。他不知道是不是可以用浮空术,召唤旋风的组合把束缚他的咒语震开,尽管不能移动双手会极大增加施展咒语的难度,但值得试一试。可是那样一来,人们仍然会拿着长矛追赶他。他决定还是先试试智取。

不久后,女神来看他是否改变了主意。

"我去拿,亲爱的。"一个女祭司在拱门外说。

"不,我想再看一眼贝西。"女神头也不回地说。为了把戏做足,她先去看那只白猫,后者正躺在她的床垫上,气咻咻地为自己难过。女神摸摸它,然后回过身,把脸凑近克里斯托弗。

"怎么样?你打算帮我吗?"

"如果他们进来看见我的脸从墙上伸出来,"克里斯托弗问,"会发生什么事?"

"你最好在他们发现前同意。他们会杀了你。"女神低声回答。

"但我死了对你没有任何好处,"克里斯托弗指出,"让我走,不然我开始喊了。"

"你敢!"女神说,然后转身出了门。

麻烦的是克里斯托弗不敢。智取的尝试似乎无疾而终。下次她进来的时候,克里斯托弗又换了个办法。"听着,"他说,"我真的已经非常克制了。我可以轻而易举地在神庙里轰个大洞后逃走。我没有那样做是不想出卖你。如果阿什斯和你的女祭司们发现你打算去另一个世界肯定会很生气,对不对?"

泪水淹没了女神的双眼。"我的要求不多,"她可怜巴巴地说,"我以为你是个有同情心的人。"

这个办法似乎产生了一点效果。"如果你不放我走的话,我只好把神庙掀翻了,"克里斯托弗说,"要是我天亮前不回去,那座城堡里的人就会发现我只有一条命躺在床上。然后他们会告诉加布里埃尔·德·维特,那样我们俩都会有麻烦。我告诉过你他知道怎么到其他的世界。如果他来了这里,你不会喜欢他的。"

"你自私,"女神说,"你根本没有同情心——你不过是害怕。"

克里斯托弗听到这里动了气。"放我走,"他说,"不然我会把这里轰到天上去。"

女神用袍子的一角掩着脸,从房间里跑了出去。

"出什么事了,亲爱的?"外面的一个女祭司问。

"没事,没事,"克里斯托弗听见女神说,"贝西不太好,没什么。"

这次她去了很长时间。也许她要拖开那个女祭司,免得她进来看那只白猫。但是不久后,空气里充满了辛辣食物的气味。克里斯托弗这次真的警觉起来。时间不停流逝,城堡的早晨转瞬即至,那时他就真的麻烦了。又过了一会儿,他听见后面的院子里人们又在点数和喂猫了。"贝西不见了。"有人说。

"它还在当世的神祇那里,"另一个人回答,"它很快要生小猫了。"

更多的时间过去了。女神再次出现以前,绝望已经迫使克里斯托弗做出了一个新的决定。他判断他得给她某种帮助,即使不是她希望的那种,否则他就不可能在早晨之前赶回去。

蛮不讲理的女神显然想表达一些善意。她这次进来的时候,手里拿了一个卷着熟肉和蔬菜的薄饼一样的东西。她把饼撕成小块塞到克里斯托弗嘴里。饼里有某种火辣辣的香料,辣得克里斯托弗流出了眼泪。"听着,"他呛了一下,"你到底有什么麻烦事?为什么突然决定逼着我帮你?"

"我告诉过你!"女神不耐烦地说,"记得我生病时你说过的话吗?我长大后就不再是当世的阿什斯。从那以后我一直在想到那时我会发生什么事。"

"这么说你想知道确切的答案?"克里斯托弗说。

"比世界上任何东西都想!"女神说。

"如果我帮助你找出答案,你会放我走吗?"克里斯托弗用商量的语气说,"我不能带你去我的世界——你知道我不能——但我可以用另外一种方法帮你。"

女神揉着手里剩下的最后一片薄饼。"是的,"她说,"好的。但是我看不出你怎么能比我做得更好。"

"我能,"克里斯托弗说,"你只要去站在那尊金色的阿什斯雕像面前,问她当你不再是阿什斯的时候会发生什么。如果它什么都没说,你就会知道不会发生什么事。接着你可以离开这座神庙去学校上学。"这个办法很狡猾,因为他知道那尊雕像是无论如何不会说话的。

"为什么我没想到呢!"女神大叫一声,"太聪明了!可是——"她又揉起手里的薄饼。"可是阿什斯不说话,你知道,但也不完全是。她用神迹来表达一切,就像征兆之类的东西。当人们问她问题,她并不总是给出回应的。"

这可太讨厌了。"但是她会给你的,"克里斯托弗信誓旦旦地说,"毕竟你和她是一体的,所以只需要让她用某个你们都熟悉的东西提醒你。去要求她给你一个神迹——但要让她在上面加一个时间限制,这样如果没有出现神迹,你就会知道没有神迹。"

"我会的。"女神坚定地说。她把那块薄饼塞到克里斯托弗嘴里,下定决心一样拍了拍手,发出一阵叮当声,"我现在就去问她!"她大步走出房间,叮当,叮当,听起来就像那些士兵在克里斯托弗背后齐步走的声音。

他吐掉那块薄饼,闭上眼把眼泪挤出来。现在要能划个十字多好,他想。

五分钟后,女神高高兴兴地迈着大步回来了。"问过了!"她说,"她不想告诉我。我只好威胁她。我叫她不要摆出那张蠢脸来愚弄我,她就屈服了。"她很奇怪地看着克里斯托弗:"以前我从来没有占过她的上风。"

"嗯,她说了什么?"克里斯托弗问。如果不是被墙困住的话,他早就急得跳起来了。

"噢,还没说,"女神说,"但我诚心诚意地答应你,在她显示神迹后我就放你走。她说她不能马上回答。她希望等到明天,但我说那样时间太长了。于是她说最早可以在今天半夜……"

"半夜!"克里斯托弗绝望地叫了一声。

"只有三个小时了,"女神安慰地说,"后来我告诉她必须准时,否则我会真正生气的。你必须理解她的道理——她得推算命运的轨迹,那很花时间。"

克里斯托弗的心沉了下去,他计算着回到城堡的时间。在最乐观的情况下他可以在上午十点回到城堡。不过叫他起床的女仆也许会认为他太累了。也许要过上一个小时左右她才因为担心去告诉弗拉维安或别的什么人,但愿那时候他能赶回去。"那就半夜吧,"他叹了口气,"到时候你要放我走,否则我会召唤旋风,让一切东西着火,把神庙的屋顶掀掉。"

漫长的三个小时里,他一直在想自己为什么不马上动手。也许他只是不愿再丢掉一条命。他感到有责任等下去,让女神的心恢复平静。在给她带来那些使她平添烦恼的学校故事书之前,他说的一句评论已经引起了她的担忧。他对她所处的奇特而孤独的生活状态有同命相怜的感受。此外爸爸还对他说过,不能用魔法对付女士。这些因素合并在一起,使他以一种松弛的姿势坐在墙壁里,耐心地等待着午夜的到来。

女神在床垫上坐了一会儿,紧张地抚摸着那只白猫,好像担心神迹随时会出现一样。接着她忙碌起来。她被叫去上课,然后祈祷,又洗了个澡。在她离开的时候,克里斯托弗有了一种令人沮丧的感觉,他也许能和正躺在城堡床上的那个自己联系上。尽管他能够清晰地感觉到自己的分身,却不能影响它——或者他能够影响,但没法感知到。做功课!他想。起床!表现得像我一样!然后他又一次产生了索性把这座神庙打破一走了之的念头。

女神终于回来了,穿着一件长长的白色睡袍,只戴了两只手镯。她在门口吻了普劳德富特嬷嬷,道过晚安,然后躺在她的白床垫上,亲热地抱着那只白猫。"时间不会太久了。"她告诉克里斯托弗。

"最好不要太久!"克里斯托弗说,"说真的,我不明白你为什么抱怨自己的生活。我宁可拿弗拉维安和加布里埃尔交换普劳德富特嬷嬷!"

"是的,也许我是在犯傻,"女神懒洋洋地表示同意,"反过来说,我也告诉你不要信任阿什斯,那使你看这件事的时候和我很不一样。"

克里斯托弗从她的呼吸声里发觉她睡着了。他自己也昏然欲睡,只是卡在凝胶一样的墙里让人感到太不舒服了。

他被响亮的吱吱声惊醒了。那是一种奇异而绝望的声音,有点像雏鸟待哺的声音。克里斯托弗睁眼看去,发现一片明亮的月光照在地板上。

"哦,看啊!"女神说,"这就是征兆。"她把手臂伸进月光里,一只手镯在她的手腕上晃动着。她正指着白猫贝西。贝西正四肢摊开僵硬地躺在月光下。一个非常小的,白色的东西正在它身边爬来爬去地拱着,发出绝望而响亮的啼哭声。女神从床上跳起来,跪在地上把那小东西捡起来。"它冻坏了,"她说,"贝西生了一只小猫——"她停顿了很长时间。"克里斯托弗,"女神说,显然在竭力保持声音的平静,"贝西死了。那意味着当他们得到新的当世阿什斯时,我将会死去。"她跪在那只死掉的猫身边,开始不停地尖叫。

灯亮起来,脚板在瓷砖上的啪嗒啪嗒声,奔跑声。克里斯托弗挣扎着让自己尽可能地退回墙里。他理解女神的感受。当他在太平间醒过来的时候曾经有过同样的感觉。但是他希望她停止尖叫。当身材干瘦的普劳德富特嬷嬷和跟在她身后的两名女祭司跑进房间的时候,他用尽全力发动了浮空术咒语。

但女神遵守了诺言。在尖叫声里,她害怕似的从贝西可怜的尸体旁向后退开,演戏一样地张开了一只手臂,于是她的手镯碰到了克里斯托弗不可见的鼻子上。那只手镯是银的。

克里斯托弗带着他已经习惯的碰撞声落在了城堡的床上。他浑身完好无缺,身上穿着睡衣。另外,从光线看,时间已经接近中午了。他匆忙坐了起来。加布里埃尔·德·维特正坐在对面的一张木椅上,用比往常更严厉的目光盯着他。

16

加布里埃尔把两肘放在椅子扶手上,两只骨节突出的长手抵在他的鹰钩鼻下。他的双眼就像那条龙一样,让人一看就很难把目光移开。

"这么说你是在精神旅行,"他说,"我怀疑你这样做已经很习惯了。那可以解释很多事情。你愿意告诉我你刚才去了哪里,还有为什么用了这么长时间才回来吗?"

克里斯托弗只好解释。他感到自己还不如死掉,丢一条命比面对加布里埃尔的目光轻松多了。

"阿什斯神庙!"加布里埃尔说,"你这个傻孩子!阿什斯是相关联的世界里最邪恶、睚眦必报的女神。她的军队以跨世界追捕和不达目的不罢休而闻名,你给她的实在算不了什么。感谢上帝,你没有把她的神庙炸个大洞。我放心了,你至少懂得把当世阿什斯交给她的命运。"

"她的命运?他们不会真的杀了她,对吗?"克里斯托弗问。

"他们当然会,"加布里埃尔用平静而干涩的声音说,"那就是征兆的含义:当新的当世阿什斯被选出后,老的女神就会死去。理论上,我认为,老的女神会得到神性的力量。这一定对他们有特殊的价值,因为她似乎是一个天生的女巫师。"

克里斯托弗惊呆了。他突然明白女神已经知道,或者至少怀疑,她将要到来的命运。那正是她设法求助于他的原因。"你对这件事怎么能这样平静?"他说,"她只有一条命。难道你不能做点什么帮助她吗?"

"好心的克里斯托弗,"加布里埃尔说,"在所有关联世界组成的系列里,有超过一百个世界,其中一半多的世界存在着让任何一个文明人感到厌恶的习俗。如果我把我的时间和同情心花在那些事情上,我就没有时间做政府付钱让我做的工作——也就是阻止魔法的滥用。这也是我要对你采取行动的原因。你否认自己一直在滥用魔法吗?"

"我……"克里斯托弗说。

"你当然滥用过,"加布里埃尔说,"你肯定在其他一些世界里丢掉了至少三条命——就我所知,你也许在进行精神旅行的时候一共失去了六条命。因为那是在外部世界发生的,而你本应失去的生命正躺在这里睡觉,自然法则会被迫发生扭曲,使你用正当的方法失去它。不仅如此,你还会在整个系列十二里造成一个危险的奇点。"

"我这次一条命都没丢。"克里斯托弗辩解道。

"那你上次去精神旅行的时候肯定丢了一条,"加布里埃尔说,"你当然又少了一条。这种事情不能再发生了,克里斯托弗。给我马上穿好衣服,和我一起去我的办公室。"

"呃——"克里斯托弗说,"我还没吃早饭。我能……"

"不行。"加布里埃尔说。

这下克里斯托弗知道真的糟糕了。他发觉自己起床和去盥洗室的时候浑身发抖。盥洗室的门关不上。克里斯托弗感觉到加布里埃尔正在用一个强大的咒语固定着门,以确保他打消逃跑的念头。在加布里埃尔的监视下,他穿衣和洗漱的速度比有生以来任何时候都快。

"克里斯托弗,"加布里埃尔在他急匆匆地梳理头发的时候说,"你必须认识到我对你非常关心,谁都不该像你这样快地浪费生命。到底是什么问题?"

"我那样做不是为了惹恼你,"克里斯托弗愤恨地说,"如果那就是你的想法的话。"

加布里埃尔叹了口气。"我也许是个不称职的监护人,但我知道我的责任,"他说,"跟我来。"

他沉默着大步穿过走廊,克里斯托弗小跑着跟在他后面。他的第六条命发生了什么情况?克里斯托弗疑惑地想,这种困惑压倒了他的恐慌,他倾向于认为加布里埃尔算错了。

在那间昏暗的办公室里,罗莎莉小姐和西蒙森博士及一个年轻的城堡职员正在里面等着。他们身上都缠绕着一种微微发亮的透明咒语。克里斯托弗的眼睛担忧地从他们身上转到黑地板中间的那张皮沙发上。那张沙发总让他想到牙医的椅子。沙发旁是一张摆着两个钟形玻璃罩的小桌。左边的玻璃罩里凭空悬着一个大卷线轴,而右边的罩子只有一个类似窗帘环的东西躺在底部。

"你们要干什么?"克里斯托弗说,他的声音变得又粗又哑。

罗莎莉小姐走向加布里埃尔,用玻璃盘递给他一些手套。加布里埃尔一边戴手套,一边说:"这就是在你的那场火灾后我警告过你的严厉措施。我打算把你的第九条命取出来,当然,对它和你都不会造成伤害。然后我会把它放进城堡的保险箱里,加上九道只有我才能解开的符咒。从那以后你只能通过我才能得到那条命,我希望这样能让你谨慎地对待剩下的那两条命。"

罗莎莉小姐和西蒙森博士开始为加布里埃尔裹上和他们一样的闪闪发光的咒语。"只有加布里埃尔懂得怎样完好无损地取出一条命。"罗莎莉小姐骄傲地说。

西蒙森博士也让克里斯托弗吃了一惊,他似乎想尽量显得和蔼一些。他说:"这些咒语只是为了卫生。别紧张,在沙发上躺下来,保证一点都不疼。"

和牙医说的一样!克里斯托弗飞快地躺了下去。

加布里埃尔转动身体,让那个咒语均匀地裹在他身上。"弗雷德里克·帕金森今天也在这里,"他说,"他没有去世界边缘巡逻的原因,是为了确保你在生命被抽离的时候不去做精神旅行。那样对你极端危险,所以请在我们工作的时候设法留在这个世界。"

接着有人对克里斯托弗释放了一个强力的睡眠咒语。克里斯托弗在一瞬间不省人事。看来西蒙森博士说的是实话。克里斯托弗在那几个小时里一点感觉都没有。当他醒来的时候,只是感到极度饥饿,内心不知道什么地方有些隐隐的渴望,他有一种被骗的感觉。如果他确实不得不被取走一条命的话，他希望自己能看到它被取走的过程。

加布里埃尔和其他人正靠着那张黑色办公桌喝茶，都是一副精疲力尽的样子。弗雷德里克·帕金森说："你一直试图去精神旅行。我只好中断工作来阻止你。"

罗莎莉小姐赶忙给克里斯托弗端过一杯茶。"我们让你一直睡着，直到你的生命完全转移到这个卷线轴上。"她说，"它现在正慢慢注入这只金环——你看。"她指着那两个钟形的玻璃罩。左边罩子里的卷线轴上几乎缠满了一种闪闪发光的粉红色的线，它正在空中缓慢而均匀地旋转着。在右边的罩子里，那枚金环也浮了起来，一抽一抽地飞快旋转着。"你怎么样，亲爱的？"罗莎莉小姐问。

"你感觉到什么没有？感觉好吗？"加布里埃尔也担心地问。

西蒙森博士也同样关心。他摸了摸克里斯托弗的脉搏，然后又问了几个算术题来检查他的反应。"他确实没事儿。"他告诉其他几个人。

"感谢上帝！"加布里埃尔用手搓了搓脸，"告诉弗拉维安——不行，他去了世界边缘，是不是？弗雷德里克，你能送克里斯托弗上床，然后告诉管家他已经准备好吃滋补餐了吗?"

每个人都显得那么紧张而关切,克里斯托弗意识到从前没有一个人干过把某个人多余的生命取出来的事。他不太确定自己应该怎么看这件事。要是失败了,他们会怎么样？当他坐在床上放开肚皮狼吞虎咽着鸡肉和奶油泡芙时,他感到很疑惑。弗雷德里克·帕金森在他吃饭的时候坐在他身边,傍晚时继续坐在他身边。克里斯托弗不知道哪件事最让他恼火:是弗雷德里克还是他内心隐隐的渴望。为了摆脱这两者,他早早入睡了。

他半夜时醒来,发现房间里只有他一个人,煤气灯仍然亮着。他立刻下了床,去看那道城堡咒语的裂缝是否被补上了。让他吃惊的是,它还在那里。看来好像没有人意识到他进入"他世界"的方法。他正要穿过那道裂缝,这时碰巧回头看了床上一眼。躺在凌乱的被褥上的那个孩子有一种蒙眬的、不真实的表情,就像塔克洛伊固化前的样子。这一景象给他带来了一种极不愉快的感觉。他的确只剩下两条命了。最后一条命被锁进了城堡的保险箱,没有加布里埃尔的准许,他无论如何用不上那条命。克里斯托弗怏怏地回到床上,感觉比任何时候都痛恨加布里埃尔。

早上，弗拉维安为克里斯托弗端来了早饭。"你今天感觉怎么样，可以上课了吗?"他担心地问，"我想我们可以轻松一点——我昨天忙了一天，在世界边缘进进出出，结果一无所获，所以我也想清静一个上午。我想我们可以去图书馆看看标准工具书——《摩尔年鉴》《普林名录》什么的。"

克里斯托弗内心的渴望消失了。他感觉很好，也许比弗拉维安更好，后者面色苍白，满脸倦容。他对每个人都小心翼翼地对待他的样子感到很生气，但他知道自己没有理由抱怨，所以他吃完早饭，穿好衣服跟着弗拉维安一起穿过走廊，走向那道粉红色的大理石楼梯。

他们在楼梯上走到一半，大厅的五角星上突然有了动静。弗雷德里克·帕金森首先冒了出来。他朝弗拉维安挥了挥手。"我们终于抓住了他们中间的几个!"他喜气洋洋的喊声余音未绝，罗莎莉小姐紧接着抓着一个正试图用小提琴敲她脑袋的愤怒的老妇人出现了。两名警察也跟着现身，他们抬着一个人，一个抬着那个人的胳膊，一个抬着双腿。他们躲闪着罗莎莉小姐和那个凶悍的老妇人，小心翼翼地把那个人放在地板上。那人好像睡着一样微微摊着身体，长着一头卷发的脑袋安静地偏向楼梯方向。

克里斯托弗发觉自己正看着塔克洛伊。

与此同时,弗拉维安惊叫起来:"天哪!这是莫迪凯·罗伯茨!"

"恐怕是的,"弗雷德里克·帕金森仰着头对他说,"他也是幽灵帮的一员。在我回去追查他的身体之前,我一路跟着他进了系列七。他是他们的一个运货人。通过他弄到不少战利品。"更多的警察带着克里斯托弗非常熟悉的盒子和防水包裹从他身后冒了出来。

加布里埃尔·德·维特匆匆从克里斯托弗和弗拉维安身边经过,站在楼梯口上,像一只黑色的大鸟一样俯视着塔克洛伊。"这么说罗伯茨是他们的运货人,是吗?"他说,"难怪我们一直没有进展。"这时大厅里已经挤满了人:更多的警察,其他的城堡职员,仆人,仆役长,还有一群好奇的女仆。"带他去冥想室,"加布里埃尔对西蒙森说,"但不要让他产生怀疑。我要得到他知道的所有资料。"他又回头对弗拉维安和克里斯托弗说:"克里斯托弗,等罗伯茨返回身体后,讯问的时候你最好也在场。这对你来说是珍贵的经验。"

克里斯托弗跟着弗拉维安从大厅挤过去,感到自己也像灵魂离了体一样。他吓得六神无主。这就是拉尔夫舅舅的

"试验"的真相!"哦,不!"他想。这一切都是错误的!

他感到很难把注意力集中在图书馆里。他一直想着罗莎莉小姐说的那句话:"可是加布里埃尔,他们事实上已经屠杀了一整个部落的美人鱼!"接着他又想到他在系列五往那辆没有马的马车上装的那些像鱼一样的货物,接着又想到那些认为他是某种叫"克里斯图夫"的东西的傻姑娘。他告诉自己那些像鱼一样的货物不是美人鱼的肢体。这是一些可怕的错误。但是他又想到了塔克洛伊试图告诫他离开的方式,不仅在出现龙的那次,在那之前就有过很多次,这时他明白那不是错误。他感到恶心。

弗拉维安也同样情绪低落。"真不敢相信是莫迪凯!"他反复地说,"他曾经做过多年的城堡职员。我过去很喜欢他。"

当一名仆人进来叫他们去中央会客室的时候,他们都带着某种解脱感跳了起来。至少,克里斯托弗在跟着弗拉维安穿过大厅的时候心想,真相大白后就没有人再希望他当下一任克里斯托曼奇了。可是不知什么原因,这个想法并不如他曾经希望的那么令人欣慰。

在那间庞大的会客室里,加布里埃尔坐在摆成半圆形的镀金扶手椅中间,就像一个坐在王位上的鬓发苍苍的老国王。

他的一侧坐着拿着笔记本、表情严肃、看上去地位很高的警察,还有三个留着比爸爸更威风的连鬓胡、拿着手提箱的人。弗拉维安低声告诉克里斯托弗,这是来自政府的人。罗莎莉小姐和其他加布里埃尔的职员坐在半圆的另一侧。克里斯托弗被引到靠近中间的一张椅子上。当两个健壮的术士仆人把塔克洛伊带进来,让他坐进面对众人的椅子的时候,克里斯托弗正处在一个完美的角度。

"莫迪凯·罗伯茨,"一名警察说,"你被捕了。我必须警告你,你所说的一切都将被记录并可能被当作证词。你希望有一名律师和你一起出庭吗?"

"不太希望。"塔克洛伊说。以肉体而言,他不完全是那个克里斯托弗认识的塔克洛伊。他身上穿的不是绿色的旧外套,而是一件整洁得多的棕色外套,配着一条蓝色的丝质领带,外套的胸袋里还装了一条和领带相配的手帕。他的靴子是手工造的小牛皮靴。尽管他的鬓发不是完全相同,脸上还带着精神体的脸上永远不会出现的皱纹,笑纹在脸上刻出一种相当傲慢和愤世嫉俗的图案。他快活地晃动着一条腿,在椅子上装出一种懒洋洋的样子,但是克里斯托弗看得出他一点也不开心。"我不需要律师,"他说,"毕竟你们抓了我现行。

我多年来一直是个双面间谍。我没有理由否认。"

"你为什么做这种事?"罗莎莉小姐高声问。

"钱。"塔克洛伊漫不经心地说。

"你介意展开说一下吗?"加布里埃尔说,"当你为了渗透进幽灵组织离开城堡时,政府同意付给你不错的薪水,并在贝克街为你提供舒适的住所。这两者你仍然享有。"

科芬花园市场的阁楼原来是这么回事!克里斯托弗愤愤地想。

"啊,但那是在最初的日子,"塔克洛伊说,"那时候幽灵只在系列十二经营,他还出不起足够诱惑我的价码。等到他把生意扩展到其他关联世界的时候,只要我开口,他可以答应我的任何要求。"他从胸袋里扯出丝帕,仔细地掸掉那双精美的皮靴上想象中的灰尘。"我没有立刻接受他的出价,你知道,"他说,"我是一步一步陷进去的。有了挥霍的习惯,回头就难了。"

"谁是幽灵?"加布里埃尔说,"你至少还欠政府一条情报。"

塔克洛伊摇晃着腿。他把丝帕整整齐齐地叠好,漫不经心地扫了面对着他的半圆形圈子一眼。克里斯托弗保持着可以做出的最茫然的表情,但是塔克洛伊像对其他人一样对他一瞥而过,好像以前从来没有见过他一样。"这件事我帮不上你,"他说,"那个人对他的身份讳莫若深。我只跟他的下线交易。"

"例如拥有肯辛顿那栋房子的女人艾菲希亚·贝尔?"一个警察问。

塔克洛伊耸耸肩膀。"她是他们中的一员。是的。"

贝尔小姐,最后一任家庭教师,克里斯托弗心想。她一定是他们中的一员。他一直保持着茫然的表情,感到自己的脸就像阿什斯的金色雕像一样僵硬。

"你还记得其他的名字吗?"另一个人问。

"恐怕没有更多的人了。"塔克洛伊说。

另外几个人以不同的方式问了他同样的问题,但塔克洛伊只是摇晃着腿说他不记得了。最后加布里埃尔前倾着身子。"我们已经查看过你的精神用来走私掠夺品的马车,"他说,"那是一件精巧的装置,罗伯茨。"

"是的,"塔克洛伊表示赞同,"它一定用了很长时间才完善起来。你可以看到它必须足够灵活才能穿过世界边缘,但也要足够坚固,这样其他系列的人才能在我赶到之前装好货物。我在印象里记得,幽灵一直等到把这辆马车做好,然后才去其他的关联世界拓展生意。"

撒谎!克里斯托弗想。装车的人是我!他在每件事上都撒了谎!

"一定有几个魔法师参与了那个东西的制造,莫迪凯,"罗莎莉小姐说,"他们是谁?"

"天知道,"塔克洛伊说,"不——等等。艾菲·贝尔小姐提到过一个名字。菲尔普斯,是吗?菲尔帕?菲尔帕林?"

加布里埃尔和警察交换了一下目光。弗拉维安喃喃地说:"菲尔帕林兄弟!我们多年来一直怀疑他们诈骗。"

"还有一件有趣的事,罗伯茨,"加布里埃尔说,"我们对那驾马车的检查显示,它似乎有一次差点被火烧毁。"

克里斯托弗突然感到自己呼吸困难起来。

"可能是在工厂出了意外,我猜。"塔克洛伊说。

"那是龙火,莫迪凯,"西蒙森博士说,"我一眼就看出来了。"

塔克洛伊用痛苦,忧虑,嘲弄的目光环视了一周。克里斯托弗仍然感到无法呼吸。但是塔克洛伊的目光再次像从未见过他一样一扫而过。塔克洛伊放声大笑。"我在开玩笑。一看到你们一本正经地坐在这里审判,我就忍不住想笑。是的,它是被一条反对我从系列六接收一车龙血的龙烧坏的。那件事发生在大约一年前。"克里斯托弗又可以呼吸了。"我损失了一车货,"塔克洛伊说,"还伤得几乎回不到我的身体里。我们不得不终止了一个秋天的行动,一直等到那驾马车修好。如果你还记得的话,那时我向你汇报说幽灵似乎停止了进口。"

克里斯托弗长长吸了几口气,并极力不表现得太明显。这时一个留着连鬓胡子的政府人员开口说:"你总是一个人出去吗?"他问,克里斯托弗差点再次喘不过气来。

"当然,我总是独来独往,"塔克洛伊说,"加上另一个旅行者能有什么用?提醒你,我完全不知道幽灵另外派了多少辆马车出去。他可能有很多辆马车。"

又在胡说!克里斯托弗想。我们这辆是唯一的一辆,不然去年秋天我到学校的时候他们就不会被迫中止了。那时他还没有认识到塔克洛伊在保护他,但随着讯问的进行,他开始恍然大悟。一个问题接着一个问题地继续着,塔克洛伊的目光一次次掠过克里斯托弗,但没有表现出丝毫认识他的迹象。每当一个答案可能牵连到克里斯托弗的时候,塔克洛伊都说了谎,每一个谎言背后都跟着一个供词作为烟幕,把人们的注意力从问题上引开。克里斯托弗的脸变得越来越僵硬。他盯着塔克洛伊痛苦的脸,感到越来越难过。至少有两次,他差点跳出来供认。但那样做似乎浪费了塔克洛伊的良苦用心。

讯问没有因为午饭停止。仆役长用推车推来了三明治,人们一边盘问,一边记录,一边吃饭。克里斯托弗高兴地看到一名仆人也给塔克洛伊拿了三明治。这时塔克洛伊脸色白得像放多了牛奶的咖啡,摇动着的靴子也有些颤抖。他像饿极了一样咬了一口三明治,回答下一个问题的时候,他的嘴里塞满了食物。

克里斯托弗咬了一口自己的三明治。鲑鱼三明治,他突然想到美人鱼,不由一阵恶心。

"怎么了?"弗拉维安小声问。

"没事。我不喜欢鲑鱼。"克里斯托弗低声回答。在塔克洛伊极力帮他撇清之后,他再供出自己就太愚蠢了。他把三明治放到嘴里,却无论如何咬不下去。

"可能是被取出的那条命的影响。"弗拉维安担心地说。

"嗯,我想是的。"克里斯托弗说。他放下那块三明治,心里奇怪塔克洛伊怎么忍心吃得那么香。

仆役长推着推车离开后,讯问继续进行。但他几乎立刻又掉头走回来,对加布里埃尔·德·维特耳语了几句。加布里埃尔想了想,似乎决定了什么,然后点了点头。然后,克里斯托弗吃惊地发现,仆役长走过来向他俯下身。

"你妈妈来了,克里斯托弗少爷,在小会客室里。请跟我来。"

克里斯托弗看看加布里埃尔,但加布里埃尔正倾着身子问塔克洛伊当他们抵达伦敦时,接货的人是谁。克里斯托弗起身跟在仆役长身后。塔克洛伊的眼睛向他的背影瞟了一眼。"抱歉,"克里斯托弗听见他说,"我的脑子变得像浆糊,你能再问一次那个问题吗?"

一定是因为美人鱼,克里斯托弗在跟着仆役长穿过大厅的时候想。装鱼的包裹,龙血的包裹。我在系列六就知道那是龙血,但我不知道龙在反对。塔克洛伊现在怎么样了?当仆役长打开小会客室的门并领他进去的时候,他几乎不能把注意力转到那个既大又阔气的房间和两位正坐在里面的女士上面。

两位女士?

克里斯托弗眨着眼看看两件宽大的丝质连衣裙。那件粉红和淡紫色相间的是妈妈的,妈妈脸色苍白,显得心烦意乱。棕色和金色相间、同样优雅的裙子的主人是贝尔小姐。克里斯托弗的心思立刻从美人鱼和龙血上飞了回来,他在客厅的东方地毯上停了下来。

妈妈向他伸出一只薰衣草色的手套。"亲爱的孩子!"她用颤抖的声音说,"你这么高了!你记得亲爱的贝尔小姐,是吗,克里斯托弗?她近来一直陪着我。你舅舅在肯辛顿给我们找了一套不错的房子。"

"隔墙有耳。"贝尔小姐用沉闷的声音说。克里斯托弗记起她是如何把自己的可爱之处隐藏起来,从不在妈妈面前表露的,他为妈妈感到难过。

"克里斯托弗能处理那种事,对吗,亲爱的?"妈妈说。

克里斯托弗定定神。他相信这间会客室悬挂着一个倾听的咒语,也许每张镶在金框里的画像上都有一个。我应该告诉警察贝尔小姐在这里,他想。可是如果贝尔小姐和妈妈生活在一起的话,那样做也会给妈妈惹来麻烦。此外他也知道,如果告发贝尔小姐的话,她会供出自己并使塔克洛伊的苦心毁于一旦。

"你们是怎么进来的?"他说,"城堡周围有一个咒语。"

"你妈妈在门口嚎啕大哭。"贝尔小姐说,她同时意味深长地对房间周围做了个手势,示意克里斯托弗对倾听咒语做些手脚。

克里斯托弗本来想装糊涂,可是他不敢冒犯贝尔小姐。一个遮蔽咒语对巫师而言轻而易举。他气愤地眨眨眼,发动了一个遮蔽咒语,可是像平时一样做过了头。他以为自己聋了。然后发现妈妈带着困惑的表情拍着一边的脸颊,贝尔小姐正摇着头掏耳朵。他赶忙把咒语中间掏空,这样他们都可以在那片令人失聪的空间里听清楚。

"亲爱的,"妈妈眼泪汪汪地说,"我们想把你从这里接走。一辆从车站来的马车正在外面等着,你要回肯辛顿和我一起住。你舅舅想让你快乐一些,他一直说我只有和你一起才能快乐。他无疑说得很对。"

如果不是这天上午,克里斯托弗愤怒地想,他听妈妈这样说会高兴得跳起来。但他现在知道那只是另一条让塔克洛伊的苦心化为乌有的路。当然也是拉尔夫舅舅的另一个阴谋。幽灵舅舅!他想。他看看妈妈,妈妈正哀求地看着他。他看得出她的话是真心的,尽管她完全变成了拉尔夫舅舅的傀儡。克里斯托弗很难为此责怪她。毕竟他也曾经被拉尔夫舅舅摆布得神魂颠倒,在拉尔夫舅舅给了他六便士的零花钱的时候。

他又看看贝尔小姐。"你妈妈现在过得很好,"她镇定自若地告诉他,"你舅舅已经恢复了几乎一半你妈妈的财富。"

几乎一半！克里斯托弗想。那只是我不收任何报酬为他挣的钱的一小部分,剩下的钱去了哪里？到现在他一定当了好几次百万富翁了。

"有你帮助的话,"贝尔小姐说,"用你过去常常使用的办法,可以很快恢复你妈妈另外的财富。"

用我过去常常用的办法！克里斯托弗想。他回想起贝尔小姐曾经对他用过的那种不留痕迹的手法,首先弄清楚"他世界"的情况,然后让他完全照着拉尔夫舅舅的意愿行事。他因此不能原谅她,尽管她对拉尔夫舅舅比妈妈还要忠诚。想到这里,他又向妈妈看过去。妈妈对克里斯托弗的爱或许完全是真实的,但她曾经把他丢给育婴室女仆和家庭教师,他们一回到肯辛顿,她会很快把他交给贝尔小姐的。

"我们在等你的答复,亲爱的,"妈妈说,"为什么你显得那么迷茫？你只要从这个窗户爬出去,藏到马车里,我们就可以一起驾车离开。不会被任何人发现的。"

我明白了,克里斯托弗想。拉尔夫舅舅已经知道塔克洛伊被捕了。所以他希望克里斯托弗继续为他走私。他派妈妈来接克里斯托弗,同时让贝尔小姐监督他们。也许他害怕塔克洛伊把克里斯托弗供认出去。好吧,如果塔克洛伊能说谎,克里斯托弗也一样能。

"我希望自己能做到,"他用悲伤的语气犹豫地说,尽管事实上他突然感到自己像贝尔小姐一样镇定自若起来,"我非常乐意离开这里——但我不能。那条龙在系列六把我烧死的时候,我丢掉了剩下的为数不多的命里的一条。加布里埃尔·德·维特很生气,把我的命取走藏了起来。如果离开这座城堡,我会死掉的。"

妈妈大哭起来,"那个可怕的老头子!总是处处作梗!"

"我看,"贝尔小姐站了起来,"既然如此,我们就不要在这里耽搁了。"

"你说得对,亲爱的。"妈妈抽噎着说。她擦干眼泪,给了克里斯托弗一个香喷喷的吻。"让一个人不能自己支配自己的生命是多么可怕!"她说,"也许你舅舅能想到什么办法。"

克里斯托弗注视着两个人匆忙离去,走出那片"寂静之咒"后,她们走过地毯的沙沙声就倏然而止。克里斯托弗默然挥手解除了咒语。尽管看清了她们俩背后的真相,透过窗户看着她们爬进停在马路边雪松下的马车时,他还是感到黯然神伤。他认识的唯一一个没有试图利用他的人是塔克洛伊,而塔克洛伊是罪犯和双面间谍。

我也是!克里斯托弗想道。现在他不得不承认,他感到自己没有勇气再回到中央会客室听人们质问塔克洛伊。于是他伤感地迈着沉重的脚步回房间。他打开门,瞪大了眼。

一个穿着湿淋淋的棕色长袍的小女孩正坐在他的床边发抖。她的湿头发一绺一绺垂在苍白的圆脸周围。她一手抓着一把湿透了的白色皮毛,另一只手里抓着一个大大的蜡纸包,看来像是书。

这正是我需要的!克里斯托弗心想。女神不知道用什么办法到了这里,而且她显然带上了她的财产。

17

"你是怎么到这里的?"克里斯托弗说。

女神颤抖着。她丢下了所有的首饰,使她看起来显得异常古怪而平凡。"通……通过回忆你说过的话,"她的牙齿打着战,"关于必须留——留下一条命的说法。如——如果把那个金色雕像也——也算上的话,我当然也——也有两条命。但那可真不容易。我绕——绕着我——我房间的角落走——走了六次才——才走对。你——你一定非——非常勇敢,一直在——在那个可怕的'分——分界点'穿来穿去。那太恐——恐怖了,我有两——两次差点丢——丢掉普——普劳德富特。"

"普劳德富特?"克里斯托弗说。

女神摊开那只有白色皮毛的手。那团白色的皮毛抗议地吱吱叫着,也开始发抖。"我的小猫。"女神解释道。克里斯托弗想起系列十是那么的热。不久前有人把老鲍森夫人织给他的那条围巾整整齐齐地放在了他的抽屉里。他开始找那条围巾。

"我不——不能抛弃它,"女神乞求地说,"我带来了它的奶瓶。我必须在预——预兆出现后———有独处的机会就逃走。他们知道我发现了。我听普——普劳德富特嬷嬷说他们准备马上找一个新的当——当世阿什斯。"

还有女神的衣服,克里斯托弗一边听她的牙齿打架,一边想。他把围巾扔给她。"用这个把小猫包起来。它是一位女巫织的,或许能保护它的安全。你究竟是怎么找到这个城堡的?"

"通——通过观察我去的每一座山谷,"女神说,"我不——不明白为什么你说——说你没有'巫师之眼'。我差点漏——漏掉了这个咒——咒语的裂缝。它真的太模糊了!"

"那就是'巫师之眼'?"克里斯托弗心不在焉地说。他把一堆最暖和的衣服放到她身边的床上。"趁你还没冻僵,快去盥洗室把这些衣服穿上。"

女神小心地把那只小猫用围巾裹好放到床上。它还小得不像一只白猫。克里斯托弗奇怪它到底是怎么活下来的。"男——男孩的衣服?"女神说。

"我只有这些,"他说,"赶快,女仆们随时都可能来这里。你得藏起来。加布里埃尔·德·维特对我说过不能跟阿什斯有任何来往。我不知道如果被他发现你在这里会出什么事。"女神听了赶忙抱着衣服从床上跳了下来。克里斯托弗看到她紧张起来,感到很高兴。他朝门口跑去,"我去准备个藏身的地方,"他说,"在这儿等着。"

他一口气朝两个旧塔楼房间里较大的一间,也就是曾经做过魔法师工作室的房间跑去。一个出走的女神只会使他的烦恼雪上加霜,他想。不过幸运的是每个人都在对付可怜的塔克洛伊。只要他机灵一点,就能把女神藏到这里,然后给鲍森博士写一封信,问问怎么能一劳永逸地解决她的事情。

他沿着螺旋楼梯跑上去,打量了一下那个遍布灰尘的房间。无论如何,他在把它装饰成一个舒适的小窝上没有取得多少进展。这个房间里除了一个旧凳子,一张虫蛀的工作台和一个生了锈的铁火盆以外空空如也。对一个女神而言太怠慢了!克里斯托弗开始拼命地用魔法搬运。他从那间小会客厅取来了所有的垫子,然后立刻想到会被人发现。他把大部分垫子送了回去,然后又从主会客厅、中会客厅等任何他认为不会有人发现的地方搬来了垫子。他从园丁的棚屋里取来了烧火盆用的炭，随即生起了火。他想到马厩旁有一个炖锅和旧水壶，就把它们也搬了过来。再从厨房门边的抽水机里打来一桶水。还需要什么？厨房里的牛奶。牛奶是一整桶，他往炖锅里倒了一些，然后又把奶桶送回去——麻烦了，他不知道这些东西是放在城堡的什么地方的。茶壶，茶——他不知道这些东西是从哪里来的，女神喝茶吗？他也不知道。她必须得喝。还有什么？哦，茶杯，茶碟，盘子。他从餐室的一个大橱柜里弄来了这些东西。它们很漂亮，她会喜欢的。然后汤匙，餐刀，餐叉。当然，银质的东西对他的魔法是没有反应的。克里斯托弗大概一股脑把厨房的整个餐具抽屉都搬了过来，匆匆理出需要的东西之后，把它像奶桶一样送了回去。另外她还需要食物。食品室里有什么？

鲑鱼三明治！完完整整地裹在一张白色的餐巾纸里。克里斯托弗一阵作呕。但他强忍着把它和其他东西一起放在那张长凳上，然后匆匆打量了一下。炭火已经变红，但还需要点别的把这里变得更舒适一些。对了，一张地毯。图书馆里那张漂亮的圆地毯正合适。那张地毯到了之后，比他想象中大了一倍。他把火盆移开才腾出足够的空间。好了，万事俱备。

他马不停蹄地冲回自己房间。赶到的时候，弗拉维安正打开房门准备踏进去。

克里斯托弗慌忙全力发动了一个最强烈的隐形咒语。弗拉维安打开门只看到空荡荡的一片。克里斯托弗欣慰地看到他站在门口，疑惑地盯着里面。

"呃——哼！"克里斯托弗在他身后说。弗拉维安像被戳了一刀一样噌地转过身。克里斯托弗用尽可能大的声音快活地说，"我正在练习实用魔法，弗拉维安。"他听到空无一物中跌跌撞撞的声音停了下来。女神知道弗拉维安来了。但他必须把她弄出这里。

"哦。是吗？很好，"弗拉维安说，"那么很抱歉打断你，加布里埃尔说让我现在给你上一节课，因为明天我不在这里。他希望集合全部城堡人员追捕幽灵。"

在弗拉维安说话的同时，克里斯托弗在空荡荡的房间里感觉着——用一种他那时还不知道自己具备的一种魔法的第六感觉——首先发现女神正站在床边，接着发现那只裹在围巾里的小猫在他的床上，紧跟着他猛然把她们送往那个旧塔楼房间。至少，他希望自己做到了。他以前从来没有搬运过有生命的东西，也不知道是不是一样。他听见空气移动发出的一声沉闷的嘶嘶声，和奶桶飞走的声音一模一样，于是他明白女神已经去了某个地方。他只求她能理解。毕竟她表现出了照顾自己的能力。

他解除了隐形咒语。房间看来变空了。"我喜欢私下练习。"他告诉弗拉维安。

弗拉维安看了他一眼。"去教室吧。"

在走廊里走着,克里斯托弗想到了刚才弗拉维安说的那句话。"明天你们都要去追捕幽灵?"

"但愿我们能抓住他,"弗拉维安说,"你离开后,莫迪凯崩溃了,给我们交代了几个名字和地址。我们认为他说的是真话。"他长叹一声:"我盼望能抓住他们,只是我不能接受莫迪凯跟他们一伙的事实。"

妈妈会怎么样呢?克里斯托弗忧虑地想。他希望能想出一个办法警告她,但他不知道她住在肯辛顿的什么地方。

他们到了教室。刚进教室,克里斯托弗就意识到他只解除了房间里的隐形咒,但没有解除女神或小猫的。他用意识探索着,试图在塔楼房间——或者别的什么地方里找到她——并使她重新变得可见。但是无论她被他送到了什么地方,那里似乎远得让他难以感知。结果弗拉维安讲了至少二十分钟,他一个字都没听到。

"我说,"弗拉维安重重地说,"你似乎有点心不在焉。"

他已经说了好几遍,克里斯托弗听得出来。他连忙说:"我在想塔……莫迪凯会有什么结局?"

"坐牢,我猜,"弗拉维安悲伤地说,"他恐怕要戴上几年脚镣。"

"他们得给他戴上特殊的脚镣才能阻止他的精神逃走,是吗?"克里斯托弗说。

让他吃惊的是,弗拉维安爆发了。"只有你才会做出这种该死的,冷酷无情的,轻佻的评论!"他大声说,"在我碰到的铁石心肠,自命不凡,狂妄自大的小讨厌鬼里面,你是最糟糕的一个!有时候我认为你没有灵魂——只有一捆毫无价值的生命。"

克里斯托弗看着弗拉维安平常苍白的脸因为激动涨得通红,想辩解自己不是冷酷,只是认为把一个精神旅行者困在监狱里很困难。但是弗拉维安一旦爆发,似乎很难停下来。

"你似乎以为,"他叫喊道,"那九条命给了你自命不凡的权力!或者你身边围了一堵石墙。当任何人用极大的努力对你表示友好的时候,他们得到的是傲慢的眼光,暧昧的表情,或者十足的轻慢无礼!天知道,我试过。加布里埃尔试过。

罗莎莉试过。还有所有的女仆也试过,她们说你根本当她们不存在!现在你又拿可怜的莫迪凯开玩笑!我受够了!我对你感到作呕!"

克里斯托弗根本不知道原来大家是这样看他的。他惊呆了。我有什么毛病吗?他想。我真的很不错!我小时候去那些"他世界",每个人都喜欢我。每个人都向我微笑。十足的陌生人也会送我礼物。克里斯托弗一直认为人们看到他就会喜欢他,可是很明显不是这样。他看看喘着粗气盯着他的弗拉维安。他似乎严重地伤害了弗拉维安的感情,他从没想到过弗拉维安也有感情可以被伤害。糟糕的是,他的本意不是拿塔克洛伊开玩笑——特别是塔克洛伊为了他撒了整整一天谎。他喜欢塔克洛伊。可是他不敢告诉弗拉维安真相。也不敢透露他的注意力大部分跑到了女神身上。所以他还能说什么?

"对不起,"他说,"真的对不起。"他的声音因为震惊而颤抖着,"我没想伤害你的感情——无论如何这一次不是——真的。"

"好吧!"弗拉维安说。他脸上的红色消退了。他靠在椅背上,大睁着双眼,"只是我第一次听到你说对不起——认真的,是的。我想这是一种突破。"他拍拍椅子的扶手,站了起来。"抱歉,我发了脾气。但今天的课我不能再上下去了。我太激动了。出去吧,过了明天我会给你补上这节课。"

克里斯托弗可以自由离开去找女神了,但是他感到很不是滋味。他匆忙去了塔楼的房间。

令人欣慰的是女神在房间里,在一股煮溢的牛奶的气味里,坐在五颜六色的丝绸垫子上,用一个小娃娃奶瓶喂小猫。有了温暖的炭火和地毯——靠近炭火的地方已经有了一处焦痕——覆盖着石头地板,房间里似乎突然显得很舒适。

女神用和女神的身份极不相称的吃吃笑声迎接了他。"你又忘记把我变回来了!我从来没有用过隐身咒——我用了好长好长时间才找到解除它的办法,因为害怕踩到普劳德富特身上,整个过程里我只好站着一动不动。谢谢你布置这个房间。那些杯子可爱极了。"

克里斯托弗看着女神穿着他的诺福克上衣和短裤的样子,也咯咯笑出了声。如果只看衣服的话,她就是个胖乎乎的男孩,很像奥尼尔。但是如果你看到她脏兮兮的脚丫子和长头发,你就不知道该叫她什么。"你看起来不太像当世的阿什斯……"他开口说。

"不要!"女神弹起来跪在地上,手里紧紧抓着小猫和奶瓶,"不要说那个名字!连想都不要想!她就是我,你知道,正如我就是她。所以如果有任何人提到她,她就会注意到我在哪里并派阿什斯军队来!"

克里斯托弗意识到她说得不错,否则女神不可能活着来到他的世界。"那么我该怎么称呼你呢?"

"米莉,"女神坚定地说,"就像学校故事里的那个女孩。"

克里斯托弗知道她很快就会考虑到学校。为了避开那个话题,他问道:"为什么你叫那只小猫普劳德富特?那是不是也很危险?"

"有一点,"女神表示赞同,"但我是不得已才瞒着普劳德富特嬷嬷的——她总是让人那么开心——欺骗她让我感到很内疚。我那样叫它还有一个重要的原因。你看!"她放下娃娃奶瓶,轻轻展开小猫的一只前脚掌。那只脚掌是粉红色的。爪子看起来像极小的雏菊,克里斯托弗想,他跪在地上仔细看去,然后发现那只脚掌上有很多粉红色的爪子——事实上至少有七个。"它有一只神赐的脚,"女神认真地说,"那表示它生来具有某种珍贵的神性。当我看到它之后,我知道这代表我应该来到这里并去学校读书。"

他们又回到了女神最喜欢的话题上。幸运的是,这时门外响起了一声强大的女低音。"嗡!"

"斯洛格莫尔顿!"克里斯托弗说。他如释重负地跳起来开门。"它不会伤害那只小猫,是吗?"

"它最好不要!"女神说。

但是斯洛格莫尔顿看见他们很高兴。它竖起尾巴跑向女神,尽管后者用一句"你好,你这只坏透的臭猫!"向它致意。女神摸着斯洛格莫尔顿的耳朵,显然看见它很开心。斯洛格莫尔顿像主人一样嗅嗅那只小猫,然后卧在克里斯托弗和火盆之间,像风箱一样打起了呼噜。

尽管谈话被打断了,但女神重新回到学校上只是时间问题。"你有麻烦了——对不对?——因为我把你困在那堵墙里。"她一边说,一边若有所思地咬了一口鲑鱼三明治。克里斯托弗赶紧移开了目光。

"我知道你有麻烦,快说说!这些有趣的像鱼一样的东西是什么?"

"鲑鱼三明治。"克里斯托弗打着冷战说,为了不去想美人鱼,他把加布里埃尔把他的第九条命放进一枚金环里的事说了一遍。

"甚至没有先问你一下?"女神愤怒地说,"现在你是更不幸的一个了。先让我在学校安顿下来,我会想办法为你把那条命拿回来的。"

这下克里斯托弗发现他要接着向女神解释他在系列十二丢掉一条命的事了。"听着,"他尽可能和颜悦色地说,"我认为你不能去上学——至少不能像你在书里读到的那个人一样上寄宿学校。那种学校要花很多很多钱。连制服都很贵。况且你连可以卖掉的首饰都没带来。"

让他吃惊的是,女神一点都不在乎。"我的首饰几乎都是银的。带来会害你的,"她指出,"我准备来这里挣钱。"克里斯托弗怀疑她怎么挣钱。在畸形秀上展示她的四条手臂?"我知道我会挣到钱的,"女神自信地说,"普劳德富特的神赐之足是个好兆头。"

她看起来真的信那一套。"我的主意是写信给鲍森博士。"克里斯托弗说。

"那也许会有帮助,"女神表示赞同,"当米莉的朋友科拉·侯普·福布斯的爸爸打猎时摔断脖子的时候,她不得不借学费。这些事我都懂,你瞧。"

克里斯托弗叹了口气,从教室搬运来几张纸和一支笔,开始给鲍森博士写信。这让女神很着迷。"你是怎么做到的？我也可以学吗？"她想知道。

"为什么不能？"克里斯托弗说，"加布里埃尔说你显然是一个女巫师。搬运魔法的关键法则是冥想你希望带来的东西。弗拉维安开始教我搬运的时候，我总是抓到墙和桌子的碎块。"

他们花了一个小时左右搬运女神需要的东西：更多的炭，一个给小猫用的脏盘子，女神需要的袜子，一张毯子和抵消斯洛格莫尔顿强烈气味的芳香喷剂。中间他们也讨论了给鲍森博士的信的内容，女神用倾斜的外国模样的字体记了笔记。可是当晚饭的钟声远远传来的时候，他们的那封信还没有多少起色。克里斯托弗不得不同意女神把他的晚餐盘搬运到塔楼里来。"但我必须先回教室，"他警告她，"否则给我送饭的女仆会有疑心。给我五分钟。"

他几乎和女仆同时赶到教室。想起弗拉维安的爆发，克里斯托弗陪着小心看着那位女仆，然后对她笑了笑——至少，那样做一部分是为不让她怀疑女神的事，但总之他向她微笑了。

那位女仆显然因为受到关注而开心。她靠在餐盘旁边的桌子上开始说话。"警察把那个老女人带走了,"她说,"大约一个小时以前。她又踢又叫。莎莉和我溜到大厅去看。简直像看戏一样精彩。"

"塔……莫迪凯·罗伯茨呢?"克里斯托弗问。

"留下来进一步审问,"那个女仆说,"浑身上下都下了咒语。可怜的罗伯茨先生——莎莉说她给他送晚饭的时候,他看起来快被累死了。他在图书馆旁边的那个小房间里。我知道他做错事了,但我一直想找个借口跟他聊聊——让他振作一点。贝莎进去了。她去帮他铺床,幸运的家伙!"

克里斯托弗很感兴趣,尽管他盼着她走开。"这么说你认识莫迪凯?"

"认识他!"女仆说,"当他在城堡工作的时候,我猜我们都有点爱上他了。"这时克里斯托弗注意到他的餐盘开始蠢蠢欲动。他急忙用双手按住了它。"你必须承认,"女仆说,幸好她没看那个盘子,"罗伯茨先生是那么英俊——而且那么讨人喜欢。我不提姓名,但有好几个女孩故意在走廊里往罗伯茨先生身上撞。真傻!人人都知道他的眼里只有罗莎莉小姐。"

"罗莎莉小姐?"克里斯托弗惊叫,他的兴趣更浓了,他用尽全力按着餐盘。女神显然感到不太对劲,正拼命地加大力量。

"哦,是的。是罗伯茨先生教会了罗莎莉小姐打板球,"女仆说,"但是不知道怎么回事他们俩总是合不来。据说罗伯茨先生是因为她才要求被派到伦敦工作的。她让他吃了苦头,罗莎莉小姐干的。"然后,她令人欣慰地补充道:"我该走了,再说下去你的饭就凉了。"

"好的,"克里斯托弗感激地说,他把全身的重量压在盘子上,同时拼着命不显得太失礼,"呃——如果你真能见到塔克——罗伯茨先生的话,请替我问候。我在伦敦见过他一次。"

"会的。"女仆高高兴兴地说,然后终于离开了。克里斯托弗的胳膊也酸了。餐盘脱手而出,接着消失了。一大部分餐桌也跟着无影无踪。克里斯托弗匆匆返回塔楼。

"你这个傻瓜!"他一边开门一边说。

女神只是指着落在工作台上的那片三分之二大的教室桌子。两人同时捧腹大笑。

等克里斯托弗恢复到能够和女神及斯洛格莫尔顿分享晚餐的时候,哎呀,太好玩了,他想。知道一个人有着和你相同的魔力,真是一件非常奇妙的事情。他感到这就是他一直去访问阿什斯神庙的原因。与此同时,那位女仆向他提起了塔克洛伊,塔克洛伊的影子就一直在他脑子里挥之不去。在他和女神谈笑的同时,他事实上感觉到了塔克洛伊,在楼下的某个地方,在城堡的另一头,还有束缚他的那些显然很不舒服的咒语。他感受得到塔克洛伊的绝望。

"你能帮我做点事吗?"他问女神,"我知道我没有帮助你。"

"但是你帮了!"女神说,"你正在帮助我,而且一点也不嫌麻烦。"

"楼下的一个囚犯是我的朋友,"克里斯托弗说,"我想需要我们联手才能破除那些咒语并让他安全地逃走。"

"当然。"女神说。她回答得那么干脆,让克里斯托弗觉得他必须把塔克洛伊在这里的原因交代清楚。如果让她帮忙又不告诉她插手这件事的原因的话,他就和拉尔夫舅舅一样坏了。

"等等,"他说,"我和他一样是坏人。"接着,他把幽灵,拉尔夫舅舅的试验,甚至包括美人鱼——所有的事情——向她讲了一遍。

"天哪!"女神说。这肯定是她从米莉丛书里学来的一个词。"你可真是一团糟!斯洛格莫尔顿真的抓伤了你舅舅?好猫!"

她摩拳擦掌地准备马上救塔克洛伊。克里斯托弗只好抓住那件诺福克上衣阻止她。"别急,听我说!"

"明天他们都要去围捕剩下的幽灵帮成员。我们可以在他们离开后把塔克洛伊放走。要是他们抓到我舅舅的话,加布里埃尔一定很高兴,这样也许他发现塔克洛伊逃走就不会在意。"

女神同意等到第二天早上。克里斯托弗为她取来一套睡衣,留她一个人把鲑鱼三明治作为睡前点心吃掉。想到她背叛了神的旨意,他又用他知道的最强的咒语把门封了起来。

第二天早上,他被落在床边的一桶牛奶惊醒。接着又来了一块教室书桌的木片。克里斯托弗把两者都送回原本的位置,然后一边穿衣服,一边朝塔楼跑去。看来女神耐不住性子了。

他发现她正手足无措地站在一篮烤肉和一大块火腿旁边。"我忘记了把它们正确地送回去的办法,"她说,"我还在茶壶里煮了那包茶,但味道一点都不好。我哪里做错了?"

克里斯托弗尽力把她安排妥当,然后赶到教室吃早饭。那位女仆已经在那里了,手里端着餐盘,表情显得很古怪。克里斯托弗向她紧张地笑了笑。她笑着朝那张桌子点了点头。它的四条桌腿都在同一边,其中两条腿朝天伸着。

"哦,"他说,"我……呃……"

"坦白交代,"她说,"是你把餐室的股东茶杯弄没了,是不是? 我告诉仆役长你的嫌疑最大。"

"啊,是的,"克里斯托弗说,他知道此时女神正用其中的一个杯子喝着新泡的茶,"我会把它们放回去的。它们没有破。"

"你最好别把它们弄破,"那个女仆说,"那些杯子值一大笔钱呢。你不介意把桌子放好,好让我在把这只盘子弄掉之前把它放下来吧?"在克里斯托弗把桌子变回正确的形状的时候,她又说:"突然发现了自己的天赋,对不对? 今天早上城堡里的东西到处飞来飞去。如果你愿意听我的建议,你最好在十点钟之前把所有的东西放回正确的地方。在德·维特老爷和其他人出发抓那些小偷之后,仆役长准备把整个城堡检查一遍。"

她留下来吃了一些他的烤面包和橘子酱。听她的话,她两个小时前已经吃了早餐。她的名字原来叫艾瑞卡,她不仅为人和善,而且是个有价值的情报源。克里斯托弗开始后悔教会了女神搬运术。照这样下去他无论如何也保守不了她的秘密,他突然想到了一个两全其美的办法。他只需让塔克洛伊逃走的时候把女神一起带上即可。这样解救塔克洛伊就变得尤为紧迫了。

18

加布里埃尔·德·维特和他的助手们十点钟准时出发。每个人都集合在大厅中间的五角星周围,一些人提着皮箱,一些人只换上了出门的衣服。大部分仆人和两个马夫也要一起去。每个人都显得严肃而坚定,只有弗拉维安看起来特别紧张。他一直用手理着又高又挺的衣领。克里斯托弗站在楼梯顶上都能看到他在出汗。

克里斯托弗和女神站在靠近加布里埃尔书房门的大理石栏杆旁,裹在一团精心布置的隐形魔法云里向下窥视着。这团云可以遮住他们,但遮不住在他们脚下跑来跑去的斯洛格莫尔顿。斯洛格莫尔顿也不愿意靠近并被遮盖起来,但什么都阻止不了它做他们的尾巴。

"别理它,"女神说,"它知道暴露我们的话我会怎么对付它。"

当图书馆里清脆的钟声敲响十点的时候,加布里埃尔戴着一顶比爸爸的还高、还要亮的礼帽从书房走出来,快步走下楼梯。克里斯托弗很高兴斯洛格莫尔顿没有招惹他。但他因为担心妈妈感到非常痛苦。她肯定会被逮捕,只是因为相信了拉尔夫舅舅告诉她的全部谎言。

加布里埃尔走进大厅,向周围看了看,确认他的队伍是不是都做好了准备。看到他们准备好之后,他戴上一双白手套,朝五角星的中心走去。每走出一步,他的身体就变小一些。罗莎莉小姐和西蒙森博士跟在他后面,也开始变小。其他人也两两跟在他们后面,随着他们越走越远,他们的身体也越来越小。当他们变成一条细细的、遥远的黑线的时候,克里斯托弗说:"我想我们可以走了。"

他们开始蹑手蹑脚地下楼,仍然裹在那片看不见的云里。他们刚走下三阶楼梯,加布里埃尔一行人就消失了。他们加快了步子。但是当他们走到楼梯中部的时候,变故发生了。

五角星表面冒出了火焰。那些火焰是邪恶的青紫色,一种难闻的绿烟很快弥漫在整个大厅里。"那是什么?"女神咳嗽着。

"他们在使用龙血。"克里斯托弗说。他本想说得从容一些,但盯着那些火焰,他不由得心里发毛。

突然,那个五角星上轰的一声竖起了一根高高的火柱,五英尺,十英尺。女神隐形的头发被烤得发出嗤啦声。等他们退上楼梯进入安全距离的时候,火柱已经向左右两边分开,罗莎莉小姐拉着弗拉维安的一条胳膊从缺口里跌跌撞撞地走了出来。接着西蒙森博士也拖着一个尖叫的女术士——贝丽尔,克里斯托弗认为那就是她的名字——从火焰里走了出来。这时克里斯托弗已经惊呆了,他盯着加布里埃尔一败涂地的队伍。所有刚刚出发的人都焦头烂额,惨不忍睹地从那个缺口涌了出来,他们捂着脸退到大厅边缘,在绿烟里咳嗽着。

克里斯托弗看了又看,但是一直没在人群里发现加布里埃尔·德·维特。

等弗雷德里克·帕金森和最后一名仆人摇摇晃晃地走进大厅之后,火柱就矮下来熄灭了,留下粉红的大理石和被染成了绿色的穹顶。几朵残存的火苗在烧成黑色的五角星形里摇曳着。拉尔夫舅舅小心翼翼地从那些火苗里走了出来。他一只手拿着一支长枪,一只手里提着一个看起来像袋子的东西。克里斯托弗想起了他的一个钱特叔叔去留茬地①里打猎的

---

① 收割完庄稼后的土地。

事。也许是拉尔夫舅舅的雀斑花呢外套引起了他的联想。真悲哀,他要是在第一次见到拉尔夫舅舅时对人有更多的认识就好了。拉尔夫舅舅的样子给人以狡猾和不可靠的感觉。克里斯托弗知道他现在再也不会崇拜一个像拉尔夫舅舅这样的人了。

"你想让我扔一个大理石盥洗盆到他头上吗?"女神小声说。

"等等——我认为他也是个巫师。"克里斯托弗低声回答。

"克里斯托弗!"拉尔夫舅舅大叫一声。被染绿的玻璃穹顶被他的声音震得嗡嗡作响,"克里斯托弗,你藏在哪里?我感觉到你在附近。出来,不然你会后悔的。"

克里斯托弗不情愿地分开周围的隐形空间,走到楼梯中央。"加布里埃尔·德·维特出了什么事?"

拉尔夫舅舅哈哈大笑。"看看这个。"他把手里的袋子往下一扔,那只袋子展开后滚到楼梯口停了下来。克里斯托弗往下一看——正像他那天看着塔克洛伊一样——看到了一个毫无疑问属于加布里埃尔·德·维特的又高又瘦的透明形体。"这是他的第八条命,"拉尔夫舅舅说,"这是我用你从系列一带回来的武器办到的,克里斯托弗。这一支简直呱呱叫。"他拍拍手里的那支枪。"我把他剩下的命分散到其他的关联世界里。他不会再找我们麻烦了。你带给我的其他武器甚至更好用,"他俏皮地理了理胡子,对克里斯托弗咧嘴一笑,"我把它们全准备好迎接德·维特的人,在一瞬间消除了他们的魔力。现在他们谁都不能施展哪怕一个咒语来拯救他们自己了。所以没有什么能阻止我们像过去一样一起工作。你还在为我工作,是不是,克里斯托弗?"

"不。"克里斯托弗说,做好了他剩下的命下一秒钟被轰得魂飞魄散的准备。不料拉尔夫舅舅大笑起来。"是的,你一直是的,傻孩子。你的面具已经被揭开。所有站在这里的人都知道你是我的王牌运货人了。你必须和我一起工作,或者进监狱——我会搬进这座城堡盯着你的。"

克里斯托弗背后响起了一声拖着长音,像鸟一样的叫声。一个姜黄色的影子从他身旁一闪而过。拉尔夫舅舅瞪大眼睛,看出了危险。他还没来得及抬起枪,斯洛格莫尔顿已经扑到了他身上。拉尔夫舅舅见势不妙,化成一道盘旋的绿烟消失了。斯洛格莫尔顿只抓到了一条带血的三角形花呢布片。它失望地弓着腰站在焦黑的五角星上,发泄着它的愤怒。

克里斯托弗跑下楼梯。"关上所有的门!"他对那些惊呆了的人喊道,"别让斯洛格莫尔顿从大厅出去!我要让它在这里警戒,防止拉尔夫舅舅回来。"

"别傻了!"女神飞快地从他身后跑下来,出现在每个人面前,"斯洛格莫尔顿是神庙的猫——他听得懂话。直接问它就行。"

克里斯托弗真希望自己早知道这件事。既然现在做什么都晚了,他只好跪在黑中带绿的地板上对斯洛格莫尔顿说:"请你守着这个五角星,确保拉尔夫舅舅回不来,好吗?你知道拉尔夫舅舅想把你砍成碎片吗?好,如果他再露面,我们就把他砍成碎片。"

"嗡!"斯洛格莫尔顿狂热地拍打着尾巴,表示赞同。它蹲在五角星的一角,眼睛一眨不眨地盯着那里,安静得像正在注视着一个巨大的鼠洞一样。深深的敌意使他竖起了身上每一根毛。

显然拉尔夫舅舅不可能轻易闯过斯洛格莫尔顿这一关。克里斯托弗站起来,发觉他和女神正站在加布里埃尔沮丧的帮手中间,大部分人的目光都盯着女神。

"这是我的朋友女……米莉。"他说。

"很高兴见到你。"弗拉维安有气无力地说。

西蒙森博士把弗拉维安推到一边。"我们现在怎么办?"他说,"加布里埃尔没了,我们只剩下这个小鬼——原来他就是我一直怀疑的那个小骗子——而且我们连一个咒语都用不出来!我说……"

"我们必须通知部长。"图书馆馆长威尔金森先生说。

"等等,"罗莎莉小姐说,"部长只是个二流魔法师,但克里斯托弗说他不再为幽灵工作了。"

"那孩子的话不可信。"西蒙森博士说。

像往常一样,他们表现得像克里斯托弗不存在一样。他向女神点点头,他俩从他们中间退开,让他们挤在罗莎莉小姐周围争论。

"我们怎么办?"女神问。

"在他们想到阻止我们之前把塔克洛伊救出来,"克里斯托弗说,"接着,我要看着斯洛格莫尔顿抓住拉尔夫舅舅,那是我最想干的一件事。"

他们发现塔克洛伊正萎靡地坐在一个空荡荡的小房间的桌子旁。从墙角翻倒的那张行军床来看,他晚上没怎么睡觉。房间的门一眼看去是半开的,塔克洛伊似乎没理由不从里面走出来。但是现在女神已经让他明白了"巫师之眼"的奥妙,他用看"分界点"的办法来看这座房间,马上明白了塔克洛伊待在里面的原因。一排排咒语横亘在门口,地板上也有齐膝深的更多的咒语,房间里横七竖八到处都是。塔克洛伊本人也被咒语重重包围,尤其是脑袋周围。

"你说得没错,这件事需要我们俩干,"女神说,"你去帮他,我去找把扫帚来料理剩下的。"

克里斯托弗从门上的咒语里挤进去,然后费力地穿过其他的咒语,来到塔克洛伊身边。塔克洛伊没有抬头看。也许他根本没有看到或听到克里斯托弗。克里斯托弗开始轻轻地解开那些咒语,和解开包裹上缠得紧紧的线疙瘩的办法差不多。这件工作既单调又累人,所以他一边解,一边向塔克洛伊说话。很自然,他对他说的大部分事情是关于板球比赛的。"你有意错过了那场比赛,对吗?"他说,"你害怕我出卖了你?"塔克洛伊没有表现出任何听见的迹象,但是克里斯托弗接着对他说了罗莎莉小姐击球的的方法和弗拉维安有多么糟糕。随着他脸上那些绑得紧紧的魔法线被逐渐解开,他变得越来越像克里斯托弗在"分界点"熟悉的那个塔克洛伊。

"所以,谢谢你教我,我们以两分之差赢了那场比赛。"克里斯托弗说。这时女神拿着罗莎莉小姐常常用来驱赶斯洛格莫尔顿的扫帚出现了,开始把那些咒语像扫蛛网灰尘一样扫成一堆一堆。

塔克洛伊似乎在微笑。克里斯托弗告诉他女神是谁,然后又向他说了刚才大厅发生的事。塔克洛伊脸上的微笑变成了担忧。他用稍带沙哑的声音说:"那么我为了开脱你做的努力都白费了,是不是?"

"不见得。"克里斯托弗吃力地解着塔克洛伊左耳的一个魔法结。

苦涩的皱纹回到塔克洛伊的脸上。"不要轻易把我当成一个穿着闪光盔甲的骑士,"他说,"我知道大部分包裹里有什么东西。"

"那些美人鱼?"克里斯托弗问。这是他曾经问过的最重要的一个问题。

"后来才知道,"塔克洛伊承认,"但你要注意到我在知道之后没有停手。当我第一次碰到你的时候,要不是你那么小,我会高高兴兴地向加布里埃尔·德·维特告发你。而且你丢掉一条命的那次,我知道加布里埃尔在系列十布置了某种陷阱。只是我没想到那是致命的。还有……"

"住嘴,塔克洛伊。"克里斯托弗说。

"塔克洛伊?"塔克洛伊说,"那是我精神体的名字吗?"克里斯托弗一边集中精神对付着那个结,一边点点头,塔克洛伊喃喃地说,"啊,那是一个他们控制得不严的。"当女神扫完了房间里的咒语,走过来靠在扫帚上,在克里斯托弗忙碌的同时看着他的脸的时候,他说,"你会重新认识我的,年轻女士。"

女神点点头,"你像克里斯托弗和我,不是吗?你也有一部分自己在另外某个地方。"

塔克洛伊的脸突然变红了。克里斯托弗的手指感觉到了他脸上的汗。他惊讶地问:"你剩下的那部分在哪里?"

他看见塔克洛伊恳求地向他转了转眼珠。"系列十一——别再问了!别问我!"他说,"在这些咒语下我不能不告诉你,那样我们都要受惩罚!"

他说得那么严重,克里斯托弗决定不再问他——尽管他不由自主地和女神交换了一个眼神——然后一直忙到最后把那个结解开。原来那是一个关键的结,一旦打开,剩余的咒语立刻分解开来,掉落在塔克洛伊帅气的皮靴周围。塔克洛伊僵硬地站起来,舒展了一下身体。

"谢谢,"他说,"一身轻松!你想象不到有多恶心,感觉像有个网兜裹在你的精神上一样。现在怎么办?"

"开始跑,"克里斯托弗说,"你想让我把地上的咒语打破吗?"

塔克洛伊伸开的胳膊在中途停了下来。"现在你住嘴!"他说,"从你说的看来,城堡里除了你们两个年轻人和我,没有一个人有任何值得一提的魔力,而你舅舅随时会回来。你想让我就这样一走了之?"

"可是……"克里斯托弗说。

就在这个时候,罗莎莉小姐和西蒙森博士一起走进了房间,加布里埃尔的其他工作人员聚集在她身后。"哎呀,莫迪凯!"她欢快地说,"我真的听到你说出了一种高贵的情操吗?"

塔克洛伊放下双臂环抱在胸前。"千真万确,"他说,"你了解我,罗莎莉。你是来把我重新锁起来的吗?我不明白你没了魔法怎么做到,但是欢迎你来试试。"

罗莎莉挺直身体,对他不屑一顾。"我根本不是来看你的。"她说,"我们在找克里斯托弗。克里斯托弗,我们必须要求你接任克里斯托曼奇,至少暂时接任。政府也许最终会委任其他的巫师,但我们必须想办法度过这场危机。你认为你能做吗,亲爱的?"

每个人都恳求地看着克里斯托弗,包括西蒙森博士。克里斯托弗有点想笑。"你们知道我义不容辞，"他说，"但我有两个条件。我想释放莫迪凯，以后也不再逮捕他。我还希望女……米莉担任我的首席助手，她的酬劳是被送到寄宿学校读书。"

"你的任何心愿都会得到满足，亲爱的。"罗莎莉小姐轻率地说。

"很好，"克里斯托弗说，"那我们回大厅去。"

在大厅里，人们正沮丧地聚集在绿色的穹顶下。仆役长和两个戴着厨师帽的人，女管家和大部分的女仆和仆人都在那里。"让他们把园丁和马夫也叫来。"克里斯托弗说，接着他去看斯洛格莫尔顿正在看守着的五角星，他眯起眼睛，把"巫师之眼"的能力尽可能大地用出来，他在星形的中央发现了一个小小的圆形空间——某种幽灵的老鼠洞——斯洛格莫尔顿的眼睛一直没有离开那里。斯洛格莫尔顿的魔力令人震惊。另一方面，如果拉尔夫舅舅回来的话斯洛格莫尔顿可能只会更高兴。"我们怎么阻止别人从这里进来？"克里斯托弗问。

塔克洛伊跑向楼梯下的一个碗柜，抱了一包装在星形容器里的奇怪蜡烛回来。他告诉克里斯托弗和女神如何摆放它们及如何念咒语。然后他让克里斯托弗往后站，并用魔法把所有的蜡烛点亮。塔克洛伊,克里斯托弗认识到,除了其他的事情之外,还是一个训练有素的魔法师。随着蜡烛的点亮,斯洛格莫尔顿轻蔑地抽动着尾巴。

"那只猫是对的,"塔克洛伊说,"这样做能阻止大多数人,但是你舅舅借助一点他储存的龙血,就能够在任何希望的时候突破进来。"

"那么我们就在他来的时候捉住他。"克里斯托弗说。他知道自己该怎么做,如果斯洛格莫尔顿躺在地上等,他相信拉尔夫舅舅也在做同样的事。他怀疑他俩的脑子是用同样的方式工作的。如果他想得不错,拉尔夫舅舅还需要一点时间才能准备好。

这时候,一大群人通过高大的前门进了大厅,还有一些人站在门外,用帽子笨拙地拍打着靴子上的尘土。克里斯托弗站在高一点的楼梯上,向下看着加布里埃尔长长的软弱肢体和人们忧虑而压抑的脸,被穿顶透进来的光线和奇异的蜡烛光照的半绿不绿。他明白该说什么,而且他惊讶地发现他非常欣赏自己。

他高声喊道:"请每个能用魔法的人把手举起来。"

大部分园丁和几个马夫举起了手。他看看室内的人,发现仆役长和一个厨师也举了手。此外还有替他写过记分牌的擦鞋童和三名女仆,其中包括艾丽卡。塔克洛伊和女神也举了手。其余的人都低着头,神情沮丧。

克里斯托弗接着喊:"现在请会做木工和铁匠活的人举手。"

很多面带沮丧的人举起了手,但显得很诧异。西蒙森博士就是其中的一个,弗拉维安是另一个。在马厩工作的人都举了手,还有园丁。好,现在他们只需要一点鼓励了。

"很好,"克里斯托弗说,"我们要做两件事。我们要在做好捉我舅舅的准备之前把他挡在外面。然后我们要把加布里埃尔·德·维特救回来。"

第二件事引起了一阵吃惊的窃窃私语,接着是希望。克里斯托弗知道自己说对了,尽管他还不太肯定是不是能做到这件事——根据他自己的感觉,加布里埃尔的八个软弱无力的碎片可以像他俩剩下的两条命一样留在城堡里。他对自己的欣赏又多了几分。

"听我说,"他说,"我舅舅没有杀死加布里埃尔,他只是把他所有的命拆散了。我们必须找到它们并把它们合为一体。但是首先——"他看了看绿色的玻璃穹顶和用铁链吊在上面的水晶吊灯。"我想做一个鸟笼一样的东西,大得足以盖住这个五角星形,从这里吊起来,可以用魔法触发,把任何试图从这里通过的人罩在里面。"他指着西蒙森博士,"你负责制造。集合每个会木工和铁匠活的人,但也要确保他们中有人会魔法。我希望把它用魔法加固,防止任何人从里面闯出来。"

西蒙森博士得意地翘了翘胡子。他略带嘲弄地鞠了个躬:"包在我身上。"

克里斯托弗认为他担当得起这件工作。他的表现会使贝尔小姐指责他过于骄傲。但克里斯托弗现在认识到,一个人为自己骄傲的时候会工作得更好。他因为贝尔小姐以前阻止他认识到这个道理而气恼。

"在任何人开始制造那个鸟笼之前,"他说,"城堡周围土地上的咒语需要加强,否则我舅舅会从那里带幽灵组织的人进来。我希望除了塔……莫迪凯和女……米莉以外,每个人都去巡视城堡周围的栅栏、围墙和树篱,设下你们能想到的阻止人们进入的每一个咒语。"

人们小声议论起来。园丁和女仆们面面相觑。一个园丁举起双手。"麦克林托克先生,园丁主管,"他宣布了自己的身份,"我不是质疑你的智慧,小伙子——我只是想解释一下,我们的专长是种植,园艺能手,诸如此类的,和防卫一点关系都没有。"

"但是你们可以种植仙人掌和长长刺的灌木,还有十英尺高的荨麻之类的植物,对不对?"克里斯托弗说。

麦克林托克先生连连点头,脸上带着顽皮的微笑。"没错,还可以种蒺藜、毒葛。"

一名厨师也鼓起勇气举起了手。"我是负责厨房的,"他说,"只是一个厨师。我的魔法是用来提供好吃的食物。"

"我打赌你可以反过来用,"克里斯托弗说,"去给墙上下毒。如果你不会的话,就把腐烂的牛排和发霉的奶油鸡蛋饼挂上去。"

"我从学生时代起就没有……"那位厨师愤慨地说。但他似乎回到了从前的记忆里,脸上出现了一种留恋的表情,紧接着他愉快地笑了起来。"我会试试的。"他说。

这时艾丽卡也举了手。"对不起,"她说,"我和莎莉、贝莎真的只能做一些小事——吸引和发送东西之类的。"

"那就去干吧——尽可能地多做,"克里斯托弗说,"毕竟一面墙是一块砖一块砖地垒出来的。"他对这个措辞很得意。他看看女神。"要是你们想不出吸引魔法的作用,咨询一下我的助手米莉。她一肚子主意。"

女神咧嘴一笑。那个擦鞋童也笑了起来。从他的表情看,他也有一肚子迫不及待希望去尝试的惊人见解。

克里斯托弗看着擦鞋童和园丁、厨师及女仆结队走出去,感到对他相当羡慕。

他示意弗拉维安过来。"弗拉维安,还有大量的魔法我不懂得。他们来的时候,你介意站在旁边教我吗?"

"呃,我……"弗拉维安不好意思地看看靠在栏杆上的塔克洛伊,"莫迪凯一样可以教你。"

"是的,不过我需要他进行精神旅行,去寻找加布里埃尔的生命。"克里斯托弗说。

"你说真的?"塔克洛伊说,"加布里埃尔见到我会高兴得痛哭流涕的,不是吗?"

"我和你一起去。"克里斯托弗说。

"很像过去的日子。"塔克洛伊说。"加布里埃尔见到你也会放声大哭。被爱到底是怎么回事?"他瞥了罗莎莉小姐一眼,"要是现在弹竖琴的姑娘在我身边多好……"

"不要胡言乱语了,莫迪凯,"罗莎莉小姐说,"你应该有你需要的一切。你希望我们剩下的人干什么,克里斯托弗?威尔金森先生和我都不擅长做木工,贝利尔和约兰德也一样。"

"你们可以当顾问。"克里斯托弗说。

19

接下来的二十四个小时是克里斯托弗有生以来最忙的。他们在加布里埃尔昏暗的办公室里召开了一场军事会议,克里斯托弗发觉办公室的一些黑色嵌板被抽掉,和两边的房间连了起来。克里斯托弗让人把办公桌和打字机推到墙边,把整个空间变成了一个很大的作战指挥室。这样一来,房间里亮堂多了,随着各种各样的方案的制订,这里变得越来越繁忙和拥挤。每个人都告诉克里斯托弗,推测一个活着的人是否出现在一个世界里有很多不同的方法。威尔金森先生有这些方法的全部列表。大家一致同意用这些方法来缩小塔克洛伊寻找加布里埃尔的范围。一种包罗万象的推测方法被设计出来,因为没有一个人能够肯定加布里埃尔分离的生命是不是能当作活人看待,所以每种办法都要用上最强的力量。结果除了克里斯托弗以外,只有女神有足够强的魔法激活它们,并从一个系列调节到另一个系列。但每个人都能看到结果。房间里很快站满了紧张的协助者,通过地球仪,镜子,水银池或墨水池,还有涂了液体水晶的薄片察看着。同时女神忙碌地调整着各种各样的咒语,并用她的外国字体在一张表上记录各种设备的读数。

罗莎莉小姐坚持要求军事会议解决如何把正在发生的事情向内阁汇报的问题,但这件事始终没有决定下来,因为克里斯托弗总是被人叫走。开始,西蒙森博士叫他到大厅里向他解释他们制作鸟笼的计划。西蒙森博士把这件事看得很严肃。"这样做很不道德,"他说,"不过既然它不抓我们的人,有谁会在乎呢?"

克里斯托弗走到楼梯中途,仆役长走了过来,告诉克里斯托弗他们已经用所有能想到的办法加固了防御,并问他是否愿意去看看。所以克里斯托弗去了——而且惊叹不已。主门和其他的偏门都挂着诅咒和湿淋淋的毒药。墙上生出了长着六英寸尖刺的荆棘,树篱让克里斯托弗想到了睡美人的城堡,非常高,而且爬满了密密麻麻的荆棘,荨麻和毒草。十英尺高的蒺藜和巨型仙人掌守卫着栅栏,每个薄弱的地方都被那个擦鞋童设置了陷阱。他用他的宠物雪貂做了演示,任何踏上那里的东西会怎样变成一只毛虫;或者这里会怎么陷进深不可测的下水道；或者会如何被一个巨型龙虾钳钳住；还有这儿——总而言之，他设置了十九个陷阱，一个比一个凶险。克里斯托弗跑回城堡的时候心里想，如果他们把加布里埃尔找回来，他一定要请他给那个擦鞋童升职。他这么聪明，浪费在靴子上太不值了。

回到作战指挥室后，他立起了一组魔法镜子，每个镜子都对着城堡防御的不同部分，这样只要有人试图进攻，他们就能立即发现。弗拉维安正在向他展示如何激活画在镜子背后的符咒，轮到女管家打断他了。"克里斯托弗少爷，城堡的供给不是对付困守的。我怎么让肉贩，面包师和牛奶进来呢？这里有很多张嘴要吃饭呢。"

克里斯托弗做了一张货物到达时间的列表，这样他和女神就能在恰当的时间把他们搬运过来。女神把那张表别在巡镜员值班表旁边，占卜值班表，执勤表，巡逻值班表——那面墙上别满了各种各样的列表。

在所有这些事情进行的中间，两个分别叫约兰德和贝丽尔（克里斯托弗还是分不清她们）的女士坐在打字机旁，开始咔哒咔哒地打各种文件。"我们也许不是女术士了，"贝丽尔（或许她是约兰德）说，"但那不能阻止我们维持日常工作的运转。我们至少可以处理紧急询问或建议。"

很快她们也把克里斯托弗叫了过去。"麻烦的是,"约兰德(或许她叫贝丽尔)坦白地说,"加布里埃尔通常为所有的信件签字。我们不认为你应该伪造他的签名,但我们想知道你是否能简单地签上一个'克里斯托曼奇'……"

"在你为我们把邮袋搬运到邮局之前。"贝丽尔(也许是约兰德)补充道。

她们对克里斯托弗说明如何在"克里斯托曼奇"这个词上嵌入一个九命巫师的记号,用来保护它不被人利用来对付他自己。克里斯托弗兴致勃勃地为自己设置了一个劲头十足的签名,带着嘶嘶作响的巫师的记号,使它即使落到拉尔夫舅舅那样的巫师手里也可确保安全无事。这时他突然意识到自己比这辈子的任何时候都快乐。爸爸说得对。他确实生来就是当下一任克里斯托曼奇的料。但假如他不是呢?他一边想,一边写下另一个嘶嘶作响的签名。那么这只不过是运气罢了,做克里斯托曼奇并非一无是处。根本没有必要感到自己深陷困境。

有人从房间另一边叫他。"我觉得自己得到了太多清闲的工作。"塔克洛伊坐在屋子中间的沙发上对他笑着,他正准备进入第一次精神旅行。他们认为塔克洛伊应该进行大量的短暂旅行,以覆盖尽可能多的世界。尽管失去了魔力,罗莎莉小姐也同意为他弹竖琴。她坐在沙发的一头。当克里斯托弗经过的时候,塔克洛伊闭上眼睛,罗莎莉小姐拨了一个像潺潺水声一样悦耳的和弦。塔克洛伊猛地睁开眼。"搞什么名堂,女人!你想把我的精神卡在太妃糖里还是怎么样?难道你一点像样的音乐都不会吗?"

"我记得,你总是反对我弹的任何东西!"罗莎莉小姐说,"所以我应该弹点自己喜欢的音乐,管他呢!"

"我痛恨你在音乐上的品位!"塔克洛伊咆哮道。

"安静,否则你就不能入定。我不想累酸手指却换来一场空!"罗莎莉小姐厉声说。

他们让克里斯托弗想到了某些事情——或者某个人。他回头朝弗拉维安正在招手的地方——那个墨池的方向看去。塔克洛伊和罗莎莉小姐正互相瞪着对方,都想让对方知道自己的感情受到了深深的伤害。像我以前见过的谁?克里斯托弗疑惑着。他看得出,塔克洛伊和罗莎莉小姐都希望不再伤害对方,但两人都太骄傲,都不愿主动让步。这到底像谁?

当克里斯托弗在墨池前弯下身子时,他想到了答案。爸爸和妈妈！他们以前完全是同样的状态！

当墨池里显示出系列八里的世界丙后，克里斯托弗回头走过正沉着脸弹着一首吉格舞曲的罗莎莉小姐，来到正在打字的约兰德和贝丽尔旁边。"我可以给某个人发一封我自己的公函吗？"他问。

"口授给我就行。"约兰德（或者是贝丽尔）手指放在键盘上说。

克里斯托弗给了她鲍森博士的地址。"亲爱的先生，"他用他签过字的那些信的口气说，"如果您能占卜到柯西莫·钱特先生——最后一次听说在日本——的下落，并把他的地址转寄给米兰达·钱特夫人——最后一次听说她生活在肯辛顿，我的办公室将深表感激。"他微微红着脸问："这样可以吗？"

"对于鲍森博士，"贝丽尔（或者可能是约兰德）说，"你必须加上，'惯常的费用随后转出。'鲍森博士绝对不做没有报酬的工作。我会为你提出转账的要求。威尔金森先生正在水银碗那里等你过去。"

当克里斯托弗又穿过房间跑回来时，女神想到小猫普劳德富特正在挨饿。于是克里斯托弗把小猫、围巾、奶瓶从塔楼房间里一股脑都搬运过来。一个助手跑去拿牛奶，中间花了一段时间。普劳德富特很不满意,瞪着两只蓝宝石一样的眼睛,有气无力地向四周打量着。"呐呐—哎,奶!"它大张着粉红色的小嘴,要求道。

就算普通的小猫第一次睁眼也称得上是一个非凡的时刻。既然普劳德富特是一只阿什斯神庙的猫,它立刻成了众人的焦点。它突然有了至少和斯洛格莫尔顿一样强烈的个性,只是效果恰恰相反。它被从一只手传到另一只手,大家轮流轻声逗着它,给它喂奶。弗拉维安也迷上了它,死活不肯放手。直到塔克洛伊访问过三个世界没有感觉到加布里埃尔,异常沮丧地从入定中醒来时,为了让他开心,弗拉维安才把普劳德富特递给他。塔克洛伊把普劳德富特放在下巴下面,对它咕噜咕噜叫。但罗莎莉小姐递给他一杯浓茶,顺手抢走了小猫,自己和小猫亲热了半个小时。

在克里斯托弗看来,所有这些溺爱对斯洛格莫尔顿很不公平。他走出门到楼梯旁去看斯洛格莫尔顿的情况,他在那里逗留了一会儿,被眼前的景象感动了。龙血造成的绿色已经褪去,但从穹顶射下的光线还带着淡淡的绿色。在这样的光线下,西蒙森博士,弗雷德里克·帕金森和一群助手正穿着无袖衫锯木头,锻造,焊接。靠墙堆满了乱七八糟的原木,工具和铁条,更多的助手还在不断地通过大门搬来更多的原木和工具。一些等着到占卜咒语前值班的人坐在楼梯上喝茶。如果一周前有人告诉克里斯托弗,克里斯托曼奇城堡会变得像一个乱糟糟的工场,他绝对不会相信,他想。

那些蜡烛依然在燃烧,在前门吹入的微风里摇曳着。斯洛格莫尔顿坐在发黑的五角星里像一尊雕像,目光炯炯地盯着拉尔夫舅舅的鼠洞。克里斯托弗开心地发现它身边全是猫喜欢的东西。有人小心翼翼地把一个土盘,一碗牛奶,几碟鱼,一盘肉和一根鸡翅膀推到烛台和五角星形之间。但斯洛格莫尔顿好像没看到一样。

显然没人想打扰加布里埃尔的那条命。它还躺在拉尔夫舅舅丢下它时的位置上,软弱而透明。有人小心地用黑绳子绕在从图书馆搬来的四把椅子上,把它护了起来。克里斯托弗向下凝视着它。难怪塔克洛伊什么都没找到,而探测咒语也显示不出任何东西,如果所有的命都像这样的话。他沉思着,这时一个园丁从前门跑进来,向他焦急地挥着手。

"你能来看看吗?"他喘着粗气说,"我们不知道那是不是幽灵。院子周围出现了几百个穿着奇怪衣服的人。"

"我会在魔镜里看。"克里斯托弗回答。他跑回作战指挥部,来到魔镜前。正对主门的那面镜子提供了一个完美的角度,清晰地显示出一群透过门栏凝视着里面的奇特战士。他们穿着短束腰外衣,头戴银色面具,每个人都持着长矛。克里斯托弗胃里一阵翻腾。他转身朝女神看去。她脸色煞白。

"这是阿什斯的军队,"她小声说,"他们已经发现我了。"

"我去看看,保证不会让他们进来的。"克里斯托弗说,他转身跑下楼梯,穿过大厅,和那个园丁一起来到庭院里。麦克林托克先生正在草坪上召集剩余的户外工人,让他们每人都拿上一把砍刀或一把锋利的锄头。

"我不会让这些异教徒里的任何一个进我的花园。"他说。

"好的,不过那些长矛很致命。你必须让每个人远离投掷范围。"克里斯托弗说。这样一想,他不由感到胸口一阵剧烈的刺痛。

他和麦克林托克先生一起巡视庭院一周,在允许的范围内尽可能地靠近栅栏和围墙查看了一遍。那些阿什斯士兵只是站在外面,好像被那些咒语拦住一样。但是为了保险起见,克里斯托弗把每一处咒语的力量都加大了一倍。只是远远瞥见那些银面具和闪闪发光的矛尖就让他感到不寒而栗。

等他转身匆匆赶回城堡里的时候,他开始觉得一点也不好玩了。他感到了自己的弱小,满腹忧虑。拉尔夫舅舅这件事先不谈,他对阿什斯的军队是一点办法都没有。要是加布里埃尔在这里多好!他记得加布里埃尔知道所有关于阿什斯神庙的事情。也许他用冷静而干涩的声音说一句话就能把这些士兵打发走。然后,克里斯托弗想,他就会因为我不听话把女神藏在这里而惩罚我,不过即使那样也值得。

他转身穿过大厅,那只鸟笼还只是一堆锯过的木头和三根弯曲的铁棍。他知道到晚上也不可能准备好,而拉尔夫舅舅今天晚上肯定会卷土重来。他走过加布里埃尔被防护起来的软弱生命,爬上楼梯走进作战指挥部,发现塔克洛伊刚从另一场旅行中醒来,正沮丧地摇着头。女神脸色苍白,吓得瑟瑟发抖。其他每个人则因为探测咒语中显示出的各种各样和加布里埃尔全无关系的影子及闪光气恼不已。

"我想我最好用魔法发一条电报给内阁,让他们派军队来。"克里斯托弗沮丧地说。

"你不能这样干!"罗莎莉小姐断然说。她让克里斯托弗和女神靠着塔克洛伊身边坐在沙发上,给他们端上艾丽卡刚送进来的香甜热茶。"听着,克里斯托弗,"她说,"如果你让内阁知道加布里埃尔的事,他们会坚持派某个成年巫师来接手,但是他不会有任何用处,因为他的魔力不如你强大。你现在是唯一一个九命巫师。当我们找回加布里埃尔的时候,需要你把他拼回原样。你是唯一一个有这种能力的人。而且阿什斯士兵似乎不能攻进我们的院子,对吗?""是的,我把咒语的力量增加了一倍。"克里斯托弗说。

"很好,"罗莎莉小姐说,"那我们不可能比现在更糟了。我费尽口舌说服西蒙森博士,原因是认为你不会让我失望,克里斯托弗!我们很快就会找到加布里埃尔,那时候一切都会好起来,你会看到的。"

"普劳德富特嬷嬷总是说黎明前是最黑暗的时候。"女神插嘴道。但她说得不像很有信心的样子。

好像为了证明普劳德富特嬷嬷所言不虚,克里斯托弗刚把茶喝完,弗拉维安就大叫起来:"哈,我现在明白了!"弗拉维安正坐在一张大黑椅子上,试图弄明白探测咒语显示出来的所有影子和闪光的含义。房间里所有的人都站了起来,充满希望地看着他。"加布里埃尔的命花了很长时间才安顿下来,"弗拉维安说,"有明确迹象显示其中一条飘到了系列九附近,另一条在系列二,但是两者都还没有进入某个世界。我认为如果我们重新调节所有的咒语,把它们对准世界边缘,我们可能会发现其他仍然飘荡在世界边缘的命。"

塔克洛伊跳起来,站到弗拉维安身后查看着。"你说得也许不错!"他说,"有一次我认为我在系列一的世界边缘似乎看到了加布里埃尔。那里显示出什么没有?"

世界边缘就是"分界点",克里斯托弗在和女神一起匆忙调整着所有的探测设备时想道。"我可以去那里到处爬一下,把它们带回来。"他说。他的话立刻遭到了大声反对。"不行,"弗拉维安说,"我仍然是你的导师,我禁止你那样做。""我们需要你在这里对付你舅舅。"塔克洛伊说。

"你不能把我留在这里和阿什斯军队在一起!"女神说,"另外,如果你再丢一条命怎么办?"

"的确,"罗莎莉小姐说,"你最后一条命被只有加布里埃尔能打开的咒语封印在保险箱里。你不能冒失去另一条命的风险。我们必须等到那些命安定下来。然后我们可以设置一座妥善保护的门,才能送你通过那里去收集它们。"

连女神也反对他,克里斯托弗只好暂时屈服。反正只要需要,他可以随时溜到"分界点"去。眼下,拉尔夫舅舅比加布里埃尔的事更紧急,也许比阿什斯军队更危险。

他和塔克洛伊、麦克林托克先生一起安排好晚上的执勤和巡逻事宜,然后大家在大厅和楼梯上,在西蒙森博士用来降下吊灯的梯子和支架下吃了晚饭。这时候,那个鸟笼还只是许多金属环和木棒。厨师们在西蒙森博士的小组工作的时候为他们带来了大锅菜和砂锅,这样他们可以趁着天光继续工作,但克里斯托弗明白他们当天无论如何不能完工。斯洛格莫尔顿也偷空吃了一盘鱼子酱,好有足够的力气应付晚上的工作。

普劳德富特为了安全被带到了厨房,在那里继续接受宠爱,每个人都紧张地等待着晚上的到来。

克里斯托弗把执勤人员安排成体格健壮的人和有魔法能力的人的组合。他自己站第一班岗,女神站第二班。当女神值班期间发生情况时,他正在图书馆里,躺在弗雷德里克·帕金森旁边睡觉。女神气喘吁吁地跑过来,惊慌地说她认为拉尔夫舅舅试图穿过五角星闯进来。"我用咒语把他赶走了。"她一遍遍地说着。斯洛格莫尔顿也发出了一阵阵狂叫。不过当克里斯托弗赶到那里的时候只看到了一阵从那个看不见的鼠洞冒出来的轻烟,斯洛格莫尔顿像一只斗败的老虎一样绕着它踱来踱去。

很奇怪,大厅里没有龙血的气味。拉尔夫舅舅似乎在考察他们的防卫,要不就是为了迷惑他们。真正的进攻发生在黎明前,正是塔克洛伊和那个擦鞋童执勤的时候。进攻来自城堡庭院之外。警铃声响遍了整座城堡,显示一些咒语被人突破了。当克里斯托弗匆匆穿过缀着露珠的草坪时,他认为即使警铃声不响,墙外发出的尖叫声、呐喊声和武器碰撞的叮当声也会把所有的人吵醒。这次他又到晚了。当他赶到的时候,只看到塔克洛伊和擦鞋童正飞快地念着咒语填充麦克林托克先生高大的刺篱上出现的两处缺口,还能隐约地看见几个穿着银色盔甲的人影在缺口外乱转。克里斯托弗赶忙不惜工本地加固了那些咒语。

"怎么啦?"他气喘吁吁地问。

"幽灵似乎闯到了阿什斯军队里面,"塔克洛伊在晨雾中颤抖着说,"真是倒霉。"在园丁们匆忙赶来用仙人掌填补缺口,擦鞋童设置陷阱的时候,他说他认为幽灵的一小股军队试图闯入庭院里。但阿什斯军队一定以为幽灵试图攻击他们,所以他们无意中保护了城堡。总而言之,进攻者已经逃命去了。

克里斯托弗嗅着雾气里龙血的臭气,认为塔克洛伊的推测无疑是正确的。

等到他回到城堡里,天已经亮得足以让西蒙森博士和他的助手重新开始奋力工作。弗拉维安一夜没睡,脸色苍白,摇摇晃晃地在指挥部里打哈欠。"加布里埃尔那些命的事我想得没错!"他欢呼着说,"它们都在相关的世界里定居下来了。我建议你在他们造好那只虾笼后尽快去收集那六条命。"

那只虾笼,每个人都开始这样叫它,在午饭后就被成功地吊到了五角星形的正上方。克里斯托弗自己跳到五角星里测试。咒语按照预想被触发了,那只虾笼哐当一声掉下来把他扣在里面。斯洛格莫尔顿急躁地朝上面看。克里斯托弗嘻嘻笑着想用魔法把笼子移开。但它纹风不动。他用双手摇摇笼子单薄的骨架,接着又试着把一角掀起来,还是不行。他惊慌地意识到这个东西是牢不可破的,毕竟他自己也在上面布下了几道咒语。

"你长得真有几分像小白鼠,"女神带着一丝浅笑说,"等他们把它重新拉起来就自由了。"女神根本不快乐。尽管在讲笑话,她还是脸色苍白,显得很紧张。

她只有一条命,克里斯托弗提醒自己,而且阿什斯军队正在外面等着她。"干吗不和我一起去收集加布里埃尔的生命?"他说,"如果你开始从一个世界跳到另一个世界,他们会被弄得晕头转向的。"

"哦,我可以吗?"女神高兴地说,"我感到责任很大。"

于是又引起一番讨论,一些讨论是学术性的,在弗拉维安,贝丽尔,约兰德和威尔金森先生中间展开,是关于如何收集加布里埃尔的生命的。克里斯托弗这才知道原来把人送到不同的世界有这么多的办法。最后罗莎莉小姐一句话干净利落地解决了这个问题:"我们在这个房间造一座门,然后派莫迪凯带着一个心灵印记进行精神旅行,只要他找到一个加布里埃尔,我们就能通过这扇门锁定他。接着克里斯托弗和米莉去劝说加布里埃尔,说城堡需要他。还有更简单的办法吗?"

很多事情本来可以更简单一些的,克里斯托弗在和女神一起在弗拉维安没完没了的耐心指导下,为那扇门加上复杂的魔法时想道。他有点磨蹭,还有几分不情愿。尽管只有加布里埃尔才能把他的第九条命还给他,尽管这里极度需要加布里埃尔,但克里斯托弗不愿意让他回来。因为他一回来,所有的乐趣都将戛然终止。城堡里的一切都将变得安安静静,道貌岸然,再次变回一个成年人的世界。只是他总是喜欢真正能做一些事情的魔法的习惯驱使他正确地完成了那扇门。

完工后,那扇门看起来其实很简单。它是一个高高的长方形金属框,背后由两面镜子斜着拼起来,形成一个三角形。看着它,谁也想不到完成它有多么困难。

克里斯托弗抛下额头上带着蓝色心灵印记躺在沙发上的塔克洛伊走开了,闷闷不乐地把面包师的运货马车用魔法搬运到城堡的院子里。这是他们最后一次让我做这件事了,他想,阿什斯军队的士兵们正气愤地对面包师摇晃着他们的长矛。

他回去的时候,塔克洛伊身上盖着毛毯,脸色苍白,仍然一动不动地躺着。罗莎莉小姐缓缓弹着竖琴。

"看,他在门里。"弗拉维安说。

那两面镜子化成了系列一里某个地方的朦胧画面。克里斯托弗看到一座座承载环形火车的塔架伸向远方。塔克洛伊站在最近的一座塔架下,身上穿着克里斯托弗非常熟悉的绿色外套,他正沮丧地摊着双手。

"似乎出了什么问题。"弗拉维安说。

当塔克洛伊躺在沙发上的身体突然用一种奇怪而沙哑的声音说起话的时候,每个人都跳了起来。"我找到他了!"塔克洛伊的身体说,"他正在看火车。他只是告诉我他将发明一种更好的火车,然后就消失了!我该怎么办?"

"再去试着找找系列二里的加布里埃尔。"罗莎莉小姐开始弹起一支悦耳,令人心生平静的曲子。

"那要花上一点时间。"塔克洛伊的身体沙哑地说。

门上的画面消失了。克里斯托弗想象着塔克洛伊飘飘悠悠地在"分界点"攀爬的情形。他身边的每个人都焦急地想知道哪里出了问题。

"也许加布里埃尔的生命不信任莫迪凯。"弗拉维安提出。

镜子又组合成了一幅画面。这一次他们都看到了加布里埃尔的生命。它正站在一座拱桥上,向下凝视着河水。它虚弱得让人吃惊,又老又驼,老得让克里斯托弗意识到他所认识的加布里埃尔一点也不如他想象的那么老。塔克洛伊的精神体也在那里,正缓缓朝桥拱上的加布里埃尔移动,活像正向一只大黑鸟潜行的斯洛格莫尔顿。加布里埃尔似乎没有看见塔克洛伊,他也没有向周围张望,但他弯着腰的黑色身影突然消失了。只剩下塔克洛伊站在桥上,凝视着加布里埃尔曾经出现过的地方。

"又消失了,"塔克洛伊的身体一边咳嗽一边说,"这是什么?"

"等等!"弗拉维安低声说了一句,然后跑去检查最近的探测咒语。

"在那里等一会儿,莫迪凯。"罗莎莉小姐用柔和的声音说。

在镜子里,塔克洛伊的精神体把胳膊放在桥栏杆上,作出一副很有耐性的样子。

"我简直不敢相信!"弗拉维安叫出声来,"每个人都检查一下,快!所有的生命似乎都在消失!最好叫莫迪凯回来,罗莎莉,不然他会白白浪费力气。"

每个水晶,碗,镜子和占卜池前都忙碌起来。罗莎莉小姐用双手在竖琴上滑出一个快速的音阶,门里面,塔克洛伊的精神体吃惊地抬头看了看,然后像加布里埃尔的生命一样突然消失了。罗莎莉小姐俯下身子,关切地看着塔克洛伊。后者的身子动了动,血色重新回到脸上。他挣开眼睛。"怎么回事?"他推开毯子坐了起来。

"我们也不清楚。"罗莎莉小姐说,"所有的加布里埃尔都在消失……"

"不,没有消失!"弗拉维安激动地说。

"他们都集中到了一起,正在朝这个方向来,整整一群呢!"

接下来的时间令人忐忑,每个人心里的希望和恐惧像跷跷板一样上上下下。克里斯托弗的希望和恐惧大体上和其他每个人相反,如果没有小猫普劳德富特的话,他几乎会感到如坐针毡。艾丽卡匆匆端着茶进来给塔克洛伊提神的时候也带上了普劳德富特。普劳德富特非常忙碌地开始它的第一次远足,它甩动着纤细的尾巴保持着平衡,一直在加布里埃尔的黑色办公桌下爬来爬去。看着它比看着加布里埃尔那些稳定地朝系列十二方向漂浮的凄惨生命让人开心多了。

克里斯托弗正在看着普劳德富特,忽然听到弗拉维安叫了一声"天哪!",然后看到他从占卜池转过身来。

"出什么事了?"他问。

弗拉维安一副垂头丧气的样子。他扯掉义紧又皱的硬领,把它甩在地板上。"所有的生命都停下来了,"他说,"虽然很模糊,但恐怕它们进了系列十一。我相信第七条命一直在那里。我们的希望到此为止了!"

"为什么?"克里斯托弗说。

"亲爱的,没有一个人能到那里,"罗莎莉小姐说。她看上去似乎想哭,"或者说,去那里的人没有一个能回来。"

克里斯托弗看看塔克洛伊。塔克洛伊脸色又白了,甚至比他精神离体的时候还要苍白。就像只放了一丁点咖啡的牛奶。

克里斯托弗的童年时代

20

现在有了停止寻找加布里埃尔的完美理由。克里斯托弗本以为自己的内心会挣扎一下。然而他立刻站起来的时候把自己也吓了一跳。他甚至没有想到女神也听到了塔克洛伊承认他自己的一部分在系列十一的事。"塔克洛伊，"他说。他认为用精神的名字称呼塔克洛伊很重要，"塔克洛伊，去那间空办公室一会儿，我要和你谈谈。"

塔克洛伊不情愿地慢慢站起来。罗莎莉小姐严厉地说："莫迪凯，你好像病了。需要我和你一起去吗？"

"不！"塔克洛伊和克里斯托弗异口同声地说。

塔克洛伊坐在那间空办公室的桌沿上，双手捂着脸。克里斯托弗为他感到难过。他不得不提醒自己，塔克洛伊是给拉尔夫舅舅带来把加布里埃尔轰得四分五裂的武器的人，然后才开口说："我想问你。"

"我知道。"塔克洛伊说。

"系列十一是怎么回事?"克里斯托弗问。

塔克洛伊抬起头。"在我们周围布一个最强的遮蔽咒语。"他说。克里斯托弗照做了,比他那次为妈妈和贝尔小姐所用的还要强烈。这次的效果如此强烈,他几乎失去了知觉,差点忘记抓破咒语的中心使他和塔克洛伊能够互相听到。抓破咒语后,他相当肯定即使站在他身旁的人也不可能偷听到一个字。不过塔克洛伊耸了耸肩膀。"总之他们是有可能听到的,"他说,"他们的魔法和我们的不一样。他们还掌握着我的灵魂,你明白吗。他们因此知道我干的大部分事情,他们不知道我要以精神体的形式去向他们汇报。你见我去过那里——他们召唤我去科芬花园附近的一个地方。"

"你的灵魂?"克里斯托弗说。

"是的,"塔克洛伊痛苦地说,"是你成为你本人的那一部分。对你来说,是让你从一个生命向下一个生命延续的部分。我的则在出生后就被剥离出去,像所有系列十一的人一样。当他们把我作为一个婴儿送到系列十二时把它留在了那里。"

克里斯托弗盯着塔克洛伊。他一直觉得塔克洛伊咖啡色的皮肤和鬈发看起来和其他人不太一样,但他以前没有认真想过,因为他曾经在那些"他世界"遇见过各种各样奇怪的人。

"他们干吗送你来?"

"充当他们的实验动物,"塔克洛伊说,"德里特想研究些什么时,就会派一个人去其他的世界。这次他想研究善良和邪恶,所以他命令我首先为加布里埃尔工作,然后再为一个他能找到的最坏的恶棍工作——这个人碰巧是你舅舅。在系列十一里他们没有对错的概念。他们不把自己看成人类——哦不,我猜他们认为他们才是真正的人类,当德里特碰巧感兴趣时,他把你们剩下的人当作动物园里的什么东西来研究。"

克里斯托弗从塔克洛伊的声音里感到他非常憎恨系列十一的人。他很理解,塔克洛伊甚至比女神还不幸。"德里特是谁?"

"国王,祭司,首席魔法师……"塔克洛伊耸耸肩膀,"不,他不完全是任何一种角色,完全不是。他被称作始祖,已经活了几千年。他活那么长的原因是,每当力量衰落时他就会吃掉某个人的灵魂——这完全在他的权力之内。根据系列十一的法律,所有系列十一的人和他们的灵魂都归他所有。我也是属于他的。"

"他把加布里埃尔的所有生命抓走又是根据什么法律?"克里斯托弗说,"他那样干了,不是吗?"

"我知道是他干的——弗拉维安一说'系列十一'我就知道了,"塔克洛伊说,"我知道他一直希望研究一个有九条命的人。他不可能在系列十一里找到,因为那里只有一个世界。德里特把它控制到一个世界,这样他就不会有任何对手。你知道你的九条命的由来——是吗?——因为你在其他世界里本应该有的所有对应者,因为某些原因都没有出生。"

"是的,但系列十一的什么法律是和榨取一个巫师的大部分生命有关的?"克里斯托弗追问道。

"我不清楚,"塔克洛伊承认,"我不确定他们像我们一样有法律。如果德里特作了恶而没有受到惩罚,那也许是合法的。他们靠自尊和外表来判断,人们经常那样做。"

克里斯托弗立刻做出了决定,假如他不干涉这件事的话,德里特就能逃脱惩罚。"我猜他只是等着看看有多少条命散落在那里,然后去把它们收集起来,"他说,"把你能想到的关于系列十一的一切都告诉我。"

"好的,"塔克洛伊说,"我自从出生后就没去过那里,但我知道他们用魔法控制一切。他们控制天气,所以他们能在户外的森林里生活。他们控制树木的种类和生长的地点。他们张口一叫,食物就会自动出现,他们不用火烹饪食物。他们根本不用火。他们认为你们用火的人都是野人，他们同样轻视其他世界使用的那类魔法。如果说他们认为你们有丝毫可取之处的话，那是当你们中间的某个人绝对忠于一个国王或者首领的时候。他们推崇那样的人……"

塔克洛伊说了半个小时。好像终于开口告诉他这些是一种解脱，但克里斯托弗也看得出他所经受的压力。说到一半，当塔克洛伊脸上的线条使他显得越来越憔悴时，克里斯托弗告诉他等等，然后溜出遮蔽咒语向门边走去。不出所料，罗莎莉小姐正站在外面，脸色比平时更让人害怕。

"莫迪凯为了你拼命工作，在很多方面！"她气势汹汹地质问，"你在里面对他干了什么？"

"没什么，但他需要吃点东西才能继续，"克里斯托弗说，"你能……"

"你以为我是什么人？"罗莎莉小姐厉声说。艾丽卡几乎立刻端着一个托盘跑过来。除了茶，还有两盘堆得高高的蛋糕，一小瓶白兰地。当克里斯托弗端着托盘回到咒语里时，塔克洛伊看着白兰地，咧嘴一笑，往自己那杯茶里咕嘟嘟倒了不少。看来那杯茶对他比蛋糕对克里斯托弗有同样的提神效果。当他们扫荡托盘里的食物时，塔克洛伊又想到了不少新的东西。

他说的其中一件事是："如果你在不知情的情况下见到系列十一的人,你或许会把他们当做高尚的野蛮人,那样你就犯了大错误。他们非常非常文明。至于高尚——"塔克洛伊咬了一口手里的蛋糕。

"吃你的上午茶。"克里斯托弗说。

塔克洛伊微微一笑。"你们的世界对他们也有一点了解,"他说,"他们是所有侏儒故事的源头。如果你那样想象他们——一群遵守着很不一样的规则、冷淡而神秘的人——你就会得到一些认识。事实上我也不了解他们,尽管我生来就是他们的一员。"

说到这里克里斯托弗已经认识到,找回加布里埃尔将是他这辈子要干的一件最艰难的事情。但凡有一点可能的话。"你能和我一起去系列十一吗?"他问塔克洛伊,"为了防止我犯错误。"

"反正他们一知道我对你说的话,就会把我拖回去的,"塔克洛伊说。他的脸色又一次变白了,"你知道那些事也有危险。"

"既然那样,"克里斯托弗说,"我们就告诉城堡里的每一个人,让约兰德和贝丽尔打一份报告汇报给政府。不能让德里特为所欲为地杀人。"

塔克洛伊的态度不太明确,但他跟着克里斯托弗回到指挥部做了解释。自然,他们的话又引起了另一场抗议。"系列十一!"每个人都惊叫起来,"你不能去!"人们从城堡的其他地方挤到房间里,告诉克里斯托弗把加布里埃尔找回来完全不可能,劝他不要干傻事。正在对虾笼做最后调整的西蒙森博士也赶忙上楼阻止克里斯托弗。

克里斯托弗早已料到这种情况。"撒谎!"他说,"现在没有我你们也能抓住幽灵。"

他没想到的是女神会在喧闹声平息后宣布:"我也要跟你一起去。"

"为什么?"克里斯托弗说。

"为了忠诚,"女神解释道,"在米莉丛书里,米莉从来不让朋友失望。"

这和女神的强迫症无关,克里斯托弗想。他怀疑她确实害怕一个人留在能被阿什斯军队找到的地方,但他没有那样说。此外如果她一起去的话,他们联手的力量差不多能增加一倍。

接着,在塔克洛伊的建议下,他开始换旅行需要的衣服。"毛皮,"塔克洛伊说,"你穿得越多,你的地位就越高。"克里斯托弗从中央沙龙招来一张虎皮地毯,女神在虎皮上割出一个让他的头钻进去的洞。罗莎莉小姐为他找了一根带着大铜钉的很有贵族气派的皮带,把虎皮束在腰间。女管家找出一条狐皮给他围在脖子上,也给女神找了一条貂皮披肩。"在上面挂满饰品对我们更有帮助。"塔克洛伊说。

"记得不要银的。"克里斯托弗在每个人跑去找东西的时候叮嘱道。

最后他套上了三条金项链和一条珍珠项链。约兰德所有的耳环都被巧妙地别在那张虎皮上,胸口还缀上了贝丽尔的胸针。他把罗莎莉小姐金色的晚礼服腰带缠在头上,又把艾丽卡妈妈的莫宁胸针别在额头上。他只要一动就发出庄严的叮当声,有几分像女神在神庙时的样子。女神只戴了一个鸵鸟羽毛头饰,在诺福克马裤上系了某个人的一条金链。他们想明确克里斯托弗是最重要的人物。塔克洛伊没有做任何改变。"他们认识我,"他说,"我在部落里根本没有等级。"

他们和指挥部里的每个人握手作别,朝那扇门走去。就弗拉维安和塔克洛伊所知,那扇门现在已经转向了系列十一,但罗莎莉小姐警告克里斯托弗,他们也许要用上全力才能突破系列十一周围的咒语,而且即使这样也有可能失败。所以克里斯托弗走得很慢,叮叮当当地在前面全力开路,女神跟在他后面,在实体的胳膊下面伸出一对影子一样的手臂。塔克洛伊走在最后,嘴里低声念着咒语。

结果很容易。他们马上感到容易得令人生疑。在一瞬间的混沌状态之后,很像在"分界点"的感觉。接着他们就置身于一片森林里,一个长得和塔克洛伊有几分相像的人正盯着他们。

那座森林平静而美丽,地面是绿色的草地,不生任何灌木。树林里只长着似乎是同一种类的高大修长的树木。在那些光滑并微微发亮的树干之间,那个人一只脚悬在半空,就像一头受惊的鹿,回头看着他们。他像塔克洛伊一样有着咖啡色的皮肤和颜色较浅的卷发,但他们的相似之处仅此而已。他赤裸的身上只穿着一件短皮裙,使他看上去像一个特别时髦的希腊雕像,除了那张脸。那人脸上的表情使克里斯托弗想到骆驼,上面全是拒人于千里之外的高傲和轻蔑。

"叫他。记得我告诉过你的话。"塔克洛伊低声说。

你必须粗鲁无礼地对待系列十一的人,否则他们不会尊重你。"嘿,你!"克里斯托弗用他能装出来的最威严的声音叫道,"喂,听着!马上带我见德里特!"

那个人表现得好像没听见一样。又盯着看了一秒钟,他那只悬在半空的脚才落下去,接着走开了。

"难道他没听见?"女神说。

"也许吧,"塔克洛伊说,"但他希望表明他比你更重要。他显然是部落里的小人物。即使最低等的人也常常认为他们比关联世界里的任何其他人强。接着走吧,看看我们还能发现点什么。"

"走哪条路?"克里斯托弗说。

"随便走,"塔克洛伊脸上露出淡淡的笑意,"这里他们连距离和方向都控制。"

他们接着向前走。那些树都一模一样,连间距也不差分毫,走过大约二十步后,克里斯托弗开始怀疑他们究竟是不是在前进。他朝四周打量了一下,欣慰地发现那扇掩映在树干里的门的方框大约处在背后正常的距离。他想知道整个系列十一是否都覆盖着这样的树。如果真是这样,那么这里的人不用火就很容易理解。因为用火有把整个森林烧掉的危险。他又看看前面,发现尽管景观没有任何变化,但不知什么原因前面出现了一道栅栏。

那道栅栏伸向两边的树林里,一眼望不到尽头。它是用木桩钉出来的,上面刷着漂亮的亮光漆,顶端削得很尖,木桩之间大约有一英尺的间距。木桩的尖端只到塔克洛伊的腰部。它看上去更像一道屏障。但当他们想从木桩之间通过时,那些木桩的间距似乎变窄了,他们挤不过去。当塔克洛伊想脱下外套盖在木桩上爬过去的时候,他的外套始终放不到木桩上。当塔克洛伊捡起外套准备做第六次尝试时,女神和克里斯托弗朝左右一看,发现这道栅栏把他们全部围了起来。在他们身后的树林里,那道门已经消失了踪影——只有一排尖尖的树桩挡住了回去的路。

"他确实听见了。"女神说。

"我认为他们正在等我们来。"克里斯托弗说。

塔克洛伊把外套铺到草地上,坐在上面。"我们等着看吧。"他犹豫地说。

"不行,你不能坐,"他在克里斯托弗也打算坐下去的时候说,"这里的大人物始终是站着的。我听说德里特已经有好几年没坐下来过了。"

女神在塔克洛伊身边坐下来,揉着光脚趾。"那么我打算做个小人物,"她说,"总之我已经做够大人物了。我说!他刚才就在那里吗?"

一个表情紧张,把一块破羊皮像毛巾一样围在腰间的男孩正站在塔克洛伊的另一边。"我在这里,"他羞涩地说,"只是你们似乎没有看见我。我整个上午都在这道栅栏里。"

栅栏围出了一块比克里斯托弗用来藏女神的塔楼房间大不了多少的草地。克里斯托弗不明白他们怎么会没有看见那个男孩,但这里的每件事都透着奇怪,他们没注意到那个男孩也很可能。从男孩瘦长苍白的身体和金色的直发来看,他不是系列十一的人。

"德里特把你当成了囚犯吗?"女神问。

男孩迷惑地揉揉他好笑的小鹰钩鼻子。"我不清楚。我不记得自己是怎么来这儿的。你们在这里干什么?"

"找一个人,"塔克洛伊说,"你有没有碰巧见过一个人——或者也许是几个人——叫做加布里埃尔·德·维特的,有吗?"

"加布里埃尔·德·维特!"男孩说,"可那是我的名字。"

他们盯着他。他是一个羞怯,体型瘦长,长着一双温和的蓝眼睛的男孩。他是那种克里斯托弗——也许女神也一样——会自然地在接下去的几分钟里把他指挥得团团转的男孩子。但是他们会温和地指挥他,因为看得出他很容易受惊和因为紧张而生气,有点像学校里的芬宁。事实上,克里斯托弗想,这个男孩正像一个又高又瘦的芬宁。但是仔细去看,他发现那个男孩的脸上有着和加布里埃尔同样的尖尖的轮廓。

"你有几条命?"他用怀疑的语气问。

那个男孩似乎在检视着自己。"真奇怪,"他说,"通常我有九条。但我现在似乎只能发现七条。"

"那么我们就找全了。"女神说。

"再问一下,"塔克洛伊说,"克里斯托曼奇这个头衔能让你想到什么吗?"他问那个男孩。

"他不是一个烦人的老巫师吗?"那个男孩问,"我想他的真名是本嘉明·奥尔沃西,对不对?"

加布里埃尔已经变成了一个小男孩。本嘉明·奥尔沃西曾经是上一任克里斯托曼奇。"你记得莫迪凯·罗伯茨或者我吗?"克里斯托弗问,"我叫克里斯托弗·钱特。"

"很高兴见到你,"加布里埃尔·德·维特带着害羞的笑容有礼貌地回答。克里斯托弗凝视着他,不明白加布里埃尔怎么会在长大后变得那么令人生畏。

"那是没用的,"塔克洛伊说,"当他在那个年纪的时候,我们俩还都没出生呢。"

"有人来了。"女神说。

有四个人,三男一女,出现在不远处的树林里。男人都穿着只盖着一边肩膀的束腰毛皮上衣,女人穿着像裙子一样的长皮衣。四个人半转身对着栅栏,一起交谈着,他们中的一个会不时地扭头轻蔑地朝栅栏方向瞟上一眼。

塔克洛伊缩起身子,他的脸上充满痛苦。"别理他们,克里斯托弗,"他低声说,"那些人是我经常去汇报的人。我想他们是重要人物。"

克里斯托弗站在那里,傲慢地从每个人的头顶看过去。他的脚开始发疼。

"他们总是这样冒出来,"加布里埃尔说,"不懂礼貌的野兽!我问他们要吃的他们总是装着听不见。"

五分钟过去了。克里斯托弗感到双脚又涨又烫,而且越来越难以忍受。他开始痛恨系列十一。这里似乎没有鸟,没有动物,没有风。只有一排排漂亮的树,但像从一个模子里印出来的。这里的气温也保持在适宜的温度从不改变。这里的人都很糟糕。

"我讨厌这片树林，"加布里埃尔说，"它太单调了。"

"那个女人，"女神说，"让我想到安斯蒂嬷嬷。她随时会捂着嘴咯咯嘲笑我们，我知道她会。"那个女人用手掩着嘴，爆发出一阵饱含轻蔑的笑声。"我告诉你什么来着？"女神说，"好走不送！"

那群人突然消失了。

克里斯托弗交替双脚站着，但是丝毫不能缓解疼痛。"你很幸运，塔克洛伊，"他说，"如果他们没有把你扔进我们的世界，你就不得不生活在这里。"塔克洛伊抬起头，苦笑着耸了耸肩膀。

又过了一分钟，他们第一次见到的那个人回来了，在不远处的树林里溜达着。塔克洛伊对克里斯托弗点点头。克里斯托弗用愤怒的声音大声叫道："嘿，你！我告诉过你带我们去见德里特！你这样违背我的话是什么意思？"

那个人听而不闻。他走过来靠在栅栏上盯着他们，好像他们是动物园里的什么东西一样。为了把双臂放在锋利的木桩上，他不知道用什么办法在上面弄出了一个木头扶手。克里斯托弗看不懂他所用的那种特别的魔法。但女神的理解能力似乎总是比他强一点。她皱着眉头看着那个扶手，似乎摸清了其中的窍门。那块木头被猛地抛进了树林,那个人的胳膊重重地落在栅栏的尖刺上。加布里埃尔咯咯地笑起来。那个人气愤地跳起来,正准备揉胳膊,接着又想起不应该在下等人面前显出疼痛的样子。他转身快步走开了。

克里斯托弗很恼火,不光因为那个人,还因为女神又比他快了一步。两件事加在一起让他如此恼火,他抬起手,想把那个人抛到天上,就像在鲍森博士家时让所有的东西都往天上飞一样。但是在这里几乎很难做到。那人的确飘起来大约六英尺,但接着他又轻轻落下来,在滑到地面之前扭头嘲弄地看了一眼。

这一瞥也勾起了女神强烈的怒火。"一起来,"她说,"来,加布里埃尔!"

加布里埃尔淘气地向她一笑,接着他们一起发力。他们三个似乎只能把那个人抬高三英尺,不过他们可以把他保持在那里。那个人装作若无其事的样子继续走路,好像在地上一样,那样无疑显得很傻。

"带我们见德里特!"克里斯托弗大吼一声。

"现在放下来。"女神说。他们又把他扔到地上。他仍然装作若无其事的样子走开了,惹得加布里埃尔好一阵傻笑。

"这样做有用吗?"克里斯托弗问塔克洛伊。

"没办法知道,"塔克洛伊说,"他们总喜欢让你等,一直等到你因为过于疲劳和气愤不能正确思考的时候。"他两手抱着膝盖,身子可怜巴巴地缩成一团。

他们继续等下去。克里斯托弗正在考虑是不是值得花大力气让自己浮起来,减轻脚上的负担的时候,他注意到那些树正在栅栏的左右两边滑动。或者可能是栅栏围出来的空地在向前移动,但栅栏内外的平滑草地没有出现任何变化。很难辨别出是哪一种可能。但哪一种都会使他感到恶心。他吸了几口气,一直用傲慢的眼光盯着前面的树木。可是在不到一秒钟时间里,那些树都不知道去了哪里,只留下一片宽阔的绿地。绿地尽头的一个人进入了他的视野,一个身材高大,健壮的人,正慢吞吞地向他们走来。

塔克洛伊吸了口凉气,"那是德里特。"

克里斯托弗眯起眼睛,用巫师之眼发现那些树正向两旁滑得越来越远。这让他想起了自己在特兰平顿路玩过的游戏。

他看得出德里特正在做同样的事。为了在这个世界使用魔法,你似乎不能用在其他任何世界里的做法,而是要倾斜方向,在魔法里加上一点弯曲和波纹,就像你看着自己在一个波纹状的玻璃球里工作一样。克里斯托弗不确定自己是不是能做到。

"我想不出这个外国魔法的窍门。"加布里埃尔说。

德里特缓步走得更近了一些。克里斯托弗绷着嘴角,免得自己因为比加布里埃尔领会得更快而高兴得笑出来。这时,那些树加速退开,留下了一块充满绿色阳光的圆形草原。德里特已经近得使他们足以看到他和克里斯托弗有几分相像的穿着,他披着至少两张上面缀满各种饰品、叮当作响的狮皮。他的卷发和卷曲的胡须是白色的。他的双脚的脚趾上也戴着圆环。

"他像那种非常邪恶的上帝——那种会把他们自己的孩子吃掉的家伙。"加布里埃尔用清晰而响亮的声音说。

克里斯托弗不得不咬住自己的舌尖,否则他会笑出声来。他开始喜欢起这个版本的加布里埃尔来。等他控制住自己的笑意时,他发觉自己站在栅栏外几码远的地方面对着德里特。他怀疑地向后看去。女神和加布里埃尔正目瞪口呆地站在栅栏后面,仍是囚犯。塔克洛伊坐在地上,极力避免自己被人发现。

克里斯托弗抬起下巴仰视着德里特的脸。那张光滑的棕色脸孔上没有任何表情。但是克里斯托弗盯着他，试图看出面无表情背后的人性。德里特的感情和他自己的完全不同，那样傲慢，在一瞬间使他感到自己像一只昆虫。接着他想到了多年前在系列七见过的冰川，塔克洛伊曾经说那座冰川使他想到了两个人。克里斯托弗现在知道其中一个人就是德里特。像那座冰川一样，德里特冷漠、高高在上，而且有着平常人不理解的深厚的古老知识。另一个人应该是拉尔夫舅舅。克里斯托弗仔细寻找着德里特和拉尔夫舅舅的相同点。拉尔夫舅舅的卑劣表情和德里特相貌堂堂的脸没有多少可比之处。但德里特的表情显得很不真诚。克里斯托弗看得出如果需要，德里特会像拉尔夫舅舅一样毫不犹豫地欺骗和撒谎，两个人很大的共同点是都极端自私。拉尔夫舅舅利用别人。德里特也一样。

"你是什么人？"德里特说。他的声音低沉而傲慢。

"我是德里特，"克里斯托弗说，"系列十二甲的德里特，我们把这个词叫做克里斯托曼奇，但都代表着同一件事。"他的腿因为这句厚颜无耻的话而发抖。但塔克洛伊说过德里特尊重骄傲的人。他挺直双腿，让自己的表情显得更傲慢。

没有任何办法分辨德里特是否相信克里斯托弗的话。他既没有回答,脸上也没有任何表情。但克里斯托弗感觉出德里特向侧面释放出一些细小魔法波动,用阵阵波纹一样的系列十一魔法探测着他,感觉着他,想弄明白他的力量根源和弱点所在。就自己而言,克里斯托弗感到自己浑身都是弱点。不过在他看来,既然这里的魔法如此奇特,他一点也不知道自己的力量是什么,那意味着德里特也许同样摸不清头脑。

德里特身后的草地上突然出现了很多人。他们开始不在那里,但眨眼间就出现了,一群灰白色头发,棕色皮肤的人,穿着各种各样等级不同的皮毛,从短短的裹腰到熊皮袍子应有尽有。德里特说:"你愿意就叫自己德里特吧,不过看看我拥有的力量。"他身后的每个人都用轻蔑和厌恶的眼光凝视着克里斯托弗。克里斯托弗也用同样的表情还以颜色。他突然认识到他很习惯用这种脸色看人。在城堡生活的时候,他大部分时间挂着这种表情。他感到既难过,又震惊,原来他曾经像这些系列十一的人一样令人毛骨悚然。

"你为什么来这里?"德里特说。

等我离开这里,一定努力对人友好一些。克里斯托弗摒除杂念,回忆着塔克洛伊的话,寻找着最可能好的回答。"我来这里取回一些我自己的东西,"他说,"不过首先,让我介绍你认识一下我的同事当世阿什斯。女神,这是系列十一的德里特。"女神走上一步来到尖锐的栅栏前,优雅地鞠了个躬。德里特的脸上轻轻抽动了一下,显示他对克里斯托弗带来当世阿什斯的事实有几分震惊,但尽管如此,女神仍然被挡在栅栏后面。"当然,你和我的手下莫迪凯·罗伯茨已经认识了。"克里斯托弗信口开河地说,试图把这个观点作为一种骄傲传递出去。

德里特这次也没有说话。但在他身后,那些人现在全都坐了下去。好像他们没有别的办法一样。看到这种情形,德里特说:"很好。你可以和我平起平坐。但我要指出,我的追随者是你的几千倍——他们服从我的任何命令。"克里斯托弗对自己这么轻松地打了个平手倍感吃惊。他观察着那些人,想通过这个办法平息自己的惊讶。那些人有的在一起说笑,尽管他听不到。另一些人在小小的蓝色魔法火球上煮食物,他们似乎用魔法火球来代替火。人群里孩子非常少。克里斯托弗能看到的两三个孩子都静静地坐在那里,什么事都没干。我会痛恨在系列十一长大的!他想。这一定比在城堡里还无聊一百倍。

"你让你的什么东西迷路进了我的世界?"德里特说。

他们终于进入主题了,尽管德里特试图误导别人认为克里斯托弗不小心。克里斯托弗微笑着摇摇头,以此显示他认为那是德里特说的一个笑话。"两个东西,"他说,"首先,我必须感谢你为我取回了加布里埃尔·德·维特的生命。那使我少了不少麻烦。但你似乎把那些生命用错误的方法拼在了一起,使加布里埃尔·德·维特变成了一个男孩。"

"我把他们拼成了一种最容易对付的形式。"德里特说。像他说的每一句话一样,这句话里也充满了其他的含义。

"如果你的意思是男孩容易对付,"克里斯托弗说,"恐怕没有什么根据。来自系列十二甲的男孩并非如此。"

"女孩也不好对付,"女神高声说,"无论来自哪里。"

"加布里埃尔是你的什么?"德里特问。

"他就像父亲对一个孩子。"克里斯托弗说。他对自己谨慎地没有说明谁是哪一个的回答方式感到很骄傲,他透过栅栏瞟了一眼塔克洛伊。塔克洛伊仍然把身子缩成一团坐在那里,但克里斯托弗认为他轻轻点了点头。

"你要求带走德·维特,"德里特说,"根据你说的话,他可以是你的了。"围着另外三个人的栅栏移动起来,平滑地向旁边分开,直到像那些树一样消失了踪影。

加布里埃尔满脸困惑。女神也愣在原地,显然满腹狐疑。克里斯托弗谨慎地看着德里特。这真是顺利得让人不敢相信。"我必须要说的另外一件事,"他说,"有关我这个通常叫做莫迪凯·罗伯茨的手下。我相信他过去是你的人,那意味着你还拥有他的灵魂。既然他现在是我的人了,也许你可以把他的灵魂交给我?"

塔克洛伊抬起头,惊恐地看着克里斯托弗。克里斯托弗没在意。他明白这是在拿自己的幸运冒险,但他一直希望找回塔克洛伊的灵魂。他叉开疼痛的双脚,双手环抱在他的毛皮和珠宝上,微笑着看着德里特,似乎他要的是在任何世界里都算得上最普通最合理的东西。

德里特没有任何吃惊和愤怒的表示。这不是简单的自我控制或骄傲。克里斯托弗明白德里特一直在期望着他提出这个要求,而且不介意他是否知道。克里斯托弗的脑子开始飞转起来。德里特故意让他们轻易地进了系列十一。他虚心假意地承认克里斯托弗可以和他平起平坐,而且还告诉他可以得到加布里埃尔的生命。这意味着德里特希望从中得到些什么,某种他一定非常想得到的东西。那是什么呢?

"如果我部落里的人宣布做你的手下,你应该有他灵魂的名字,"德里特指出,"他给你那个名字了吗?"

"是的,"克里斯托弗说,"那个名字是塔克洛伊。"

坐在德里特身后草地上的所有人的脸都转到了他这边。每个人都显得义愤填膺。但德里特只是淡淡地说:"为了成为你的手下,塔克洛伊做了什么事?"

"他为我撒了一整天谎,"克里斯托弗说,"而且人们相信了他。"

这个地方的第一个真实的声音从坐在地上的那些人中间响起来。那是一阵嗡嗡的窃窃私语。是敬畏?赞许?不管是什么,克里斯托弗知道自己说对了。正如塔克洛依告诉他的那样,这些人自然而然地为他们的德里特撒谎。而令人信服地撒一整天谎显示了绝对的忠诚。

"那么他可以是你的了,"德里特承认,"但有两个条件。我订了两个条件是因为你向我要了两件东西。第一个当然是你要表明你知道那个部落人的灵魂是哪一个。"他用一只有力的棕色大手轻轻做了个手势。

一旁树木的移动引起了克里斯托弗的注意。他扭头看去,发现那些光滑的树干正无声地移向那里。当它们停下来的时候,草地上出现了一条通向传送门的方形门框的小路。离他们只有大约五十英尺远。德里特示意只要完成他要求的事情,克里斯托弗就可以回家。

"他们在那条路上有一个巨大的魔法屏障。"女神低声说。

加布里埃尔扭头渴望地看着那扇门。"是的,那只是一根吊在驴子面前的胡萝卜。"他表示赞同。

塔克洛伊把头架在膝盖上,只是呻吟了一声。

在克里斯托弗面前,人们正取出东西来,把它们摆成一个宽阔的新月形。每个男人和女人都拿出了两个或三个,他们把那些东西放下去,然后嘲弄地盯着克里斯托弗。克里斯托弗看着那些东西。有一些几乎是黑色的,一些是黄色的,另外一些是白色或亮闪闪的颜色。他不知道它们是小雕像或者小圆块,还是融化了什么材料,变硬后成了这些特别的形状。其中的一些隐约像是人形。大多数是毫无意义的形状。不过制作它们的材料却关系重大。克里斯托弗感到胃里一阵翻腾,所有那些东西都是用银做的,他要用极大的毅力才能继续傲慢地盯着他们。

当草皮上差不多放了一百个那种物体后,德里特又摆摆手,人们停了下来。"从我的人的灵魂里把塔克洛伊的挑出来吧。"他说。

克里斯托弗背起双手以免自己颤抖,并避免贝丽尔的首饰乱响,悲惨地在那排弧形周围踱起步子。他感到自己像一个正在检阅一只由金属小妖精组成的军队的将军。他从左至右走了一遍,但没有一个物体对他有任何意义。用巫师之眼,他告诉自己,接着他又从右翼回头重新看了一遍。在不接触它们的前提下,巫师之眼可能对那些银色的小雕像有用。

他逼着自己用那种特殊的方式看那些小雕像。通过系列十一那种波纹状的侧面魔法需要很大的努力。然而,正如他担心的,那些东西看起来都一模一样,都奇形怪状,没有任何意义。他知道他的巫师之眼发挥了作用。他能够分辨出不少坐在草地上的人并不是真的在那里。他们在树林的其他地方忙着德里特安排的其他工作,只是把他们的影像按照德里特的命令投在了这里。但是他的巫师之眼对银不起作用。

那么他怎么才能辨别出来呢?他一边思考,一边沿着那条线踱步。那些人嘲弄地看着他,德里特的脑袋也威严地跟着他的脚步晃来晃去。他们都这么不快乐,他想,难怪他们的灵魂都像小怪兽。塔克洛伊是唯一一个善良的人——哈!塔克洛伊的灵魂在那里!它在对面偏左的地方。它看起来并不比其他的更像人，但它看起来很善良，比其他的善良五十倍。

克里斯托弗仿佛没有看见它一样继续朝它踱着步，想知道如果把它捡起来，他失掉所有的魔力后会发生什么事。他就只能依靠女神了。他希望她能意识到。

他的脸色肯定有了什么变化。德里特发现他找到正确的灵魂后，立刻像克里斯托弗预料的那样开始耍诈。弯弯的新月形突然变成了一条足有一英里的长线，塔克洛伊的灵魂又一次不知所终。所有的灵魂开始改变形状，融化成新的小圆块和新的说不出的形状。

然后，在一阵波纹状的震动之后，一切又回到了最初的样子。感谢女神！克里斯托弗想。伟大的女神！他盯着那个触手可及的灵魂，猛冲过去捡了起来。一碰到它，他就变得沉重虚弱而且疲倦。他感到自己想哭，但他握着那个灵魂站了起来。没错，女神正伸开手臂凝视着德里特。克里斯托弗惊奇地发现，即使失去了魔力，他仍然能看到她那双影子一样张开的胳膊。

"我的女祭司教过我，说作弊是卑鄙的行为，"她说，"我还以为你骄傲得不屑于做这种事呢。"

德里特盛气凌人地看着她。"我没有约定规则。"他说。

失去魔力有点像另一种巫师之眼,克里斯托弗心想。德里特现在在他眼里矮了很多,而且一点也不那么威严了。原来是一种他在拉尔夫舅舅身上见识过的卑鄙的假象。克里斯托弗仍旧很担心,但他对自己的发现感到非常满意。

在女神和德里特对眼的时候,他虚弱地慢慢走向塔克洛伊。"给你。"他把那个奇怪的雕像扔给他。塔克洛伊爬起来单腿跪在地上,似乎不敢相信。他的双手在灵魂飞近时抖抖索索。一落进他手里,那个东西就融进了他的双手。他的指甲和手上的静脉变成了银色。下一瞬间,他的脸上也蒙上了一层银色。然后银色渐渐褪去,塔克洛伊看起来很大程度上和平时一样,除了身上多了一种使他更像克里斯托弗在"分界点"熟悉的那个塔克洛伊的光彩。

"现在我真正是你的手下了!"塔克洛伊说。他用一种带着几分哭腔的声音笑道:"你能明白我不能向罗莎莉小姐求——小心德里特!"

克里斯托弗猛然转过身,发现女神跪在地上,一脸不知所措的样子。一点不奇怪。德里特有几千年的经验。"放开她!"他说。

德里特盯着他看了片刻。克里斯托弗感到那种奇怪的扭曲魔法试图迫使他也跪下去。然后那种力量停止了。德里特仍然没有从克里斯托弗身上得到他想要的东西。"我们现在谈谈我的第二个条件,"德里特平静地说,"我是个有风度的人。你来这里要七条命和一个灵魂。我把它们给了你。我只要求交换一条命。"

加布里埃尔紧张地笑起来。"我有几条多余的命,"他说,"如果那意味着从这里离开的话……"

这就是德里特想要的,克里斯托弗认识到。他一直想要一条九命巫师的命,不付任何代价得到,就是这么回事。如果克里斯托弗没有鼓足勇气索取塔克洛伊的灵魂的话,他本来会要求用释放加布里埃尔换取一条命。在一瞬间,克里斯托弗认为他们也许同样可以让他得到加布里埃尔的一条命。他毕竟有七条,而且还有一条躺在城堡的地板上。接着他想到那也许是一件极为危险的交易。那样会给德里特留下一个控制加布里埃尔的途径——正如他控制塔克洛伊一样——一直持续到其他生命的终结。德里特的目的是控制克里斯托曼奇,就像拉尔夫舅舅的目的是控制克里斯托弗一样。他们不能把加布里埃尔的生命交给他。

"好吧,"克里斯托弗说。他第一次真心感激加布里埃尔把他的第九条命锁进了城堡的保险柜,"你也知道,我还剩下两条命。你可以得到其中的一条。"他说,非常谨慎地讲着条件,因为他知道德里特只要有机会就会骗人,"只要你取走两条就会杀死我,并给我的世界惩罚你的世界的权利。一旦你得到那条命,你的条件就得到满足,你必须让我们所有四个人通过那扇门回到系列十二甲。"

"同意。"德里特说。他的脸上一如既往地没有任何表情,但克里斯托弗看得出他正在心底里庆祝自己的胜利。他严肃地走向克里斯托弗。克里斯托弗绷紧了身体,希望那个过程不会太痛苦。事实上,他还几乎没有感觉到。仅仅一瞬间,德里特就双手捧着一条透明的形体走了回去。那个形体穿着一条影子一样的虎皮,透明的头上飘着一条暗淡的金带。

克里斯托弗对着那个形体召唤火,用上了所有的力量,加入弯曲,波纹。火是德里特不习惯的一种事物。他知道那是一种也许会毁掉数千年经验的事物。克里斯托弗欣慰地发现,女神也做了同样的打算。他瞥了她一眼,发现她正张开四条手臂,在他向上召唤的同时在向下召唤火。

他的第七条命立刻被火笼罩。在它熊熊燃烧起来的时候德里特正抓着它的肩膀,极力想把火熄掉,但克里斯托弗是对的,火魔法是德里特的弱点。他在试图颠倒使用咒语的时候显得既慢又犹豫。但他一直在尝试,继续抓着起火的肩膀,后来才为了保住双手而松开。这时他身上的狮皮前襟也着了火。克里斯托弗看着他扑打着身上的火焰,在烟雾中咳嗽。这时他自己也倒在地上痛苦地缩成一团。这比被那条龙烤焦还糟糕。他极度痛苦。他根本没有意识到火会伤害他,更不要说伤得这么严重了。

塔克洛伊把他抄起来,像救火员一样把他往肩上一甩,朝那道门跑去。每跑一步克里斯托弗就颠一下,每颠一次都极为痛苦。但他淌着泪水的双眼扑捉到了女神用至少三只手拉着加布里埃尔的胳膊,以一种蛮力和魔法的混合力量把他朝那扇门拖去。他们一起冲到那扇门旁,然后扑了进去。克里斯托弗用最后的知觉取消了魔法并关闭了那扇门。

21

门关闭之后,身上的痛苦立刻停止了。塔克洛伊把克里斯托弗轻轻放在地板上,然后走向罗莎莉小姐。

"天哪——看!"女神指着加布里埃尔说。

塔克洛伊没有看。他正忙着拥抱罗莎莉小姐。克里斯托弗坐起来和指挥部里剩下的人一起看过去。脱离德里特的魔法之后,加布里埃尔猛烈地成长起来。首先他是一个戴着花领带,精明,表情忧郁的年轻人;然后他变成了一个穿着肮脏套装,更加精明的男子;接着他成了一个穿着朴素的中年人,但有点绝望和失意,似乎他希望的一切都消失了一样。下一瞬间,这个人恢复了生气,变成了一个活波可爱的绅士;然后还是那个绅士,变得老了一些,严肃了一些。克里斯托弗凝视着,既敬畏又有几分感动。他认识到加布里埃尔曾经痛恨成为克里斯托曼奇,而他们正在看着他最终妥协所经历的那些阶段。很高兴我发现它更容易一些! 在加布里埃尔终于成为克里斯托弗熟悉的那个严厉的老人时,克里斯托弗心想。就在这时,加布里埃尔摇摇晃晃地走到塔克洛伊入定的那个沙发上,躺了下去。

贝丽尔和约兰德端着茶跑上去。加布里埃尔一口喝掉了贝丽尔(或者约兰德)的那杯茶,然后又接过约兰德(或者贝丽尔)的那杯茶,半闭着眼睛慢慢地喝着。"衷心感谢你,克里斯托弗,"他说,"但愿你的疼痛已经消失了。"

"是的,谢谢。"克里斯托弗拿着一杯艾丽卡递给他的茶说。

加布里埃尔瞥了一眼仍旧难舍难分的塔克洛伊和罗莎莉小姐。"看样子,莫迪凯甚至比我还应该感谢你。"

"别让他被送进监狱。"克里斯托弗说。还有那个擦鞋童的事也要提一下,他心烦意乱地想。

"我会尽力的,"加布里埃尔承诺,"现在我知道情况了。那个可怕的德里特要承担很大责任——尽管我猜测莫迪凯继续和你一起为你那个同样可怕的舅舅工作,是因为他知道你舅舅挑选的任何其他精神旅行者不久后都会把你变成一个不折不扣的罪犯,这也许是对的,你同意吗?"

"啊,"克里斯托弗尽量诚实地说,"我认为一部分原因是我们都对板球很热心。"

"真的吗?"加布里埃尔有礼貌地问。他转向女神。她已经找到了普劳德福特,正钟爱地用双手捧着它。加布里埃尔的目光从小猫转到女神的光脚板上。"年轻女士,"他说,"你是一位年轻女士,不是吗?请让我看看你左脚的脚心。"

女神带着几分挑战意味转过身,抬起左脚。加布里埃尔看看那个蓝紫色的印记。然后又抬头看着克里斯托弗。

"对,我的确是阿什斯,"女神说,"但你不能那样看着克里斯托弗!我是靠自己的力量来这里的。我有能力那样做。"

加布里埃尔眯起眼睛。"通过利用阿什斯女神作为你的第二条生命?"女神躲开他的目光,点了点头。加布里埃尔放下手里的空杯子,又接过弗拉维安递过来的一满杯茶。"亲爱的,"他一边啜着茶,一边说,"你做了多么愚蠢的一件事!你自己就是一个强大的巫师。你根本不需要利用阿什斯。你只是给了她一个把柄。阿什斯军队会纠缠你一辈子的。"

"但是我以为我会的那些魔法都来自阿什斯!"女神抗议道。

"哦,不,"加布里埃尔说,"阿什斯有能力,但她从不分享它们。你拥有的能力是你自己的。"

女神张大了嘴。她似乎要哭出来。弗拉维安带着歉意说:"加布里埃尔,恐怕阿什斯军队已经到处都是了……"

楼下传来惊天动地的响声,虾笼落下来了。

除了加布里埃尔,每个人都朝楼梯跑去。他慢慢放下手里的杯子,显然不知道发生了什么事。克里斯托弗冲到楼梯旁,然后,为了速度,干了一件他一直渴望干的事,他顺着大理石扶栏的玫瑰色曲线滑了下去。女神也跟着他滑了下去,当他们在楼梯底部稳住身体时,加布里埃尔已经在那里了,正站在黑绳子旁低头看着他那条柔软而透明的生命。

拉尔夫舅舅已经身穿盔甲,手持一柄沉重的狼牙锤从五角星里钻了出来。克里斯托弗曾经想到过拉尔夫舅舅也许会带来什么抗猫的符咒,但是那些东西显然对神庙的猫无效。那座虾笼准确地罩在五角星上,把斯洛格莫尔顿和拉尔夫舅舅一起困在里面,这时斯洛格莫尔顿正奋力追逐着拉尔夫舅舅。透过缭绕的龙血烟雾,可以看到拉尔夫舅舅在笼子里跑得越来越慢,他脚上的铁鞋踩碎了猫食盘,疯狂地挥舞着狼牙锤攻向斯洛格莫尔顿。但斯洛格莫尔顿的速度比拉尔夫舅舅或他的狼牙锤快,而且可以爬到笼壁上,但它抓不透舅舅的盔甲,只能造成一些惊心的金属剐擦声,形成了一种僵持的局面。

克里斯托弗一转头,发现加布里埃尔站在他身边。加布里埃尔脸上带着一种极为反常的恶作剧的微笑——不,不算反常,克里斯托弗想:他们在系列十一把那个男人抬到空中时,加布里埃尔脸上露出的正是这样的笑容。

"我们应该给那只猫一点机会吗?"加布里埃尔说,"一分钟?"

克里斯托弗点点头。

拉尔夫舅舅的盔甲消失了,身上只剩下一套狐色粗花呢套装。斯洛格莫尔顿眨眼间变成了一个七条腿,三只脑袋,爪子像刀片,飞翔的复仇之神。第一秒钟它围着拉尔夫舅舅上蹿下跳绕了好几圈。这样经过十五秒钟之后,看着那么多血,克里斯托弗开始为拉尔夫舅舅感到非常难过。三十秒钟后,他高兴地看到斯洛格莫尔顿在一声吼叫后消失了。

斯洛格莫尔顿蹬着腿挣扎着出现在女神的胳膊里。"不行,斯洛格莫尔顿,"她说,"我之前告诫过你,不许抓人们的眼睛。那样不友好。"

"管它友好不友好,"加布里埃尔遗憾地说,"总之我很享受。"他正忙碌着把一些看不见的东西在手里细致地缠成一团。"西蒙森,"他叫道,"西蒙森,你在负责那个笼子吗?我在他吓得魂飞魄散的时候把他的魔力抽出来了。你现在可以把笼子移开,在警察来把他带走之前先把他关起来。"

笼子刚开始升起来,斯洛格莫尔顿就朝笼子下面冲去。拉尔夫舅舅尖叫起来。最后,一个马夫只好爬上去把虾笼从吊灯链上摘下来。然后虾笼被从地板上推走了,拉尔夫舅舅跌跌撞撞地在笼子里面,斯洛格莫尔顿气势汹汹地跟在笼子后面,喉咙里发出低沉的呼噜声。

虾笼一离开五角星形,一根银色的柱子就从血迹斑斑的地板上升了起来。那根柱子看上去原来是一个人,但跟人比较起来高得不可思议,比加布里埃尔足足高了一英尺。随着它越升越高,一个身穿银袍,头戴银面具,手持银色长矛的女人出现在大厅里。

女神惊恐地尖叫着想往克里斯托弗身后藏。"银,"他警告她,"我不能帮你对付银做的东西。"他的牙齿打着战。他第一次意识到只有一条生命会让人感到多么软弱和无助。

女神冲到加布里埃尔身后,抓住他的黑色罩袍。"那是阿什斯!救救我!"

"夫人,"加布里埃尔有礼貌地对那个幽灵一样的人说,

"贵客登门,荣幸之至,不知有何贵干?"

那人威严地透过面罩的缝隙向外看着,首先看了看加布里埃尔和蜷缩在他身后的女神,然后又看看克里斯托弗,然后又看看那只虾笼和大厅里的一片混乱。"我原以为这里是一个更体面的机构。"她说。她的声音低沉而悦耳。她把面罩推上头顶,露出一张苍老而狭长的面孔。那是一种令克里斯托弗立刻感到披着一张虎皮地毯,戴着耳环异常愚蠢的脸。

"普劳德富特嬷嬷!"女神大声叫起来。

"自从查到你的下落后我一直想来这里见你,孩子,"普劳德富特嬷嬷生气地说,"我希望你在突然逃走之前能跟我谈谈。你当然知道如果我能,我一定会为你网开一面的。"她威严地转向加布里埃尔,"你看起来是个值得敬重的人。你是系列十二甲的大巫师德·维特,对吗?"

"敬聆指教,夫人,"加布里埃尔说,"原谅我们当前的混乱。这里有一些麻烦。我们通常是一个值得尊重的政府机构。"

"我正是这样想的,"普劳德富特嬷嬷说,"你能为我照管这个阿什斯女儿吗?如果你愿意的话就帮了我的大忙,因为我要汇报她已经死了。"

"用什么方式——照管?"加布里埃尔慎重地问。

"确保她在一所好学校受教育之类的——考虑成为她的法定监护人。"普劳德富特嬷嬷说。她优雅地从那个似乎是底座的东西上走下来。现在她差不多和加布里埃尔一样高。他们俩几乎同样憔悴,同样威严。"这个一直是我最喜爱的阿什斯,"她解释道,"我常常在她们变得年纪太大的时候用各种办法保全她们的生命,但她们中的大多数是些愚蠢的小笨蛋,我不愿为她们操更多的心。但自从知道这一个与众不同的时候,我就开始从神庙的资金里为她存钱。我想我现在有足够的钱打发她走了。"

她把裙子的下摆撩开,那只底座原来是一只小巧坚固的箱子。普劳德富特嬷嬷一挥手打开了盒盖。盒子里似乎装满了闪闪发光的小水晶块,就像路上的碎石头。但是加布里埃尔一脸震惊的表情。克里斯托弗看见塔克洛伊和弗拉维安都瞪大了眼睛,对对方说了一个词。那个词似乎是:"钻石!"

"这些钻石是未切割的,"普劳德富特嬷嬷说,"你认为这些够了吗?"

"我认为一小半就已经绰绰有余了。"加布里埃尔说。

"我记得一家瑞士的女子精修学校,"普劳德富特嬷嬷严厉地说,"我在这个世界学习过,而且我不希望敷衍了事。你能为我安排这些吗?当然,我保证阿什斯的追随者在你要求回报时会提供任何帮助。"

加布里埃尔的目光从普劳德富特嬷嬷转到女神身上。他犹豫了一下,又看看克里斯托弗。"很好。"他说。

"天哪,你太好了!"女神叫道。她跑到加布里埃尔前面拥抱了他。然后又扑向普劳德富特嬷嬷,紧紧地拥抱着她。"我爱你,普劳德富特嬷嬷。"她说,把脸埋在她银色的衣褶里。

普劳德富特嬷嬷抱着女神,轻轻抽了抽鼻子。但她随即恢复了常态,从女神头顶严厉地看着加布里埃尔。"还有一件讨厌的琐事,"她说,"阿什斯事实上确实需要一条生命,你知道,每个当世阿什斯一条。"克里斯托弗长叹一声。所有"他世界"里的每个人似乎都想让他给他们生命。这样下去他就只剩下锁在城堡保险箱里的那条命了。

加布里埃尔直起身子,表情十分可怕。

"阿什斯不是很有分辨能力,"普劳德富特嬷嬷说,"我通常从神庙的猫身上剥夺一条生命。"她用那柄银色长矛指着正在虾笼周围逡巡,发出像煮开的水壶一样的噪音的斯洛格莫尔顿,"那只老猫大概还剩下三条命。我取一条它的命。"

水壶的声音停止了。斯洛格莫尔顿用行动显示了对这个方案的想法,它化成一道姜黄的条纹没命地向楼上逃去。

"没关系,"加布里埃尔说,"我刚刚想到,我正巧有一条多余的生命。"他走到那圈黑绳子旁,从图书馆椅子中捡起他那条柔软透明的相似物。他殷勤地把它放在普劳德富特嬷嬷的矛尖上。"给你。这个可以用吗?"

"非常好,"普劳德富特嬷嬷说,"谢谢你。"她低头吻了一下女神,然后威严地陷入那只钻石箱旁的地面。

女神盖上箱子坐在上面。"学校!"她幸福地笑着,"大米布丁,提督,宿舍,午夜宴会,玩游戏——"她突然停了下来,笑容没变,尽管那已经不再是笑容了。"荣誉,"她说,"坦白承认。德·维特先生,因为我给克里斯托弗造成的麻烦,我想我最好留在城堡里。他——呃——他很孤独,你知道。"

"如果我没有意识到,我就变成一个傻瓜了,"加布里埃尔说,"我正在和国会商量,准备安排一批年轻的巫师来这里训练。眼下,你知道,我只能雇他们当佣人——像那边的擦鞋童小詹森——但这种情况很快就会改变。可是没有理由不送你去学校……"

"但是确实有!"女神说。她的脸变得很红,眼睛里挂着泪花。"我必须坦白,像他们在书里做的那样。我不配去学校!我很邪恶。我来这里没有用阿什斯作为我的第二条命。我用了一条克里斯托弗的生命。因为害怕阿什斯阻止我,我不敢用她的命,所以我在把克里斯托弗禁锢在墙上时取出了他的一条命。"泪水从她脸上滚落下来。

"它在哪里?"克里斯托弗惊愕地问。

"还在那堵墙里,"女神抽噎着说,"我把它推到里面,所以没有人能发现,但从那以后我感到非常难过。我已经努力地帮助和赎罪,但我还做得不够,我认为我应该受到惩罚。"

"完全不需要,"加布里埃尔说,"现在我们知道那条命在哪里了,我们可以派莫迪凯·罗伯茨把它找回来。别哭了,女士。你一定要去学校读书,因为如果你不去,我会不小心把你那箱钻石用掉,把那当做对你的惩罚。你可以在假期里回来,和其他的年轻巫师一起在城堡生活。"

女神脸上再次露出了幸福的微笑,泪水顺着笑纹流到耳朵旁和头发里。"豪尔斯[①],"她纠正加布里埃尔,"那些书里总是把假期叫豪尔斯。"

[①] 原文为 hols,也是假期的意思,此处为音译。

故事真的到了尾声,除了新年后不久克里斯托弗收到的一封来自日本的信。

亲爱的克里斯托弗:

为什么你不告诉我你亲爱的爸爸定居在日本?这是一个如此优雅的国家,只要一个人能习惯这里的风俗。你爸爸和我在这里都非常快乐。你爸爸的占星术引起了一些能在国王面前说得上话的大人物的兴趣。我们已经进入了最高级的社交圈子,希望不久后能有更高的发展。你亲爱的爸爸对你未来成为下一任克里斯托曼奇送去爱和最好的祝福。我也同样爱你。

妈妈